Ausschnau*fff*en im Altweibersommer

BoD™
BOOKS on DEMAND

Zum Andenken an meinen geliebten Klaus,
ohne den dieses Buch nie hätte entstehen können

Und ein tief empfundenes Dankeschön an Karl-Heinz,
der die Geduld aufbrachte, mich fertig schreiben zu lassen!!

Rita Kasparek

Ausschnau*fff*en im Altweibersommer

Marlenes Seelen-Bratgeber

Bibliografische Information der Deutschen Nationalbibliothek:
Die Deutsche Nationalbibliothek verzeichnet diese Publikation in der
Deutschen Nationalbibliografie; detaillierte bibliografische Daten sind
im Internet über http://dnb.dnb.de abrufbar.

Illustration: **Georg Breitsameter**

weitere Mitwirkende: **Karl-Heinz Erdmann**

Herstellung und Verlag: BoD – Books on Demand, Norderstedt

ISBN: 978-3-7392-1437-5

Inhaltsverzeichnis

Liebe Betti! Meine lieben Leserinnen! Und ja doch, auch Ihr lieben Frauenversteher!

Ehrlich, bis zum heutigen Tag habe ich durchgehalten und mein Leben war quasi ein einziges Selbstgespräch. Von nun an gibt es zu meinem Glück DICH und ich finde es herrlich, dass Du mir ZUHÖREN willst.

Aber pssst, alles, was ich Dir künftig schreiben werde, muss natürlich unter uns bleiben! Geheimhaltungsstufe ROT!

Für Karl Theo wurde es mit der Zeit einfach zu anstrengend, den ganzen Tag die Ohren auf Durchzug zu halten. So bin ich also regelrecht entwöhnt, Dinge zu erzählen, die für mich von Bedeutung sind. Da ist die Grenze zur Geheimhaltung schnell mal überschritten. Ich will ja niemanden verletzen, aber ab und zu muss die Wahrheit auf den Tisch. Also, Betti, in diesem Sinne! Sag nichts weiter!

Dass ich DEINE Mitteilungen für mich behalte, habe ich Dir felsenfest gelobt. Ich schweige wie ein Grab!

Deine auf Mitteilungen ganz versessene Marlene

P.S.

Ich fürchte fast, das Ganze läuft auf einen Bratgeber für Frührentner/innen, Omas und andere Esoteriker hinaus.

Keine Sorge: RAT-Schläge findest Du bei mir nicht!

Einen BRATGEBER kannst Du benützen
wie ein schlechtes Kochbuch:
Lesen, nach Gutdünken die eigenen Zutaten einfügen
und dann koch Dein eigenes Süppchen

Kapitel Eins: „Schlimmer geht`s immer?"

Bedenke:
Solange Du auf das nächste Loch wartest, wird es auch kommen, und schwupps stolperst Du hinein. Fazit: Hier ist umdenken angesagt!

Marlenes Empfehlungen:

*Beglückwünsche Dich dazu, dass es NICHT NOCH SCHLIMMER kommen kann. Du sitzt bereits im Loch!!!

*Entscheide Dich in diesem Augenblick:
Willst Du hier für immer festsitzen oder doch lieber nach oben krabbeln, notfalls auf allen Vieren?

*Nütze Deine freie Zeit, solange Du eine hast!
Mal ehrlich, Du würdest doch nicht wirklich lieber schuften?

*Gönne Dir ab und an etwas Schönes, eine kleine Reise mit deinem Liebsten oder eine Zahnsteinentfernung!

*Extratipp für besonders einsame Menschen:
Liiere Dich zur Ablenkung mit dem Besitzer eines Mehrfamilienhauses! Dann solltest Du Dir allerdings schon mal einen Platz in der Nervenheilanstalt reservieren lassen!

Liebe Betti!

Erinnerst Du Dich an meine Postkarte von vor sechs Wochen, als ich endgültig DRAUSSEN WAR? Das war wirklich die Allerletzte!!
Ich hatte meinen Karl Theo „von und zu" extra gebeten, eine WASSERDICHTE zu besorgen, und dann hat sie sich doch gewellt, unter meiner scheinheiligen Tränenflut.

Heute, wo Du HOFFENTLICH mein ERSTES selbst versendetes Mail erhältst, kam die wunderbare Regierungspost, mit der mir noch mal schriftlich bestätigt wurde, dass ich tatsächlich zu überhaupt nichts zu gebrauchen bin!!!! Und das ZWEI bis DREI Jahre lang bis zur VERMUTLICH LETZTMALIGEN Untersuchung.

Ich könnte diesen netten Doktor tatsächlich küssen, aber auch das wäre wohl zu anstrengend für mich und vor allem für meine Psyche!!

Der Gedanke, nicht mehr in die Schule zu DÜRFEN, und das mir, die Kinder in jeglicher Form so sehr geliebt hat und immer noch liebt, ist zugleich erschreckend und berauschend. Ich mache es wie immer: nämlich das BESTE draus.

Also ergehe ich mich im süßen Nichtstun, besuche meine kranken Nachbarn, humple (selber auf zwei Stöcke gestützt) in den Altersheimen ein und besonders gerne wieder aus und erfreue in der restlichen Zeit meinen geliebten Karl. Der konnte es heute gar nicht fassen, dass ich schon um 17.30 Uhr wieder zuhause war. Dafür sitze ich jetzt am Computer!!

Mittlerweile habe ich mich (wahrscheinlich voreilig, weil EWENG GEHT NOCH!!) daran gewöhnt, BEDIENT zu werden. Ich fülle meine Zeit- und Erinnerungslücken mit möglichst angenehmen Dingen und denke weder an Schulkinder noch an Tanzkurse, und schon gar nicht an die Türkei, wo es sich jetzt so billig Urlaub machen ließe.

Dafür habe ich mir hinter dem Rücken meiner maulenden Jugend das Computern doch noch beigebracht, obwohl mich Helen, Peter und sogar die sonst so geduldige Jana „für UNFÄHIG" erklärt haben. Weil ich keinem Rektor und Schulrat mehr beweisen muss, dass ich es NICHT KANN, hab ich es wirklich erstaunlich schnell gelernt (lächel).

Zwar bin ich noch immer kein begeisterter Laptop-Besitzer, aber immerhin glaube ich, dass ich heute mitsamt der Mail sogar ein erstes Bild an Dich geschickt habe. Ich erwarte FEEDBACK!!!

Nachdem mir einige mitleidige Tauschbörsenmitglieder angedroht haben, mir anstelle meiner Kinder zu H E L F E N, habe ich alles daran gesetzt, es allein zu schaffen. Schließlich war das Handbuch, das Du mir geschickt hast, bestimmt „sau" teuer.

Vielleicht wunderst Du Dich, was auf dem Foto an Karls Rücken so interessant sein mag. Aber Du sollst wissen, dass ich ihn beim ABSPÜ-LEN erwischt habe! Sicher das pure Mitgefühl, weil ich immer noch die Stöcke unter die Achseln klemme, wenn ich länger stehen muss. Aber immerhin, ich KANN STEHEN!! Karl spült mithin FREIWILLIG!

Schade, dass Peter ihm nicht zusehen kann. Der hat mit 16 Jahren, als ich die für arbeitende Mütter so überaus praktischen Haushalts-pläne eingeführt habe, beim Spülen jedes Mal die Küche über-schwemmt. Als ich mal interessiert nachfragte, warum, erklärte er, er müsse die Teller INS WASCHBECKEN FALLEN LASSEN, weil es zu niedrig sei: „Wegen seinem armen Rücken!!"

Oh, Karl Theo ruft!!! Er BRAUCHT MICH. Sicher was Unangenehmes mit den Mietern.

Du siehst, meine Schonfrist ist vorbei. Es gibt wieder was zu tun. Und ach herrje, keine einzige Ausrede gilt. Vielleicht war Schule gar nicht mal soooo schlecht?!?

Ganz im Vertrauen nur zu Dir, murmel, murmel: „Rutsch mir doch mit deinen Mietern den Rücken runter."

Aber welche kluge Frau sagt so was einem ABSPÜLENDEN Mann??

Herzlich Deine sich allmählich erneuernde Marlene

Liebe Betti!

Meine üblen Vorahnungen haben sich LEIDER bewahrheitet. Die neuesten Nachrichten des glücklichen Vermieterpaares eines bald ganz leer stehenden Wohnhauses: Karl Theo hat zeitgleich zwei Briefe erhalten, die Kündigung vom Erdgeschoss und eine Vorladung zum Gerichtstermin wegen dem 1.Stock.

Unten wohnen zwei junge Männer, die am 1. Mai eingezogen sind und sich von ihrer Mama die Miete zahlen ließen. Aber Mama musste jetzt zurück in ihre alte Heimat, weil Papa nicht nachkommen wollte.

Die jungen Kerle haben massive Schlafstörungen und können angeblich vor halb zwölf nicht aus dem Bett. Deshalb (???) findet sich im Umkreis von fünf Kilometern keine Arbeitsstelle, die ANSTÄNDIG zahlt, und von einer Zeitarbeitsfirma wollen sie sich schon gar nicht ausnutzen lassen. Bei ihrer ersten Stelle waren sie grade mal zehn Tage („10 Kilometer, viel zu weit, reine Benzinverschwendung"). Jetzt suchen sie ein Häuslein in der Stadt, in der Nähe des großen Bruders. Ich staunte wegen der zu erwartenden Miete, da meinte der eine großzügig:

„Ach, es darf ja auch FÜNF Kilometer VOR der Stadt sein".

Na dann! Jetzt nehmen die zwei Schlingel auch noch ihre eigene Einbauküche mit und ich werde, stöhn seufz, wohl eine neue kaufen, weil ich die Wohnung für zukünftige eigene Projektzwecke nutzen möchte. Karl konnte ich breitschlagen, mir EIN Jahr lang grünes Licht zu geben, solange ich für alle entstehenden Kosten aufkomme.

Der Gerichtstermin ist für den ehemaligen Mieter vom ersten Stock, der Ende Februar vor knapp zwei Jahren raus geklagt wurde und noch für zwei Monate Miete schuldet. Ich staunte nicht schlecht, dass der Gute mittlerweile Vater von FÜNF Jungs ist. Der Letzte muss nach meiner Berechnung gezeugt worden sein, nachdem unser Anwalt ihnen den zweiten Brief zugeschickt hatte, wobei wir eine einvernehmliche Lösung vorschlugen, um das Gericht zu vermeiden.

Anbei anhand meiner Tagebuchaufzeichnungen die Vorgeschichte in kurzen Zügen:

3.November
Herr W. hat gekündigt, VON ALLEIN, weil es seinen vier Buben langsam zu eng wird, Karl und mir schon längst!! Ob er zum 31.12. raus darf, von wegen Kündigungsfrist?
Ich jauchze innerlich und sage eigenmächtig zu. Hauptsache es tut sich endlich was!

16.Dezember
Familie W. ist klammheimlich verschwunden, schon seit einigen Tagen. Obwohl, die Garage quillt schier über und die alte Rostlaube steht noch da, aber die fährt ja schon lang nicht mehr.
Und das Badezimmerfenster steht offen!!
Es hat null Grad draußen.

21.Dezember
Das Badezimmerfenster steht offen. 6 Grad Minus, keiner da. Ich hänge einen Zettel für W. an die Haustüre:
Bitte beim Vermieter melden wegen Abnahmetermin! FENSTER SCHLIESSEN, FROSTGEFAHR!!!

29.Dezember
Das Fenster ist zu! Von Familie W. weit und breit keiner zu sehen, kein Telefon, keine Adresse.

2.Januar
Zwei von den W.- Jungs gesichtet. Ich renne runter, erwische den Vater in der VOLLEN Garage. Wir vereinbaren als Auszugstermin den 15. Januar, um 14 Uhr, definitiv!!

15.Januar
Wir warten den ganzen Tag, bis es dunkel wird. KEIN MENSCH KOMMT!!!

18.Januar
Das Küchenfenster steht offen. 4 Grad Minus!! Die Garage ist immer noch voll.

19.Januar
Das Küchenfenster steht offen. 8 Grad Minus!!

20.Januar
Ich hänge einen neuen Zettel auf. Obwohl, heute hat es 2 Grad Plus, allerdings untertags!

Letztes Februar-Wochenende:
Wir haben verzweifelt zur Selbsthilfe gegriffen. Nachdem wir dreimal umsonst auf die Wohnungsübergabe gehofft hatten, erschien wieder NIEMAND! Dafür aber lagen fünf Schlüssel im Briefkasten, die NICHT PASSTEN. Das spielte keine Rolle, weil Karl sowieso die meisten Schlösser aufbrechen musste, um überhaupt in die leere Wohnung zu kommen. Er hat kurzerhand den restlichen Müll und die Öl tropfenden Säcke in unser schnuckeliges WEISSES Auto geladen, zu guter Letzt noch mich als Schützenhilfe, und wir machten einen Ausflug nach Hinterherbstwalde.
Hier leben die glücklichen oder doch eher bemitleidenswerten Vermieter, die unseren sechs Ehemaligen eine neue Bleibe zur Verfügung gestellt haben. Man kann die Adresse schwer verfehlen, weil unter lauter wunderbaren frisch verputzten nobligen Villen ein ebenso schönes Haus steht, das von außen mit Müllbergen und verrotteten Sofas aufgehübscht ist!

Unser Problem war einzig und allein die nicht ausgeschilderte UMLEITUNG. Wir kamen bis auf zwei Kilometer an die Adresse heran, dann war eine riesen Baustelle. Ich triumphierte heimlich, weil ich mir diesen Büßergang gerne erspart hätte. Aber Karl chauffierte unser blitzblankes Schnuckelchen durch dreißig Zentimeter tiefen Matsch bis zur abgesperrten Eisenbahnbrücke. Von da an ging´s zu Fuß. Wir sangen aus voller Kehle: "DAS WANDERN IST DES MÜLLERS LUST."

Ich schleppte einen Sack und den verrosteten Fahrradhelm, Karl zerrte zwei Säcke und eine Hand voller Fahrradreifen. Die nobligen Dorfbewohner begrüßten uns mit Hallo und wiesen uns freudig den Weg. Sie wüssten schon, wo wir hin wollten!!!

Wir luden alles klammheimlich ab und klemmten einen Brief mit unseren Weihnachtswünschen in die Haustüre: sechs passende Schlüssel, die fehlende Schuldennachzahlung, zwei Kopf voll neue bessere Nerven.

Seitdem warten wir gottergeben auf Antwort!

((Die ja jetzt ENDLICH vom Amtsgericht PERSÖNLICH daher geflattert ist!! Du siehst, Betti, man muss bloß WARTEN können!!))

Zwischenzeitlich trocknet eine Firma in der oberen Küche einen Wasserschaden aus, der angeblich NIE PASSIERT IST und der Installateur bemüht sich im unteren Klo um die verstopften Rohre, da mittlerweile im ganzen Haus nichts mehr geht! Halleluja, es lebe der Wohlstand! Karl nützt das herrliche Tauwetter zum Autoputzen!

Ansonsten geht es uns prächtig. Wir werden in zwei Wochen in die Türkei fliegen. Die Preise sind gerade sehr günstig, die Menschen dort sehr nett, man kennt keine vorösterliche Fastenzeit und es gibt kein Telefon!

16. April

Nachdem Karl bereits zum dritten Mal im Mietshaus bis zum Anschlag in der Sch ... steckt, weil das Rohr dauernd verstopft ist, und ich über den komplizierten Heiz- und Nebenkostenabrechnungen brüte, wären wir recht froh, wenigstens eine Wohnung IN ZWANZIG Jahren verkaufen zu können. D. h. im Klartext: Wer 20 Jahre brav die Miete zahlt, wird selber Eigentümer, sprich von da an hat er selber die ... am Hals, praktisch, gell!!! Auf dieses Mietkaufangebot hin haben sich nur ausländische Mi(e)tbürger gemeldet. Der Familie aus Marokko, die am Sonntag da war (OHNE ihre drei Kinder, oder doch vier, fünf????), ist es so ernst, dass sie mich dauernd anrufen, wann wir endlich zum Notar gehen. Also das auch noch, denn wir haben keine Ahnung, wie so was genau abgewickelt wird.

20.Mai

Die Kloverstopfung im Mietshaus hat ein zwar teures, aber doch gutes Ende genommen, weil sonst vielleicht unbemerkt alles überschwemmt worden wäre. Ursache war eine Windel! Nun fragt man sich, wo kommt die her?

Das kleinste Kind vom ersten Stock war ja über drei Jahre und ward seit Mitte Dezember nicht mehr gesehen. Im DG wohnt ein junges Paar ohne Kind. Die haben einen unangemeldeten, "geschenkten" SÜSSEN kleinen Hund, eine Französische Bulldogge, die nicht bellt, sondern grunzt.

Und besagtes Tierlein braucht untertags nie raus, weil...

„wir ihm beigebracht haben, auf ausgelegte Pampers zu pinkeln und zu kacken!!", hat das junge Fräulein dem nachfragenden Karl ins mahnende Vermieterohr gezirpt.

Jetzt, wo nach dem Windeltäter gefahndet wird, schwört der junge Mann Stein und Bein:

„WIR haben keine Windeln!! Der SÜSSE Hund pi ... und ka ... auf eine DECKE!!!!"
Und, können wir's beweisen???

24.Juni
Wie schon im Herbst liefen Wichtiges und Unwichtiges derart nebeneinander her, dass mein Kopf, geschweige denn meine Gefühle nicht mehr recht nachkamen.
Am Montag saßen noch die neuen Mietkäufer samt ihren beiden Kleinkindern mit unterdrückten Tränen bei uns im Wohnzimmer und baten, ihre Möbel wieder abholen zu dürfen (am 1.7. wäre der Einzug gewesen). Da der Vater in Marokko schwer erkrankt ist und finanzielle Hilfe braucht, können sie die teure Miete so weit ab von Anderswostadt nicht aufbringen, geschweige denn eine Wohnung abbezahlen.
Karl hat schon aufmerksam gemacht, dass bei Rücktritt eigentlich drei Mieten fällig wären, aber er will halt kein Unmensch sein. Jetzt sind wir froh, wenn uns wenigstens die anfallenden Unkosten für Notar und Landratsamt erstattet werden.

13.August
Felix ist bis heute Morgen bei mir geblieben und hat mich beraten, wie ich bezüglich der Mietwohnungen endlich VERNÜNFTIGE Entscheidungen treffen kann. Denn mitten im Chaos hat sich eine neue Käuferfamilie gemeldet, diesmal ein Autohändler aus Rumänien. Er will das ganze Haus komplett mieten (natürlich möglichst billig), die wunderschönen Wiesen an der Wasa zupflastern, um seine teuren Schlitten abzustellen, und das Haus in 1 bis 3 Jahren kaufen, sobald er von der Bank Kredit bekommt.
Solche unsicheren Versprechungen machen mir total Bauchschmerzen, außerdem liebe ich die Aussicht und die Schönheit dieses Grundstückes. Karl dagegen wartet natürlich sehnsüchtig

auf Mieteinnahmen, und hier draußen finden sich von Jahr zu Jahr weniger Interessenten.

Manchmal würde ich gerne flüchten, vielleicht zu Helen, zu Moni trau ich mich nicht, und Jana ARBEITET!

23.September

Mit Karl habe ich die letzten Wochen eine Vermietungsanzeige nach der anderen für die beiden leeren Wohnungen ausgekartet. Spannend wurde es immer, wenn es wirklich zur Besichtigung kam.

Die untere Wohnung ist ja besonders attraktiv, weil sie, wie der ausziehende Mieter immer stolz betont, "ein ARBEITS-Zimmer" hat.

Beim ersten Rundgang hielt ich noch neugierig Ausschau, wo denn die Schreibtische oder sonstigen Arbeitsgeräte versteckt wären. Aber ich sah nur lauter kleine Arbeiter hinter Gittern, die sich eifrig mit der Vermehrung ihrer Nachkommenschaft beschäftigten oder gar gelangweilt vor sich hin mümmelten. Man könnte den ehemals für Kinder gedachten Raum wohl besser als "Hasen-zimmer" titulieren.

Das war natürlich eine supi Werbung fürs coole Landleben und kein einziger Städter ließ sich zur Hasenzucht überreden.

Tja Betti, so war das damals.

Vom Bubenvater hatten wir seit 16 Monaten niemals eine Antwort erhalten, obwohl die Frau Mutter selbst Rechtsanwaltsgehilfin ist und sich auskennt. UND WIE! Kurz vor dem offiziellen Termin haben die zwei Schlaumeier direkt ans Gericht geschrieben, wie arm sie sind, bloß reich an Kindern, und dass sie sich keinen Anwalt leisten kön-nen!!!! Drum nehmen sie das Urteil an (das ja noch nicht erfolgte), und bieten max. monatlich fünf bis zehn Euro. Persönlich zum Termin er-scheinen könnten sie nicht, da sie sich so vor Karl FÜRCHTEN.

Karl fürchtet sich übrigens auch, drum hat er mir bereits Arzt-attest und Vollmacht verpasst, wie immer steht "Herz" gegen "Nerven", und als geschulte Psychologin müsste ich den Stress aushalten, ist ja bloß alle ein bis zwei Jahre!

Dem Richter muss vor Rührung das eigene Herz geblutet haben. Jetzt wurde der Termin um vier Wochen verlegt, "damit sich die Rechtsvertretung der ARMEN und ENTRECHTETEN einarbeiten kann".

Ätsch, dafür fliegen wir, sobald ich wieder richtig laufen kann, in die Türkei. Schließlich muss ich nicht nur zu neuen Kräften kommen, sondern auch mein Nervenkostüm aufpolieren!!

Und vielleicht kriegen wir ja vom Bubenvater 15 Euro Urlaubszuschuss, falls uns der Richter nicht ganz abblitzen lässt, weil wir ihm zu UNSOZIAL sind!

Herzlich Deine leicht genervte Marlene

Liebe Betti!

Danke für Dein Mitgefühl! Wie Du vorausgesehen hast, wir sind tatsächlich WIEDER MAL auf Mietersuche.

Unter dem Dach haust seit März ein leicht gemeingefährlicher Hüne mit seiner Freundin und einem riesigen Hund. Aber der wird BALD ausziehen. Wir haben <u>ihm</u> gekündigt und Recht bekommen!
Eigentlich fast schade, um den Hund! Er ist Bernhardiner und somit erstaunlich gutmütig. Wahrscheinlich gerät er nach der Freundin. Wenn er könnte, würde er mir im Winter glatt ein Fläschchen Klosterfrau Melissengeist vorbei bringen, damit ich nicht friere. Stattdessen verpasst er mir, sobald ich ihm begegne, einen kleinen Schubs. Bei seinen geschätzt zweihundert Kilo Lebendgewicht bringt er mich manchmal ganz schön aus dem Gleichgewicht, KÖRPERLICH. Für solche Fälle hat das Haus am Eingang ein stabiles Geländer zum Festhalten, und es ist ja nie bös gemeint, von dem Hund!!
Aber da das Dachgeschoss also bald leer stehen wird, könnten wir es für Dich frei halten und Du musst in zehn Jahren nicht ins Altersheim!!! Ich werde hier draußen sehnsüchtig auf Euch warten!
Fragt sich bloß, ob Sigbert und Du nicht auch zu denen gehören, die NICHT SO WEIT raus wollen.
Davon gibt es nämlich jeden Samstag eine Menge Mietprobanden! Ich probiere es ja immer noch mit dem Mietkauf, vielleicht findet sich ein Schlauer, der gerne nach 20 Jahren selber Eigentümer ist. Denn Karl weiß ja auch nicht, wem er das Mietshaus geben soll, wegen Erbschaftssteuer und fehlendem Interesse sämtlicher Verwandten. Jeder hat schon oder will nicht weit von der Stadt, von den Eltern, vom Arbeitsplatz.

Deine vergeblich suchende Marlene

Liebe Betti!

Danke für Dein Mitgefühl, und das, obwohl Du selber Mieterin bist, also quasi von der gegnerischen Seite. Nein, nein, ich weiß doch, DU nicht!

Unsere hoffentlich bald letzte Wohnungsübergabe fand SOEBEN statt! Nachmittags um DREI war vereinbart, da wäre es nicht mehr ganz so heiß. Der ausziehende Mieter, ich nenne ihn mal Ali Baba, weil er wirklich wie ein echter Räuberhauptmann aussieht, baumlanger Kerl mit brustlangen Haaren und einer bedrohlichen Oberarmtätowierung, hatte den EINUNDDREISSIGSTEN gewählt:

„Schließlich haben wir den VOLLEN Monat bezahlt!!"

Dass die Neuen sich gern ein wenig mehr Zeit zum Einräumen gewünscht hätten, zählte nicht.

„Und ist dann auch sicher alles sauber geputzt?", flüsterte ich kleinlaut.

Da rollte Ali Baba die Augen, schaute in Richtung Karl, den er erst kürzlich derart am Kragen gepackt hatte, dass wir beide glaubten, er wolle ihn zum Fenster hinaus werfen – UND KARL NICKTE.

Um 13 Uhr fuhr ein kleiner Lieferwagen vors Mietshaus. Acht fleißige Hände hatten binnen einer halben Stunde alles ausgeräumt. Weil wir nicht in die Wohnung konnten, die Ali Baba standhaft besetzt hielt, standen Sofa, Fernseher und etliche Kartons sowie mehrere leere KÄFIGE (???) und ein leicht ramponierter Blumentopf vor der noch gefüllten Garage.

Um 14 Uhr (Ende der Mittagsruhe!!) klingelte ich bei Ali Baba Sturm. Keine Freundin, kein Bernhardiner … Nach fünf Minuten riss er selber die Türe auf. „WAS GIBT`S ??", donnerte er mich an.

„Die neuen Mieter warten", flüsterte ich.

„Ich hab`s mir so eben überlegt. Ich zieh erst um halb zwölf aus, schließlich hab ich den vollen Monat bezahlt", sprach Ali Baba, griff die

Schirmmütze, knallte seine Tür zu und stolzierte von dannen, vorbei an Vermieterin, Vermieter und Mieterin in guter Hoffnung samt Pflegesohn.

Die etwas muskelbepackteren Helfer der frühen Stunde hatten sich vom Acker gemacht, der Mietermann war noch gar nicht erschienen.

Verdutzt sahen wir uns an.

Die Mieterin nahm gottergeben auf der Therapiecouch Platz und schloss die Augen. Der vierzehnjährige Pflegebube legte sich bäuchlings vor die Garage und küsste den Asphalt. Karl holte sich ein Bier.

„Woll`n Sie auch?" „Neee".

Ich griff zum Telefon und rief die Polizei. Wohnungsübergabe nachts um halb zwölf, das erschien mir denn doch zu gefährlich. Vor allem, wenn alle Lampen rausgeschraubt wären!

Der Polizeioberwachtmeister schien interessiert.

„Ja, das Haus kenn ich doch! Da haben wir mal den Heiner B. verhaften wollen, den Einarmigen. Der ist uns mit dem alten Mercedes entwischt, stell `n Sie sich vor, mit EINEM ARM!!!"

„Ja, ja", unterbrach ich. „Aber was sollen wir nun tun, mit Ali Baba? Helfen Sie uns??"

„Tja, solang er keinen angreift … Speichern Sie mal unsere Handynummer ein. Falls was passiert, rufen Sie an. Wir kommen dann gleich, halt so schnell wie möglich."

Das war jetzt echt kein wirklicher Trost.

Karl versuchte, sich nicht zu betrinken. Die Neue therapierte uns alle kostenlos. Um 17 Uhr fuhr sie samt Pflegesohn frustriert von dannen, heim zu Mutti.

Um halb elf, als es ganz dunkel war, klingelte Ali Baba bei uns Sturm. Er habe die blöde Warterei jetzt satt. Wir könnten kommen.

Karl schritt mit der Taschenlampe mutig voran, ich trippelte mit eingeschaltetem Handy hinterher.

Vorsichtshalber informierte ich noch schnell die Polizei.

Der Oberwachtmeister meldete sich mit schläfriger Stimme. Als er meinen Namen hörte, wirkte er wie elektrisiert.

„Oh, hat er ihn schon zusammengeschlagen?"

Aber es ist alles gut gegangen. Ein paar kleinere Kollateralschäden: verdreckte Badewanne, fünf ausgehängte Zimmertüren, zerbrochene Fußbodenleisten.

Aber wir LEBEN, und morgen wird alles anders!!

Am nächsten Tag rannten wir um halb sieben in die Wohnung.

Wir putzten und scheuerten, Karl hängte die Zimmertüren ein, bei zweien fehlten die Zargen. Dann eben nicht!

Um halb zehn wankten wir bedrückt nach Hause.

Um zehn fuhr ein kleines Schrottauto hinunter zum Mietshaus. Wir klingelten, stellten uns vor, beglückwünschten Frau und Ziehsohn.

Ihr Freund sei irgendwo draußen. Aha.

Tatsächlich sah ich einen unbekannten Mann am Fluss sitzen. Zuerst dachte ich, es sei Ali Baba, Hals, Schultern und Rücken tiefblau tätowiert, die langen Haare zum Zopf gebunden. Falls Du das Buch „Tausendundeine Nacht" besitzt, mit den großen bunten Bildern, er ähnelt dem gruseligen Flaschengeist in Aladdins Wunderlampe.

Ich stellte mich kurz vor.

Der Mann knurrte „Ja", der Hund knurrte auch.

„Aladdin" blickte ernst und traurig und zeigte auf seinen Hund, einen schwarzen Labrador.

„Die Alte ist schon oben".

„Ja, ja", sagte ich und hob konsterniert die Augendeckel. „Ich hab mit Ihrer Frau schon gesprochen".

„Nee", murrte Aladdin. „Die Katze! Und übermorgen holen wir die Ratten, zehn Stück, sehr brav, stinken nicht".

Dann wandte er sich gleichgültig dem Wasser zu.

Panta rhei. Alles fließt .....

Du musst zugeben, FRÜHER WAR SCHON VIELES EINFACHER! Da haben auch die Mieter besser gespurt!

Sogar der Auszug hat sich damals problemloser gestaltet, als die Mieter noch friedlich verstarben.

Deine von Gott geprüfte Marlene

Arme Schweine

Liebe Betti!

Du hast schon recht. Vermieter sind manchmal arm dran. Aber keine Sorge! Damit komm ich schon klar. Du musst wissen, dass wir, ehe ich Dich kennenlernte, schon ganz andere Exemplare zu bewältigen hatten.

Als ich bei Karl Theo einzog, lebte im Mietshaus ein alleinstehender Schwerbeschädigter mit nur einem Arm und hunderttausend Ideen im Kopf, wie man schnell und einfach zu ganz viel Geld kommen könnte. Er beherrschte die Kunst des Warentausches bis zur Vollendung. Wenn einer seiner besonderen „Spezeln" nicht zahlen konnte, nahm er gerne eine ganze Lieferung Gewinn verheißender Artikel entgegen: einen Schwung gepökelte Schweinehälften aus dem Schwarzwald, fünfhundert Tischfeuerzeuge (die aus seinem Nachlass später an ein hocherfreutes Altersheim gingen), wunderbare Schokoeiswaffeln, (zeitlich nur knapp über der Haltbarkeitsgrenze), mit denen er mein Herz und das meiner Kinder eroberte!

Lass Dir mal von Karl Theo die Geschichte mit den Liegestühlen persönlich erzählen! Heiner brachte ihm einen Prototyp seiner Neuerwerbung und bat um kleine Hilfestellung: „Ich kann den Stuhl nicht allein aufklappen. Würdest Du mal?? Beste Ware, Echtholz, und der tolle Stoffbezug".

Karl klappte, stemmte, schraubte und studierte. Alles ohne Erfolg!

Der Liegestuhl kippte, drehte zur Seite, bekam keinen Stand. Bis Karl entnervt seinen Freund Bruno zu Hilfe holte, der beste Schreiner vor Ort. Der kuckte zweimal von oben und unten, hob die Schultern und sagte lapidar: „Die Schrauben sind falsch."

Das war's dann wohl, nichts zu machen.

Aber keine Bange! Heiner fand einen gut betuchten russischen Abnehmer. Und im Gegenzug erhielt er eine Eisenbahnwagen-Ladung Joghurt im 500 Gramm-Becher, knapp am Verfall, also quasi noch FRISCH.

Leider erhielt er an der polnischen Grenze keine Einfuhrgenehmigung für sein geplantes Riesengeschäft und der Joghurt wurde zusehends älter. Selbst im Dorf hatten alle sich an Joghurt satt gegessen und satt gesehen. Und Karl begannen die riesigen Becherstapel hinter dem Haus im wahrsten Sinne des Wortes zu „stinken".

Daraufhin kaufte sich Heiner im Nachbardorf vier Schweine, um die weiße Pracht gewinnbringend zu verfüttern. Schließlich ist Joghurt gesund!! Und Bioschweine sind IN!!!

Da in unseren Vierzimmerwohnungen so viele Tiere nicht Platz haben, mietete er beim Nachbarn einen Stall an. Jetzt brauchte er noch einen Schweinehirten, den fand er in Gestalt unseres soeben arbeitslos gewordenen Erdgeschossmieters, und alle schienen glücklich.

Die Joghurtpalette wurde 30 Kilometer weiter beim „Türken" untergestellt, der Hirte fuhr täglich in Heiners Mercedes zur Abholung, kochte im riesigen neu erworbenen Kartoffeldämpfer das Zubrot für die hungrigen Tiere (gegen den bereits drohenden Dünnpfiff !!!) und die Schweine wurden größer. Sie wurden größer, aber auch stärker. Eines Tages ging mit Hallo die Kunde durchs Dorf: Heiners Schweine sind los!!!

Der Hirte fing nach drei Stunden die völlig verängstigten Tiere wieder ein und der ehemalige Besitzer nahm sie zu einem schändlichen Spottpreis wieder zurück. Der Schweinehirt genoss sein Hartz 4, das ihm jetzt weit weniger „stank", und Heiner legte sich mit der Russenmafia an.

Noch als er schwerst krank im Bett lag, hörte ich ihn nachts mit Furcht einflößend lauten Männerstimmen telefonieren.

Drei Tage vor Heiners Tod kam ein Oberwachtmeister vorbei und erklärte mir streng:

"Ich muss zu Ihrem Mieter." „Aber der liegt im Sterben", seufzte ich.

„Egal", knurrte er. „Fluchtgefahr (!!!!!!), ich muss mich mit eigenen Augen überzeugen".

Ins Gefängnis musste Heiner nicht mehr. Als er gestorben war, wurde seine Wohnung über Nacht weitgehend leer geräumt, von wem auch immer. Nur seine alten Anzüge und die Tischfeuerzeuge blieben erhalten.

So sparten wir uns den Müllcontainer! Da hatten wir ja noch Schwein gehabt!

Deine nicht nur damals glückliche Marlene

Die Hinterlassenschaft des Müllers

Liebe Betti!

Vielleicht hätte ich Dir lieber nicht von Heiner erzählen sollen, weil jetzt in der Nacht all die alten Erinnerungen hochkommen und ich manchmal (jetzt also auch OHNE Amtsarzt!?) stundenlang schweißgebadet im Bett liege.

Der verstorbene Mieter war ein sehr netter, charmanter Mensch, bis zuletzt ein rechter Weiberheld und sowohl haupt- als auch neben-beruflich "MÜLLER".

Karl sagte damals ehrgeizig, wie er immer ist:

„Das kriegen wir GEBACKEN!"

Anbei die Kopie eines damals HANDGESCHRIEBENEN Briefes an meine mitfühlende Tochter:

Liebe Helen!

Seit Heiners Tod backen bzw. <u>packen</u> wir bis zum täglichen Um-fallen in Kisten und Kartons, Tüten und Säcken, und wir sind Voll-profis der Mülltrennung geworden.

Nachdem ich heute einen riesigen Aktenschrank entleert habe und neun Zehntel nicht auf den Papiermüll dürfen, weil es aus lauter Gerichtsurteilen, Vollzugsandrohungen und sonstigen De-likatessen besteht, kommt mir sein Leben vor wie ein Krimi.

(P.S. Doch glaub mir Betti, um den aufzuschreiben, reicht ein kleines Frühpensioniertenleben wohl nicht aus!)
Auf jeden Fall wurde hier alles erdenklich Mögliche, was europaweit verkauft, verkitscht und gemopst werden konnte, von einer ungewaschenen Hand zur anderen weitergereicht, seien es nun Gänse, Motoren, nicht vorhandene Grundstücke, bis hin zu Briefmarken und Diamanten.
Die kleinen üblen Restbestände, z. B. 100 Tischfeuerzeuge, 30 uralte leider völlig vergammelte gefüllte Schoko-Ostereier, 70 unbrauchbare Dampfreiniger und andere Leckereien dürfen mein über alles geliebter, sich den Profi ersparender Karl und ich nun unter das begehrliche Volk bringen.
Jetzt kein Aufschrei, Helen! Glaube mir, Dir diese Ostereier zu schicken, lohnt es die Briefmarke nicht!!!!!
Ach, könntest Du doch dabei sein, Du hättest nie mehr Langeweile! Allein das Packen von 20 riesigen Kleidersäcken, die dieser einzige Mann hinterlassen hat - alles schick und sauber, Kleidergröße ca. 64, gibt's das?, und jedes Stück so schwer und gediegen, dass ich es kaum hochheben konnte. Ich bin mal gespannt, welchen gut gebauten Opa die Aktion Hoffnung mit diesen Erblasten beglücken wird, wahrscheinlich 20 Opas auf einmal!
Mein letzter Auftrag für heute lautet Problemmüllentsorgung. Ich hätte da noch diverse Spraydosen und Giftflaschen anzubieten. Also falls Du da was brauchst???!!!!!
Sorry, ich weiß doch, wie sehr Du Deinen Leo liebst …

Meine eigenen drei „Großen" stehen im Übrigen dem Heiner in nichts nach! Als sie vor drei Jahren fast zeitgleich auszogen, haben sie uns „aus purer Nächsten- und Umweltliebe" alles unsortiert zurückgelassen, „weil das ja vielleicht noch ein anderer dringend braucht!!!"

Dabei ist besonders die Helen auf jedem Rümpelstück gesessen, wenn wir irgendwelche Waisenkinder oder rumänische Arme damit beglücken wollten. Erst als ihr zukünftiger Junge unterwegs war, der weder mit Puppen noch mit deren Kleidern oder diversem Strickzeug was anfangen könnte, DURFTE ICH plötzlich alles entsorgen.

Jana hat den Vogel abgeschossen. Sie wollte ein altes wieder entdecktes Sparbuch nicht, weil es „ja eh schon nix mehr wert ist". Ich musste es ihr regelrecht wieder aufzwingen.

Jetzt hat sie mir beglückt mitgeteilt, sie hätte von der Bank samt Zins und Zinseszins fast FÜNFHUNDERT EURO bekommen!!!

Für Peters beinah nagelneue Büroeinrichtung (Schreibtisch plus wunderschöner Regalschrank) haben wir erst nach drei Monaten einen gnädigen Abnehmer gefunden: die Caritas. Alle anderen hatten schon, brauchten nicht, zu groß, zu klein, obwohl geschenkt!!!

Übrigens herzliche Gratulation zur Beförderung an Deinen bewundernswerten Göttergatten! Also meine liebe Betti, halte bei eurem Umzug Deine Nerven beisammen, wie auch ich die meinen. Der liebe Gott wird`s schon richten. Schade, dass er für meinen Karl sicher KEINE Direktorenstelle wie für Sigbert frei hält - Karl würde sagen: Danke, ebenso!!!, bleibt er eben Müller, Metzger und Vermieter!

Deine aufgeräumte Marlene

Panta rhei

Liebe Betti!

Der „Flaschengeist" hat GEKÜNDIGT!! Zugegeben, er wurde von Karl sanft GEZWUNGEN! (Ich weiß nicht mit welchen Mitteln, jedenfalls ohne Schläge!!) Aladdins geduldige Therapeutenfreundin ist samt Ziehsohn über Nacht verschwunden, schon vor Wochen. Karl und ich wollten es nie wahr haben. Aber da zum zweiten Mal die Miete fehlt, haben wir nachgefragt.

„Ja, schon", hat Aladdin geknurrt. Aber ich brauch nix zu zahlen. Oder hab ich den Mietvertrag unterschrieben?"

Zugegeben, hat er nicht. Und wenn ihn Karl vorher gesehen hätte, samt Hund und Katz und Ratt, hätte er auch niemals die Gelegenheit dazu bekommen.

Dann steht also bald das ganze Haus leer? Aber dieses Mal ist Karl merkwürdig zuversichtlich.

Vielleicht, weil es bald abgeht in sonnige Gefilde! Oder hat er bereits NEUE in Aussicht?

Deine um eine bessere Zukunft betende Marlene

Auszug des Gladiatoren

Liebe Betti!

Aladdin hat mit wallendem Haupthaar die Wohnung verlassen. Im Schlepptau den schwarzen Labrador, die „Alte" und die Rattenkäfige. Nur das Katzenklo ließ er stehen. Das wurde anscheinend die letzten acht Wochen nicht gesäubert und hat noch mehr gestunken als die Ratten.

Da hat Karl doch endlich mal richtig was zu tun: MIR die Nase zuklammern, abends die Hand halten und den Rücken massieren. Allerdings meinte er, ich STINKE!! So eine Gemeinheit!

Im Gegenteil, MIR stinkt's!!! Aber was sollen wir machen?

Stell Dir vor, Karl hat es heimlich geschafft: Morgen kommen zwei Frührentner samt Anhang, um die Wohnung zu besichtigen. Sie wollen in einer Woche einziehen. Da kehrt endlich ORDNUNG ein!! Sie haben keine Ratten. Und dann FLIEGEN WIR!!

Deine Marlene, für IMMER die Nase voll!!!

Problem gelöst

Liebe Betti!

Jetzt ist mir alles klar! Karl hat die NEUEN Mieter in der Nachbarschaft gefunden. Die haben Streit mit ihrem jetzigen Vermieter: wegen Lautstärke und Schimmel. Wie schön, dann haben sie für ihren Einzug bei uns schon vortrainiert.

Außerdem wollen sie gleich beide Wohnungen, für VIER Personen recht üppig, die beiden alten sind Frührentner, die Jungen bekommen Wohngeldzuschuss, also wird es ganz schön knapp. Dafür brauchen sie unbedingt statt Badewanne eine Dusche, neue Fenster wären auch ganz nett. Der Garten ist bereits mit Beerensträuchern verplant. Aber sie freuen sich auf eine geregelte HAUSORDNUNG!!!

Wir wünschen uns nur noch FRIEDEN, und ich bin ganz sicher, dass diesmal ALLES GUT WIRD. Übermorgen ziehen sie ein. DANKE an meine und unser aller Engel!!!

Deine erleichterte Marlene

Guter Hoffnung

Liebe Betti!

Geschehen zur Zeit WUNDER ??

Auch für die untere Wohnung, wo die jungen Kerle rausgehen, haben wir neue Interessenten gefunden: älteres Ehepaar ohne Kind und Hunde, nur eine gepflegte Katze, gutes Einkommen, sozusagen der Traum eines Hausbesitzers.

Am Samstag brauchten wir nur noch den Mietvertrag auszufüllen. Frau M. hatte mir schon bei der Erstbesichtigung mitgeteilt, dass außer der Wohnungsgröße und einer ruhigen Lage nur ein einziger Punkt von Interesse sei: ein GÜNSTIGER PREIS.

„Willkommen im Klub", dachte ich schmunzelnd, wer könnte das besser verstehen als Karl Theo und ich!!! Nach zwei Wochen hatte ich meinen allseits Geliebten weich geklopft, doch um 20 mickrige Euros runter zu gehen, damit wir ENDLICH ideale oder IRGENDWELCHE Mieter bekämen. Grimmig gab er nach und am Tag X saßen wir zu viert gut gelaunt beisammen, mit Mietvertrag und Kugelschreiber bewaffnet.

Herr M. wirkte leicht erschöpft und erleichtert, dass Frau M. ENDLICH das Passende gefunden hatte. Ich war einfach bloß glücklich. Karl war sauer, aber gottergeben. Frau M. schien vergnügt und auf der Hut.

Punkt für Punkt arbeiteten wir uns voran. Die erste größere Krise entstand beim Punkt „Heizkostenvorauszahlung". Herr M. wusste nicht genau, was bisher bezahlt worden war, weil er sein Heizöl fürs ganze Jahr auf einmal und so weiter und so fort … Ja, ja, meinte Frau M., aber jetzt müsse man auf einmal JEDEN MONAT ……

Karl Theo verdrehte die Augen, ich betete und überhörte das unangenehme beidseitige Zähneknirschgeräusch.

Nach siebzehn weiteren bangen Minuten näherten wir uns den „Nebenkosten". 40 Euro, schrieb ich zügig, da fiel Frau M. der Kugelschreiber aus der Hand und sie knurrte: „NEIN, SO NICHT!"

Angeblich hätte ich ihr diesen Betrag verschwiegen. Der Beweis: Auf ihrer säuberlichen Liste stand außer Kaltmiete, Garage, Heizung kein weiterer Posten. Vielleicht hab ich am Telefon tatsächlich ein wenig zu flüstern begonnen, als sie auf die ersten drei Preisangaben so ablehnend reagierte???

Aber GESAGT HAB ICH ES!!!

Jetzt schäumte Herr M., erwähnte die wochen- (oder monate-?) lange Suche, die vielen teuren Zeitungsannoncen und dass er nicht bald unter der Brücke schlafen wolle.

Karl hüstelte beunruhigend, was eine Explosion ankündigte, ich betete. Was soll ich sagen, sie haben tatsächlich unterschrieben. Seit diesem Tag höre ich jedes Mal, wenn ich am Miethaus vorbei gehe, dass im ersten Stock auf dem Balkon ein Wellensittich krächzt, in zehnfacher

Zimmerlautstärke, das heißt UNÜBERHÖRBAR. So viel zur RUHIGEN Wohnlage, da bin ich mal gespannt. Ist so was vielleicht mietMINDERND???

Deine nur leicht beunruhigte Marlene

Vermieter-Nebenjob

Liebe Betti!

Der Wellensittichbesitzer bewahrt mich vor drohender Langeweile, und das mehrmals die Woche. Selbstverständlich UNBEZAHLT, weil er wirklich so gut wie kein Geld hat. Da er mit seiner Frau zusammen 100 qm bewohnt, bekommt er von nirgendwo Zuschüsse, und wenn er auszieht, fehlt uns noch die Miete vom Dachgeschoss, wo seine zwei erwachsenen Kinder wohnen, die ohne ihn nicht können. Na toll, also übernehme ich sämtliche Arztfahrten, um irgendwelche Taxikosten zu sparen, die sonst wieder bei der Miete fehlen würden, da ja kein Geld vorhanden usw. ....

Weil er es mit dem Herzen hat und dringend eine Katheteruntersuchung braucht, musste er mehrmals nach Grießbreihausen. Da sind die Ärzte angeblich besser als bei uns, wo er notfalls mit dem Fahrrad hin könnte.

Als er, ohne zu fragen, das Krankenhaus in der NUR 70 km entfernten(!) Großstadt auswählte, (dahin trau ich mich nicht allein mit dem Auto), platzte Karl der Kragen und er VERWEIGERTE.

„Kein Problem", meinte Berthold, fährt er eben mit dem Zug. Nach zwei Tagen sagte er den Termin ab, „es sei denn doch ein bisschen umständlich und er wolle noch ein wenig mit der OP warten". Nach drei Tagen brauchte er nachts den Notarzt, da erübrigte sich alles Planen.

Seine etwas schwerhörige Frau brüllte mir ins Telefon, ich könne ihren lieben Mann abholen: in der Notaufnahme von Kleinhinterdorf. Ich schluckte schwer, es passte halt gerade so gar nicht (!!!!), setzte mich ins Auto, suchte einen Parkplatz, suchte die Notaufnahme, suchte den Patienten, wartete bzw. zappelte vor Nervosität an der Empfangstheke, ließ Herrn W. im gesamten Klinikbereich ausforschen, NICHTS!!!!!!!

Ich kochte (leider nicht wie geplant mein Mittagessen) und wartete, bis der schlaue Sekretärinnencomputer es ausspuckte: Herr W. sei heute Nacht im Klinikum in Anderswostadt eingeliefert worden. AHA????!!!!!

Ich düste nach Hause und heulte vor Wut. DAS WAR JETZT DAS LETZTE MAL DASS ......

Am Telefon schrie ich der schwerhörigen Fanni ins Ohr: „Berthold ist NICHT in Kleinhintersdorf angekommen" (Strafe muss sein!!!)!

„Doch", säuselte sie sehr lieblich, „in Kleinhintersdorf, in der Notaufnahme."

„NEIN", brüllte ich zurück, „DA IST ER NICHT!"

Sollte sie doch ruhig auch mal bibbern!

Nach fünf Minuten meldete sich Bertholds Handy. Tatsächlich, er sei wirklich in Anderswostadt. Ich sagte entnervt: „Wie soll ich Dich denn da finden, in dem riesen Haus?"

„Och, ganz einfach", meinte er trocken. Von Vorderdingsbums gerade aus, da kommt ja schon gleich Mittelzippeldorf, und da bin ich doch schon fast."

Zum Glück kam gerade Karl Theo zur Tür herein und ich überließ alles Weitere ihm.

Übrigens, HEUTE wird Berthold operiert, aber wer ihn fährt, weiß ich gar nicht!

Deine sich regenerierende Marlene

Liebe Betti!

Tausend Dank für Dein spannendes, langes Mail! Die Lust auf Paris hast Du längst bei mir geweckt! Aber Karl ist noch nicht ganz überzeugt. Er jammert schon, weil ich ihn morgen im Zug nach München schleppe, um Jana zu besuchen. Wir feiern ihren Geburtstag und Ostern erst jetzt nach, weil "Peter vorher keine Zeit hatte" und das Ganze wegen ihm verschoben wurde.

Gerade hat mir Jana mitgeteilt, dass Peter NICHT kommt, weil ICH komme. Toll, die Begründung ist, dass ich vorne herum anders rede wie hinten rum. Er hat mir die Sache vom Oktober mit Helen noch nicht verziehen. Bloß traurig, dass ich meine Enkelbuben ja dann wieder nicht treffe. Soll ich jetzt die Osterkekse mit der Post schicken, was bestimmt teurer kommt als die Kekse selber oder muss ich alles allein verspeisen und vor lauter Frust fett werden? Mal sehen, ob Karl noch Appetit hat!

Wie Du ja sicher selber aus Erfahrung weißt, ist schon das Aussuchen des passenden Tickets ein Aben-TEUER für sich. Ich hab am Bahnhof Tränen vergossen, weil ich vor lauter Zeitstress die Sparte "Bayernticket" nicht finden konnte. Wer ahnt schon, dass die gesuchte Taste bei den "Kinder"-Karten versteckt wurde! Dafür sind wir dann sehr nobel gereist, das verlockende WC direkt im Rücken.

Als ich kurz vor Pasing wollte und musste, kostete es mich schier zwei Bandscheiben, die schwere Drehtür auf zu wuchten, bis ich endlich die gro0en Lettern "Automatiktüre" entzifferte. Der Rest war ein Kinderspiel! Druck auf den roten Knopf, Papier, gemütlicher Sitz in Fahrtrichtung. Da kann man endlich loslassen!

Als ich mich grade so richtig wohlfühlte, schwebte vor meinem staunenden Auge die Drehtüre von rechts nach links und eine beleibte Dame stürmte ins geheime Kämmerlein.

„Halt, halt", keuchte ich entsetzt.

Wie auf Kommando drehten sich zwanzig Augenpaare zu mir hin und inspizierten mein entblößtes Unterteil. Ich flüchtete schamvoll in die linke Ecke des Raumes, unerreichbar der rote Automatikknopf RECHTS VORNE, im Übrigen versperrte die füllige Dame den Weg und donnerte: „Sans jetzt fertig oder ned?"

Ich zog mir hastig mein frisch geflicktes Patchworkunterkleid über die zitternden Bauchfalten und verließ den vormals so hochgelobten Raum OHNE die Hände zu waschen, meine Mutter möge mir verzeihen!!

Nach fünf Minuten rauschte die pralle Dame an uns vorüber. Karl krähte vergnügt und laut vernehmlich aus seiner Fensterecke: „SO, SANS JETZT FERTIG!!!!"

Bis Pasing standen viele bedürftige Menschen Schlange und belehrten sich gegenseitig, wie man von innen verriegeln könne. Und jeder, der erleichtert und stolzgeschwellt wieder herauskam, vernahm mit Entsetzen, dass die ganze Zeit WC FREI angezeigt war. Aber wir helfen uns ja gerne gegenseitig.

Zum Schluss kamen drei Frauen vom Nachbarabteil und erklärten:

„Sie könnten ruhig dankbar sein, dass die Türe AUFGEHT. Bei uns ist seit dreißig Minuten geschlossen, und niemand weiß, OB JEMAND DRIN IST!"

Nach diesen frohen Erfahrungen habe ich für unseren Helenbesuch mit Jana zusammen voller Lust das Wochenendticket gebucht: Sieben Stunden Fahrt und fünfmal umsteigen. Aber man zahlt bloß 78 Euro statt VIERHUNDERTFÜNFUNDZWANZIG!!!

Ja ja, die Preise wechseln! Karl hat jetzt schon dankend verzichtet, obwohl er kostenlos mitkönnte! So eine Undankbarkeit! Jetzt hat er bloß noch Angst, dass ich bei diesen Billigpreisen süchtig werden könnte und Helen mit Jana zusammen jedes zweite Wochenende besuche.

WER WEISS???????

Deine reiselustige Marlene

Fliegende Enten

Liebe Betti!

Oh Wunder!!! Wir haben Peters Geburtstag mit unseren Enkelchen samt Jana UND Helen gefeiert. (Helen hat von uns gelernt und ein Wochenendticket gekauft!!)

Irgendwie konnte ich Peter überzeugen, dass auch Großeltern NUR Menschen sind, Menschen, die ihre Enkel, besonders aber IHN und seine Frau einfach von Herzen lieben (auch wenn man sie manchmal heimlich auf den Mond schießen möchte, die bockigen Dödel!!!)

Unsere beiden Kleinen sind endlich beide über die Einmetergrenze gewachsen, was den sechsjährigen Bernd total stolz macht, obwohl der dreijährige Chris natürlich weitaus mehr Kraft besitzt und mit seinem festen Klammergriff sogar die Erwachsenen zum Wackeln bringen kann. Allerdings muss er vorher Anlauf nehmen oder unerwartet losstürmen. Unser Kleiner ist wirklich etwas gewalttätig, oder hat er proportional zu seinem jungen Alter einfach zu viel Muskeln?? Dafür siegen bei Bernd natürlich eindeutig Intelligenz und Schläue. Süß und sonnig sind sie beide.

Bernd hat sofort Helen in Beschlag genommen, Chrissi wählte Jana aus und verwies mich mit strengem Ton aus dem Zimmer: „Du musst jetzt laus gehn!"

Als Jana ihn aufmerksam machte, dass die arme Oma beleidigt sein könnte, schleppte er mir ein riesiges Dinosaurierplakat ins Wohnzimmer, damit ich auch was zum Spielen hätte!

Später ließ er Karl und mich gnädigerweise bei seinem neu erfundenen Spiel mitmachen. Damit einem die heutigen Kinder intelligenzmäßig über unseren Kopf wachsen, um später mal besser drauf spucken zu können, gibt es ja mittlerweile lauter ausgetüftelte Spiele. Deshalb besitzt Chris eine Art Karussell, wo zehn Enten herumschwimmen. Eigentlich sollte er erraten, welchen Farbpunkt die Enten unten aufgemalt haben. Aber so was interessiert den Racker natürlich nur am Rande.

Also hat er eines seiner Lieblingssachen, eine Riesen-Monster-Plastik-Skeletthand dazu umfunktioniert, dass er jede Ente einzeln über seinen Kopf schleudern kann und alle Anwesenden müssen dazu jammervoll rufen: aaaaaah. Und nun mit umgedrehten Rollen.

Chrissi schrie so herzerweichend laut und kummervoll aaaaaaaaah, dass es nicht nur die Enten erbarmte. Anschließend platzte er jedes Mal vor Lachen. Er ist schon heute ein geborener Schauspieler.

Als wir gehen mussten, sagte er betrübt: „Ihr könnt nicht gehen, weil sonst bin ich doch ganz tlaulig."

Endlich fühle ich mich mal so richtig omelig.

Deine zufriedene Marlene

Abflug

Liebe Betti!

Da ja wahrscheinlich jedes Telefonklingeln zurzeit nur Aufregung für Dich bedeutet, bloß mal schnell ein kleines Mail. Ich hoffe, Du kannst noch gelassen Deiner doppelten Omazukunft entgegen sehen. Dafür schicke Dir schon mal alle Entbindungs-, Baby- Klinik- und sonstigen Engel, die bei solch großen Vorhaben irgendwie helfen können. Für Dich höchstpersönlich bestelle ich einen lieben dicken Knutschengel, der Dich in Zeiten der Verlassenheit an Deinen überarbeiteten Mann erinnert und tröstet - für Sigbert dasselbe, aber natürlich schlank und dunkelhaarig! Dass die Engel wirklich helfen, weiß ich aus allen vergangenen Erfahrungen.

Tausend Dank für Dein riesiges aufbauendes Mail, das war in dieser hektischen Woche so ziemlich das einzige Highlight!! Es ist unglaublich, was Katz und Ratt so alles hinterlassen!!!

Am Sonntag konnten wir endlich erschöpft in die schwankenden Onur Air - Flugsessel fallen und uns drei Stunden auf Kleinformat zusammenpressen lassen, um nachts auf dem hoteleigenen Fakirbrett

Platz zu nehmen, das mich die ganze Woche liebevoll aufzubauen versuchte. Leider gelang dies nicht, obwohl ja eigentlich die Nägel fehlten. Aber Karl meint, für die "Prinzessin auf der Erbse" hätte es doch genügt.

Dafür hat uns das wirklich enorm delikate kalorienreiche Essen entschädigt. Für Blinde war es der Hochgenuss pur, für die leicht Sehbehinderten wie mich allerdings nur, wenn ich die Brille auf dem Zimmer vergaß. Denn das Geschirr verhielt sich im Punkte Sauberkeit reziprok zum guten Geschmack (Karl würde gern wissen, was dieses Wort bedeutet, ätsch !!!).

Dagegen stimmten Betthärte und Sauberkeit der Wolldecken (das einzige funktionsfähige Wärmemittel) vollkommen überein.

Um Deine Gedanken rein und unbelastet zu erhalten, überspringe ich diesen heiklen Punkt, schließlich war es ja nachts sowieso dunkel und am Tag wagte ich die blinden Zimmermädchen nicht aufzuklären, um nicht selber in Verdacht zu geraten!!!

Apropos Nacht: Da fand die Zwangsanimation für das gesamte Hotel statt, mitten in der zentralen Eingangshalle, damit auch in den Betten jeder mitfeiern konnte.

Ansonsten war es herrlich, knalle Sonne, schöne Strandspaziergänge und heiße Debatten über die Zukunft der jetzt freien Vier-Zimmerwohnung. Ich entfaltete meine begeisterten Pläne, hier eine wasanahe Praxis zu eröffnen, zusammen mit ein, zwei meiner Gruppenmitgliedern als Körpertherapeuten.

Karl meinte daraufhin trocken, anlehnend an Sigberts weisen Ausspruch: Er wisse schon, Wasawieslein, das Zentrum von Deutschland!

Damit wäre dieses erledigt.

Deine vor sich hingrübelnde Marlene

Liebe Betti!

Seit ich Dich kenne, weiß ich, dass Du ein gutes Herz hast! Aber dass Du bei der eigenen Urlaubsvorbereitung sozusagen zuerst noch mal ganz schnell an den - nein, an die - Urlaube Deiner Freundin denkst, sprengt schon alle Grenzen eines liebevollen Herzens.

Da bleibt mir nur ein schlichtes DANKE !!!

Du sollst wissen, dass Du mit Deinem Buch voll ins Schwarze getroffen hast! Besonders in die schwarze Seele meines geliebten Karl, der seitdem vor lauter Urlaubsplanung nicht mehr zu bändigen ist.

Zugegeben, nicht gleich am ersten Tag, denn mein lieber Mann liest ja eigentlich nicht. Anfangs nervte ihn bloß ganz dezent mein Gelächter und er empfahl mir dringend, öfter mal das Buch in Stille zu genießen, und wenn schon Molwanien, dann im ungeheizten(!!!) Keller, weil der am weitesten vom Fernseher entfernt ist - sozusagen Geräusch schluckend.

Aber nachts, in fernseh- und arbeitsfreier Zone, ließ ich ab und zu - natürlich auch ganz dezent - kleine Andeutungen fallen bzw. eher entschweben, über Molwanien, das Land der glücklichen, weil arbeitslosen Zahnärzte, das Land des ewigen All Inclusive.

Karl hat sehr schnell - ZU SCHNELL??- Feuer gefangen und träumt seither nur noch vom billigen Traumurlaub in der Molwanischen Universität. Zwar war er ein wenig geschockt, dass er die Studentinnen gleich mitmieten soll - denn er hat es nicht so mit den Studierten, aber da er ein sparsamer Mensch ist, nimmt er so manches in Kauf!! Sein Gesundheitsbewusstsein hat den letzten Ausschlag gegeben: Knoblauch in Schnapsform anstatt Pillen, noch dazu kostenlos, und der schönste Triumph, man darf nicht nur, man MUSS ihn trinken, weil wir schließlich höfliche Menschen sind. Also nichts wie auf ins Schnapsland!!!

Mir ist seine Begeisterung allmählich so unheimlich, dass ich die Exerzitien mit Euch fast vorziehen würde. Jedenfalls bin ich schon ganz still geworden ... und habe mich heimlich über das mallorquinische Reisewetter informiert, um meinen reiselustigen Träumer wenigstens für einige Tage abzulenken. Könnte sein, dass dort bei 20 Grad über null der eine oder andere Ober <u>auch</u> oben ohne serviert, wieso sonst hieße er Ober. Und auch das wäre schließlich "nichtsexuell". (Ich hoffe zu Deinem eigenen Besten, dass Du dieses Buch nicht bloß verschenkst, sondern auch selber gelesen hast!!) Aber warum fahrt Ihr zwei Ausreißer dann Richtung Lourdes!?? Oder wart Ihr etwa doch in ...???

Ich hab mir als Vorgeschmack schon mal einen Probeurlaub im Zahnarztsessel gegönnt. Diese traumhaften Bohr- und Sauggeräusche, echt wie am Strand. Das fröhliche Wiegen und Schweben im Sessel: „ZU FLACH?" – „ZU TIEF?" – „Aber bitte sehr, ganz wie Sie wünschen!"

Dazu die kräftige, tief gehende und wirksame Massage der Zahnhälse, das gekonnte Durchkneten des aufgeschwollenen Zahn -Fleisches und das verständnisvoll - einfühlsame Gespräch des Zahnarztes, der als EINZIGEN NACHTEIL bedauerte, dass sein Personal so häufig wechsle.

Als ich, ebenfalls einfühlsam, interessiert fragte, ob denn wenigstens die heute anwesende Dame (zugegeben eine mittlere Sadistin) noch ein wenig länger bliebe???, meinte er mit tiefem Seufzer, er HOFFE schon, das sei nämlich seine Frau!!!

Glaubst Du, in Molwanien ist es schlimmer???

Jedenfalls, nach Deiner Rückkehr wirst Du mich einige Tage nicht erreichen können, falls nicht sämtliche Flughäfen gesperrt werden!!

Ich drück Dich ganz fest, ebenso ZWEI Enkelchen und den hoffentlich trotz falscher Reiseroute gut erholten Sigbert (wahrscheinlich hat er das ganze Jahr einfach zu viel am Hals, um das „Richtige" Schlemmerleben zu buchen!)

Deine bald nach Molwanien düsende Marlene

Liebe Betti!

Herzlichen Dank für Dein Mail. Ich hab so gelacht, dass ich selber ein Klo brauchte!!
Mir stehen noch immer Mund und Herz offen, dass Deine kleine Enkelin ein derart hübsches Baby ist. Ich gratuliere Dir, und natürlich den beiden Eltern, von ganzem Herzen.
Ich hoffe für eure Nerven, dass das Mädchen genauso gut schläft, wie es schön ist. Aber da es ja für alles und jedes einen Engel gibt, könnte man bei Bedarf zum Schnullerengel beten, oder zum Ohrstöpselengel, den könntest Du bei Deinem schnarchgewaltigen „Großen" wohl auch manchmal brauchen?

Um der eigenen Langeweile zu entgehen, überlege ich zurzeit, ein Buch über mich und Karl zu schreiben. Karl will allerdings nicht berühmt werden, weil er Angst hat, dass aufgrund seiner vielseitigen Fähigkeiten die Nachfrage der Damenwelt zu groß wird, und mit 60 hat man sich ein wenig Ruhe verdient. Schade, das hätte den VERKEHRS-Wert sicher gesteigert, denn schmutzige Bücher werden immer gern gelesen.

Hier bei uns gibt es nichts Neues, weil ich zwischen Packstress, Johannitern und Münchenbesuch bei Jana nichts Ordentliches erleben kann. Ich melde mich aus Molwanien, oder wo immer wir am Sonntag landen werden. Da wir nicht wirklich All inclusive buchen konnten, habe ich vor lauter Zukunftsangst ein von Tränen durchnässtes Paket Knäckebrot, zwei Pfund Pumpernickel und drei Sortimente Tartex sowie eine Lage Streichkäse eingepackt. Davon sind drei Ecken Salami, was die Lage für mich als Vegetarier schon wieder kritisch werden lässt.
Karl kapiert das nicht, weil ich mich nicht genau erinnern kann, WANN ich das letzte Mal verhungert bin. Eigentlich noch nie wirklich.

Aber die Angst davor steckt gewaltig in mir. Da hilft wohl auch kein mitgeschleppter Kartoffelsack, weil es im Hotel sicher keinen Kartoffelkocher auf dem Zimmer gibt. Ich werde mich in den Koch verlieben müssen!

Deine überlebensgewillte Marlene

Molwanien

Liebe Betti!

Deine Mails haben mir - und Karl!! - großes Vergnügen bereitet. Weiß Sigbert, was Du alles hinter- oder vor- seinem Rücken über ihn schreibst? Sicherlich, denn wie könnte man ohne Humor so viele Jahre miteinander aushalten! Zumindest mir geht es mit Karl so.

Trotz hoher Handykosten hätte ich Dein liebenswürdiges Angebot eines Überlebensfresspaketes sicher schon am vierten Tag angenommen (ich erinnere mich da noch genüsslich an deine liebevolle Notversorgung in der Rehaklinik!). Aber leider hab ich vor dem Abflug versäumt, den Computer noch mal zu bemühen und nicht gewusst, dass Du 24 Stunden täglich auf meinen Notruf wartest.

Egal, wie Du lesen kannst, haben wir überlebt und dank fehlender österlicher Vorratspolster diesmal so richtig zuschlagen können. Mir ist sowieso schleierhaft, wo Du bei deinem vielseitigen Engagement die Kraft hernimmst, nebenbei noch so lange Emails zu verfassen. Du bist eine geborene Schreiberin und dein strenger Lehrervater wird sich im Jenseits in den Hintern beißen - falls er da noch einen hat - dass er dies bei Lebzeiten nicht besser erkennen und würdigen konnte.

Ich musste nach dem Urlaub erst mal sechs Tage Kraft schöpfen, mich an das heimatliche Klima gewöhnen, eine grauenvolle Teekur austüfteln und Karl zwingen, täglich dreimal mit zu trinken: Prost – Schluck – Schüttel - Spei nicht! Das hilft angeblich für Magen und Nerven. Seitdem spüren wir erst so richtig, was uns alles nicht gefehlt hat!! Ich werde eine vorösterliche "Vier hart gekochte Eier Verschling-diät" machen müssen, um mich überhaupt wieder an einen Computer setzen zu können.

Apropos Eier: Karl hat einen so tiefen Schlaf, trotz des nervenauf-reibenden Tees, dass er weder riecht noch hört, wer oder was da neben ihm wach liegt und rumort.

Nun noch ein ganz kurzer Einblick in unseren Urlaub:

Im Flugzeug wurden wir kurz vor der Landung in Molwanien in-formiert, wir sollten lieber Platz behalten und nicht <u>vor</u> der Landung aussteigen. Die dortigen Kellner hätten alle Buffets bereits vor dem Servieren leergefressen und sämtliche Betthasen befänden sich zurzeit im Liegestreik. Also blieben wir notgedrungen sitzen und landeten in Mallorca.

Eine ausnehmend gute Entscheidung, denn es war die ganzen zehn Tage wunderbar warm, sonnig und die Landschaft unbeschreiblich schön. Tatsächlich habe ich zum ersten Mal ganz ernsthaft erwogen, hier in Porto Cristo zukünftig zu überwintern bzw. zu übersommern, denn selbst nachts war mir das einfache - und diesmal blitzsaubere! - Laken fast zu warm, dazu schon vom Bett aus ein traumhafter Ausblick auf Meer, Schiffe und Felsen.

Da wir uns außer unseren fünf- bis sechsstündigen Wanderungen nahezu immer auf der Jagd nach Essbarem befanden, war es gut, von den fleißig vor der nahen Kirche trommelnden Kindern an die Fasten-zeit erinnert zu werden. Nichtsdestotrotz haben wir uns mit der tägli-chen Ration frischer Tomaten, Pumpernickel (auch dieser mit nächtli-chen Auswirkungen!), Streichkäse und Tartex gut über die Runden gebracht, nachdem in Mallorca die Früh- und Abendbuffets erst NACH dem Essen abgeräumt werden.

Insgesamt war alles besser - natürlich auch deutlich teurer – als in der Türkei - nur das von Karl so sehr geliebte Haareschneiden (Du wirst fragen: welche Haare?) musste diesmal entfallen. In der Türkei gibt es ja an jeder Straßenecke mindestens drei Kuaföre und Oto-Kuaföre (hier werden sogar Autos frisiert!). In Mallorca dagegen gibt es pro

Stadtviertel nur eine Perruchiera - und Karl meinte, auf eine Perücke könnte er bei dieser Hitze gerne verzichten.

Verzichten kann Karl, mein Geliebter, auch auf warmes Wasser und beheizte Räume, solange er sich im Ausland befindet. Ich wusste also, dank Satellitenfernsehen, was mich an Ostern bei der Rückkehr dieses strahlend schönen Urlaubs erwarten würde. Und so war es auch: Kein Raum im Haus über acht Grad. Karl betont seitdem hartnäckig, es handle sich immerhin um PLUS-Grade, woran man sehen könne, dass ich einfach zu verwöhnt bin.

Ich liebe ihn, ich liebe ihn trotzdem!!!! (schließlich war ich dieses Jahr bei der Osterbeichte).

So, das war's in groben Zügen. Ab heute kehrt der Ernst des Alltags ein. Ich wünsche Dir alles Liebe und ein schönes Osterfest Euch allen!

Folgende Erfahrung teile ich Dir noch mit: DREI Eier pro Person sind genug!

Deine jetzt satte, aber durchfrorene Marlene

Österliches

Liebe Betti!

Tausend Dank für Dein liebes Ostermail! Sicher hast Du inzwischen alles gut überstanden, und im PLANEN bist Du offensichtlich ebenfalls ein großer Künstler. Es geht also auch ohne Zwänge, trotz einer so großen Familie. Du kriegst das echt super hin!!

Mir fiel es schon schwer, für Jana mit Achim einen mickrigen Osterstrauß aus unserem noch kahlen wintermüden Garten zusammenzustellen, v.a., weil am Ostermorgen noch oder schon wieder Schnee lag. Aber die ausgeblasenen Eier aus dem vorletzten Jahrhundert mussten einfach zum Baumeln gebracht werden.

Und dass Karl am Karsamstag extra eine Stunde zum Metzger stiefelte (Benzin muss GESPART werden), um sich zwecks 200 Gramm Osterschinken eine volle Stunde anzustellen, schien mir auch selbstverständlich.

Karl hatte ja vorgeschlagen, stattdessen dem Besuch sein allseits (das will heißen VON IHM) geschätztes Schweinskäsglas zu servieren, aber AN OSTERN!!!!! MIT MIR NICHT!!!

Unsere geliebten Besucher haben dann auch ordentlich zugegriffen und meine sämtlichen Käsevorräte samt Tartex vertilgt, plus EINE Scheibe Lachsschinken. So kann mein noch viel mehr geliebter Karl die ganze Woche lang Schinkennudeln futtern und ist ganz überrascht und glücklich, wie lecker das schmeckt. Allerdings, zugegeben, heute ist erst Dienstag!

Und jetzt das DICKE Osterei: Jana kam mir gleich ein bisschen runder vor als früher und Tatsache: Sie ist SCHWANGER!!!! Was die Osterfreude ein wenig schrumpfen lässt: Sie werden ins Allgäu ziehen und unter die Fittiche von Achims Mama schlüpfen. Die ist natürlich die perfekte Übermutter, ganz heiß auf das künftige Enkelkind, (AHA, sie WUSSTE ES VOR MIR!!!! Schäum, seufz, o.K. o.K. ….) und ich brauch erst gar nicht zu planen, in Zukunft weniger in warme Lande zu reisen. Ich werde, WIEDER MAL, gar nicht gebraucht!!!

Deine sich TROTZDEM freuende Marlene

Ein Hauch von Esoterik

Liebe Betti!

Damit mein Computer-Faulbär Schlappo endlich wieder auf Touren kommt, hab ich ihm mit Deinen finnischen Spürhunden gedroht. Mal sehen, ob das Mail ankommt.

Ich möchte mich nämlich wenigstens für Deine schöne Urlaubs-karte bedanken. Ich hab viel und oft an Dich gedacht, auch wenn ich mich so wenig melde. Ich hoffe, Du SPÜRST das jedes Mal!!

Aber da ich, zumindest wird Sigbert das von mir denken, auf eso-terischen Abwegen wandle und ein indianisches Medizinrad anlege, bin ich echt BESCHÄFTIGT. Schließlich muss ich gerade jetzt meinem Leben NEUEN Sinn geben!

Nachdem ich ein richtiges Garten-Rad gepflanzt habe (pssst, Karl lauscht vielleicht - also "habe pflanzen lassen"!!!!!) gibt es fast täglich zu rupfen, zu zupfen und zu trimmen, damit nicht alles zu einem un-entwirrbaren Kuddelmuddel zusammenwächst.

Das wichtigste Krafttier des Rades, die Ameise, hat vom ersten Tag an königlich Besitz ergriffen. Die Ameisen wiederum halten sich ganze Läusefarmen auf der Distel, und wenn ich hier mit meinem kleinen Malerpinsel zum Säubern komme, weiß ich nie, wer mich mehr sticht.

Der Tabak wird fast ausschließlich von Schnecken geraucht. Die Veilchen verstecken sich bescheiden unter einem dicken Grasfilz und spielen beleidigt, wenn sie mal mitgesenst werden. So ist das halt im Leben.

Dafür hab ich vom verdorrten Himbeerstängel (eine angeblich un-verwüstliche Pflanze, die ganze Gärten verwildert ???) die einzige krö-nende Himbeere geerntet und mit Karl schwesterlich geteilt, sozusa-gen per Mund-zu-Mund-Beatmung, denn er wollte sie partout nicht essen. Dabei war sie wirklich kein bisschen verwurmt.

Und was gedeiht am besten? Nicht der Golden Bantam Mais, den ich als ehrgeizige Green Peace Verfechterin eigenhändig und mit eige-nem Schweiß ins Erdreich gedrückt habe. Ich bin sogar als Maisan-bauer registriert, damit kein Genmais in die Nähe kann, Tatsache!!!

Nein, es gedeiht der Maisstängel, den Karl klammheimlich schon hübsch hochgewachsen vom Feld geklaut hat. Schön grün ist er ja, ich hoffe mal, auch gentechnikfrei! Sonst müsste ich ja gegen mich selber vor Gericht gehen, das wäre mir dann doch zu teuer.

Morgen halte ich einen Vortrag über die heilsamen Schwingungen von Pflanzen. Wieder mal hab ich einen dieser suspekten Anrufe erhalten, wo man zuerst zehn Minuten lang glaubt, da will sich ein ganz besonders interessierter Mensch anmelden. Aber nein, im Herbst war es der "Verstehen Sie Spaß"-Mensch (nein, ich nicht!), beim vorigen Mal wollte ein ganz Schlauer kontrollieren, ob ich überhaupt kompetent bin, über das Medizinrad zu sprechen. Diesmal bekam ich den Rat, die Pflanzen nicht geistig (sprich, nach Buchinformationen), sondern seelisch zu deuten. Als ich kläglich nachfragte, wie das genau gehe, wurde mir empfohlen, "meine eigene Hilflosigkeit zu umarmen". Der Tipp ist gut, ich hab mal mit Karl vor geübt, aber sehr hilflos kam mir der nicht vor!

Nun muss ich aber los düsen, weil ich zurzeit einen Rutenkurs besuche. Jetzt wird Sigbert zwar noch heftiger den Kopf schütteln, aber Frühpensionierte brauchen auch ihre Beschäftigung! Da kann ich dann immer schon im Voraus auspendeln, wer mich anruft. Und ob ich abheben soll!

Spaß beiseite, ich hoffe, es geht Dir RICHTIG GUT. Kleiner Tipp: Zurzeit ist Rosen-Stimmung für die neu erwachende Lebensfreude. Und von mir kommen viele gute Gedanken und eine dicke Umarmung.

Deine beschwingte Marlene

Ziele braucht die Frau

Liebe Betti!

Die letzten Tage und Wochen habe ich mich so in meine Medizinradarbeit vergraben, dass ich mich seit ewigen Zeiten endlich mal dazu aufschwingen konnte, einen Workshop zu halten, Thema: „Ziele verwirklichen, Träume wahr werden lassen".

Allein das Versenden der Einladungen und der Anzeigen an die Zeitungen ist mir so schwer gefallen, dass ich vor vier Tagen noch gebetet habe, das Ganze möge einfach "ins Wasser fallen". Beinah hätten mich meine Helferengel erhört.

Doch am Dienstag hat sich eine neue Tauschbörsianerin angemeldet, da gab es kein zurück mehr. Denn ich wollte nicht mit ihr alleine dasitzen und hab ein paar Bekannte aus der Umgebung mobilisiert. So konnte ich gestern fleißig den Raum und die Unterlagen für drei Gäste herrichten. Überraschend kamen sogar VIER, was sich ja noch toller anfühlte. Wir waren gerade voll im Wünschen und Ziele stecken, als es auf der Treppe knarrte.

Ich kuckte erstaunt nach, da standen zwei Frauen vor der Türe und wollten auch noch mitmachen. Welch ein Glück, dass ich aus Versehen die Eingangstür hatte offen stehen lassen, denn unten hört man keine Klingel. Jetzt geriet ich noch echt ins Schwitzen vor lauter Kopieren, Teekochen, Erklären und Verteilen. So voll war es bei mir ja schon lange nicht mehr!!

Nach zwei Stunden brauchten wir allesamt viel frische Luft und sind aufs Distelfeld gefahren, wo ja das große Medizinrad ausliegt. Karl hatte heimlich mit dem kleinen Nachbarsjungen die Wiese ein wenig gemäht. Wir konnten ohne Gummistiefel den Hang hochgehen und pünktlich, als wir oben standen, kam auf einmal die Sonne heraus. Es war ein richtiges Fest in freier Natur arbeiten zu dürfen. V.a. das Räuchern hätte uns im Keller wahrscheinlich doch etwas "gestunken"!

Um halb sieben, als wir gerade fertig waren und ich mich heimlich nach einem kräftigen Abendessen zu sehnen begann, kam der Nachbarsjunge angeradelt und sagte streng:

„Marlene, Du sollsch jetzt endlich heimkommen! Der Karl braucht das Auto!"

Mit dieser herrlichen Begründung konnte ich alle ohne schlechtes Gewissen ans Herz drücken und verabschieden. Als ich total erschöpft zu Hause ankam, voller Neugier, warum es meinem geliebten Mann so pressierte, erfuhr ich:

„Heute ist in Kleinhinterdorf KINDERTAG!"

Na klar, die Belohnung fürs Rasenmähen!!! Karl war bereits ausgehfertig und gut gesättigt, er hatte sogar alle Teetassen gespült, welch ein Glück!!!

So hatte ich den Abend FREI und konnte mich in aller Ruhe erholen. Das Thema des Tages "Wie mir das Medizinrad im Frühling hilft, meine Ziele zu verwirklichen" war erreicht. Und um mir NEUE Ziele zu stecken, kann ich mir ja bis nächsten Mai Zeit lassen!

Marlene, endlich am Ziel

Ausgemistet

Liebe Betti!

Angespornt von Dir habe auch ich begonnen, meine Freizeit zu NUTZEN, um loszulassen (!!!) und ein wenig auszumisten. Hierfür habe ich gleich drei Übungsfelder gefunden.

Nr. 1: Aus 20 Fotoalben mach fünf, damit ich SPÄTER mal, im Altersheim, nicht so viel zum Rumschleppen habe.

Nr. 2: Ich bin seit Neuestem "Medizinrad-Beauftragte" auf dem Feld in Hintervorderberglein. Zehn Meter von meinem eigenen Kreis entfernt haben Bekannte von mir unter Anleitung einer echten Schamanin aus dem Lakota-Stamm ein Medizinrad gebaut, das wohl dreimal so groß ist wie meines. Sinnigerweise wurde dazu, weil es schnell gehen sollte, einfach ein ganzes Distelfeld abgesenst. Weil 16 Riesensteine, dazu noch eine Million kleine Steine im Doppelkreis angeordnet echt was hermachen, sah es die ersten zwei Monate richtig hübsch aus!

Mittlerweile wohnen zweitausend Schnecken, eine Trillion Ameisen und ein Laubfrosch in dem munter gewachsenen Dschungel aus Disteln, Brennnesseln und krausem Ampfer. Diese Mischung ist sehr gelungen. Mein rückenfreundlicher Rasentrimmer hat bereits nach einer Viertelstunde den Geist aufgegeben, die Sense streikt, weil der Bewegungsraum fehlt. Was bleibt noch: eine VON MEINER HAND betriebene Grasschere und mein schmerzgebeugter Rücken. Wenn mich "der Hafer sticht" (ach wäre es doch wirklich Hafer!) packe ich eine der aufmüpfigen Ampferpflanzen und zieh sie mit der Wurzel raus. Man glaubt gar nicht, wie hinterhältig sich Brennnessel und Distel um den harmlosen Stiel des Ampfers wickeln, um mit einer wahnsinnig gewordenen Städterin Kontakt aufzunehmen.

Wahrscheinlich hätte ich längst aufgegeben, wenn ich nicht jedes Mal im Bioladen eine ehemalige Kollegin träfe: „Hallo Marlene, na du Sozialschmarotzer, hahaha. Geht's dir noch immer gut auf unsere Kosten? Späßle, gell!!"

Dann verstecke ich mich schamrot hinter meinem Bund Karotten und darf nicht mal verraten, wie ich auf dem Feld schufte.

Baustelle Nr.3 ist mein Laptop, den mir mein lieber Sohn so liebenswürdig verkauft hat. In den paar Jährchen hab ich es geschafft, ihn so zuzumüllen, dass nichts mehr Platz hat. Das CD-Laufwerk ist längst im Eimer. Eine neue Speicherplatte wäre echt unrentabel für das olle Ding. Brennen kann er auch nix. Und wenn ich meine Kostbarkeiten auf einen USB-Stick retten will, blökt er schadenfroh: "Zugangsspeicher voll", obwohl der Stick fast leer ist.

Also hab ich zähneknirschend begonnen, alles Überflüssige zu löschen. Manchmal würde ich gerne den ganzen Betrieb einstellen und wieder die gute alte Post aufpäppeln!

Deine ordentliche Marlene

Tag und Nacht zu tun

Liebe Betti!

Ja, Du hast recht. Der Computer macht ZU VIEL Stress, und die Homepage, die am meisten Arbeit bereitet, liest eh keiner!

DENKSTE!! Letzte Woche hat es nachts um halb zwölf geklingelt. Raus aus dem besten Tiefschlaf wankte ich zum Telefon. Am anderen Ende meldete sich eine zaghafte Frauenstimme und fragte:

„Darf man die Tröpfle wirklich nicht in der Schwangerschaft nehmen?" (Du siehst, Schwangere verfolgen mich Tag und Nacht!!!)

Bei mir läuteten sofort die Alarmglocken. Zum Glück lass ich mich nicht so leicht hereinlegen, schon gar nicht von einer raffinierten Gesundheitsamtsbeamtin! War mir doch sofort klar, sogar im schläfrigen Zustand, dass ich kontrolliert werden sollte.

„Meinen Sie Bachblüten?", fragte ich gekonnt höflich.

„Nein, die Zweifarbigen, zum Schütteln".

Also mal ehrlich, da fragte mich „diese Kuh", Pardon, diese liebenswerte Dame nach Aura Soma, damit hab ich doch gar nichts zu schaffen. Aura Soma Öle sind ja echt so was von harmlos, aber das wagte ich nicht zu sagen, von wegen verbotene Ratschläge an Schwangere! Und siehe da, schon legte sie den Köder aus:

„Im Internet steht, Cistrose nicht in der Schwangerschaft".

So so, Cistrose. Mir war echt schwindlig vom Schlafentzug, aber dass da was nicht passte, war mir klar. Jetzt bloß nichts Falsches sagen!! Also rügte ich etwas ruppig:

„Warum wollen Sie´s denn nehmen, wenn schon da steht, NEIN! Und übrigens, wo haben Sie meine Telefonnummer her, mitten in der Nacht?"

Da bekannte sie schuldbewusst: „Von der Googlemaschine."

Schau mal einer an, so weit bin ich also schon, dass man mich um Mitternacht findet, immerhin ein Anfang. Aber ob es das wert ist?

Die vergangenen paar Regenstunden benützte ich dazu, wenigstens das Allerwichtigste (DEINE MAILS) auf den USB-Stick zu retten.

Danach stellte ich fest, dass der gesamte Post-Ausgang (meine eigenen Mails) auf Nimmerwiedersehen verschwunden ist, ALLES WEG!! Falls also jemals, wird es nur ein HALBES Mail-Buch geben. So ist das Leben, nix wie Anstrengung!!

Soeben hat es aufgehört zu regnen, AUF GEHT`S zur Feldarbeit!

Deine so was von fleißige Marlene

Liebe Betti!

Heute sind wir endlich wieder mal zu „unserem" See gefahren, hauptsächlich um Benzinkosten zu sparen, Du weißt ja, in Österreich ist es VIEL billiger! Deshalb haben wir auch zu Hause nicht mehr getankt, wo es immerhin 1,43 € gekostet hätte! Nach Landsberg verriet mir die Benzinanzeige, dass es eng zu werden drohte. Unser neuer Ford macht immer sehr genaue Angaben: „Sie können noch 160 km weit fahren". Na, das ist doch was.

Allerdings, Pfingstsonntag und Pfingstmontag würde es für unser Auto einiges zu erledigen geben: Essen, Boot fahren, Jana und Freunde besuchen ...

Also beschloss ich vorsorglich, noch vor Füssen zu tanken. Aber Karl sagte:

„NEEEEEEEEEEE".

Na gut, dann eben nicht! Ab da lebten bzw. fuhren wir sparsam. Trotzdem sank die Anzeige bei jedem Hinsehen rapide. Aber in Schwangau kostete es EINS SIEBENUNDVIERZIG!!! Das war auch mir zu viel!!!

Beim Mittagessen (am SONNTAG) hatten wir noch 69 km.

Die gelbe Warnleuchte erinnerte schon heftig an den nächsten Tankstellenbesuch. Durchhalten, durchhalten!!

Den Besuch bei Maja, unserer besten Füssen-Freundin konnten wir unmöglich absagen. Als ich mit zitternden Knien in den Autositz sank, zeigte die teuflische Anzeige nur noch 49km, einfach so!! Da wir noch zehn Minuten bis zur Verabredung übrig hatten, beschloss Karl wild entschlossen, doch nicht am Dienstag GANZ billig in Reutte, sondern schon am Sonntag, ETWAS billig gleich hinter dem Grenztunnel den kostbaren Sprit zu scheffeln. Der Zeitpunkt war günstig. Pfingstsonntag Nachmittag: alle Deutschen beim Wandern und Radfahren, in der Kirche oder bei Oma.

Als wir durch den Tunnel fuhren (ca. 3 km) wanderte die Anzeige tückisch auf 38 km. Mir klapperten die Zähne trotz 24 Grad im Schatten. Als Karl fröhlich das Steuer Richtung Tankstelle einschlug, hörte ich schon sein energisches „HIER NICHT!"

Anscheinend hatte der schäbige Autofahrerrest von ca. 2 Millionen Deutschen die gleiche Idee gehabt wie wir!

Also fuhren wir weiter, es gibt ja noch mehr Tankstellen, sogar in Deutschlandnähe. Wir fuhren los, ich ließ die Anzeige nicht mehr aus den Augen! Trotzdem entging mir nicht, dass bei der nächsten Gnadenquelle die Fahrer in fünf Reihen bis auf die Straße standen. Was war nun wichtiger: Tanken oder der Pfingstbesuch????

Richtig, Maja musste an erster Stelle stehen. Einsichtig beschlossen wir, in Füssen zu tanken und unsere Steuer ehrlich zu bezahlen! Leider war es schier unmöglich, links abzubiegen und wir standen im Stau. Da verlieren sogar ganz normale Autos viel Benzin auf einmal.

„Ne, ne", sagte Karl genervt. Er riss das Steuer rechts herum und wir rollten nach Schwangau. Mit letzter Kraft erreichten wir die Tanksäule. Da gab es jede Menge Benzin, sogar schnäppchenmäßig billig. Es kostete bloß eins neununddreißig, also gegenüber gestern ACHT Cent gespart! Ich überschlug schnell im Kopf: Das machte abzüglich des klitzekleinen Umwegs über Österreich sogar einen recht kleinen Verlust. Na also!

Bei Maja trafen wir mit 10 Minuten Verspätung ein. Ich entschuldigte mich:

„Wir sind noch schnell von Österreich nach Deutschland zum Tanken gefahren!"

Sie staunte: „Normal machen es die Leute umgekehrt."

Stimmt, das können wir selber bezeugen!!!

Über Jana, Achim und SCHWIEGERMUTTER äußere ich mich jetzt nicht. Sonst ist mein Tank gleich wieder leer!!

Deine sparsame Marlene

Liebe Betti!

Du musst schon entschuldigen! Da Du mir derart viel Wärme aus Italien gesendet hast und dann noch solch schwindelerregende schweißtreibende Bergsteigerfotos, bei denen einem das Herz stehen bleibt, schreibe ich heute UNTEN OHNE.

Bei dieser Schwüle kann kein Mensch, nicht mal Du, von mir verlangen, dass ich Schuh und Strümpfe anbehalte! Aber Dein gütiges Herz hat mir sicher schon verziehen!

Ich habe die vergangenen 14 Tage lernenderweise mit einer wundervollen Medizinfrau verbracht und bin noch nicht ganz wieder hier auf dem Boden. Vor allem mein inneres Kind treibt mit mir seine Eskapaden. Es erscheint mir schon sehr geheilt, aber da es noch so klein ist, findet es sich weder am Computer, noch im praktischen Alltag zurecht. Am liebsten würde ich bloß noch draußen im Garten sitzen und die Käfer und Schmetterlinge beobachten.

Von den Wespen hab ich allerdings die Schnauze bzw. den Po voll, weil ich mich am Samstag mitten in einen Stachel hinein gesetzt habe.

Es tat höllisch weh und hat mich himmlisch wachgehalten, sodass ich zum ersten Mal meinen Mittagsschlaf nicht vermisst habe!!

Und die Wespe flog lebend von dannen!

Deine erleuchtete Marlene

Liebe Betti!

Danke nein, ich bekam dieses Mal keine Wespenallergie! Ich bin tatsächlich gesund wie schon lange nicht mehr, trotz der Anstrengung. Als am Samstag das Mittagessen einfach ganz ausfiel, hat mich Deine letzthin gemachte Aussicht auf eine gemeinsame Packung Vollkornkekse im Himmel, den ich jetzt SOFORT mit Dir betreten könnte, gerade noch so durchhalten lassen.

Um 13 Uhr schrien die Ersten, sie wollten zur Spätzlewirtin, aber die diabetes- und unterzuckererfahrene Medizinfrau sagte: „NEIN!". Die fünf klugen Jungfrauen, die vorgesorgt hatten, begannen heimlich ihre Öllämpchen und Äpfel anzuknabbern. Ich hatte Paprika, immerhin zum Überleben. Meine Sitznachbarin hatte nichts, aber ein nahes Zuhause mit Küche und wollte nicht teilhaben.

Also beherrschte ich meinen Drang, auch noch meinen liebevoll gebackenen duftenden Erbsenpie vor aller hungriger Augen zu entblößen. Schließlich hab ich weder Diabetes noch bin ich so schamlos, als Einzige zu fressen, wenn die anderen vor sich hin hungern.

Als um 14 Uhr weder Paprika noch Phantomkekse weiterhalfen und sogar das Wasser zur Neige ging, begann ich zu schwitzen und zu zappeln. Aber jetzt war es gerade besonders wichtig, meinte unsere Medizinfrau, weil ein ADLER über unseren vom Hungerwahn umnebelten Häuptern kreiste (ich halluzinierte und hätte schwören können, es sei bloß ein hundsgewöhnlicher Habicht, oder etwa schon der erste GEIER??).

Um 15 Uhr sprang unsere Medizinfrau auf und ächzte:
„IchmussjetztsofortaugenblicklichaufderStelleunbedingtundohne Aufschub was essen, sonst passiert was Schlimmes".

Mir gefror das Mark in den Adern. Schließlich hatte ich bereits das komplette Seminar bezahlt. Also sprang ich ebenfalls auf, öffnete triumphierend meine Tupperdose, holte ein riesiges Stück Erbsenpie hervor und hielt es ihr hin. Sie schnappte erleichtert zu.

Meine Nachbarin hatte ihr nährendes Heim samt Küche bereits vergessen und nahm wohlig dankend die Hälfte des zweiten Stückes (die GRÖSSERE Hälfte!).

Ich rettete mich mit dem Rest über die folgenden zwei Minuten und wühlte dann mit zitternden Fingern nach meinem Säcklein Studentenfutter, als meine deutlich unterzuckerte Nachbarin zur Rechten flüsternd fragte:

"Hast Du noch so ein Stück mit den Erbsen?"

Leider nein, wäre auch zu schön gewesen! Aber wir teilten die Nüsse, zu neunt.

Ich bin sicher, ab heute backen im Himmel die Engel pausenlos Vollkornkekse, schon mal vorsichtshalber!

Deine freigebige Marlene

Unter Verwandten

Liebe Betti!

Nachdem ich unbedingt zwei Tage ausschlafen musste, wird es höchste Zeit, Dir Genaueres über meinen Tantenbesuch zu berichten.

Karl Theo hat von vornherein auf den ganzen Stress verzichtet, "weil er sowieso niemand kennt". Das leuchtet mir ein. Allerdings kannte ich außer meiner geliebten Tante auch keinen mehr.

Eine wildfremde Frau begrüßte uns herzlich mit:

„Ihr seid gewiss keine Franken!"

Beschämt mussten Helga und ich ihr Recht geben. So eine Schande, dass man uns diesen Makel schon von Weitem ansehen konnte!!

Dann stellte sich heraus, dass die Frau, Schwiegermutter von Großcousine XY, selber aus Vorderkirchdorf stammt. Wie putzig!!

Mein Großneffe Herbi nervte ein wenig. Für seinen Urgroßcousin war er zwei Jahre zu klein, für die dazu passende Urgroßcousine neun Jahre zu alt. Also beschäftigte er sich, wie schon im Zug, weitere vier Stunden lang mit Essen, bis ihm die Schlagsahne aus den Ohren tropfte und ihm SCHLECHT war!

Auf der Heimfahrt arbeitete er den angesetzten Speck damit ab, dass er andauernd über die Sitze kletterte und im Wege stehende (MEINE) Füße anrempelte. Der einzige Vorteil: Unser Abteil leerte sich zusehends.

Der Nachteil allerdings war, dass ich keine Durchsagen verstehen konnte und fälschlicherweise schon in Nordendorf ausgestiegen bin. Als ich erschrocken das Schild las, fragte ich ein paar jugendliche Punker:

„Is hier Mittelkirchlein?"

Die grinsten bloß. Ich raste zurück zum Zug, aber ich bekam keinen Einlass mehr. Zum Glück gibt es neuerdings sogar schon Engel mit Minirock und Nasenring. So einen bat ich, mir den Fußweg nach Mittelkirchlein zu zeigen. Er zog sein Flammenschwert und wies mit dem beringten Zeigefinger auf die Schienen.

„Ach so", seufzte ich beschämt, „muss ich hier am Gleis lang?"

„Ne, ne", sagte er/sie gütig, „der nächste Zug kommt in 30 Minuten."

Das war gar nicht mal lang, weil man als Ungeübter genau eine halbe Stunde braucht, um so eine blöde Fahrkarte aus dem Automaten zu leiern. Schließlich hatten Helga und Herbi MEIN Bayernticket!!

Deine Marlene, ab jetzt auf dem Laufenden

Liebe Betti!

Zunächst mal herzlichen Dank für Deine wiederum so sommerwarme Urlaubskarte!

Ich hab mich doppelt gefreut, einmal, dass Du tatsächlich mit der ganzen Enkelschar wohlbehalten im Süden angekommen bist. Zum Zweiten ist es beruhigend zu wissen, dass irgendwo jetzt im August noch annehmbare Temperaturen herrschen und so etwas wie SONNE nicht bloß in unseren Wahnvorstellungen herumgeistert.

Bei uns sammeln sich seit zehn Tagen die Schwalben zum Abflug, die Äpfel und Zwetschgen hängen überreif am Baum bzw. sie LIEGEN bereits kummervoll und angefault auf meinem Arbeitstisch und lechzen nach Einmachzucker. Den gibt es mittlerweile kaum noch irgendwo zu kaufen, weil jede sparsame Hausfrau ganz wild darauf ist, für die nächsten fünfzehn Jahre Marmelade vorzukochen, wegen angespannter Wirtschaftslage, Bienensterben und sonstiger Krisen!!! Nebenbei nimmt mir auch noch eine dicke Nebelwand die Sicht auf die Wasa, sodass es unleugbar HERBST geworden ist, ohne dass sich ein echter Sommer gezeigt hätte.

Doch Halt, da war mal was. Ein Tag in Würzburg, als wir per Bahn meine Tante besuchten, die wird gerade 89!! Bravo!! Da hat uns die Sonne, die wir ja gar nicht mehr kannten, die letzten fünf Gramm Hirn aus dem Kopf gebrannt.

Zur Belohnung begann es in Strömen zu regnen, als wir gerade in die Bahnhofshalle rannten (OHNE Schirm versteht sich!)

Das bedeutet, ich schreibe von nun an hirnlos, was nichts ausmacht, weil ich bei meiner Medizinfrau gelernt habe, dass die Intelligenz sowieso nur der FEIND des "inneren Mannes" ist.

Doch ohne Spaß, mein neues Wissen bringt mich weiter. Ich kann seitdem bei meinem eigenen Medizinkreis viel leichter meine kleinen Problemchen lösen, manchmal sogar die großen.

Für mich besteht das Neue darin, mir viel mehr Zeit zu gönnen und die Augenblicke am Medizinrad wirklich zu genießen. Dieser morgendliche Rundgang ist mir fast wichtiger geworden als der ganze Rest des Tages, sogar wichtiger als die Marmeladenberge, grins!

Seitdem traue ich mich problemlos, mit Leuten zu arbeiten, sogar mit KINDERN!!! Vielleicht sollte ich mal, wenn mir die Mieter Zeit lassen ein eigenes Seminar anbieten, oder wenigstens einen Vortrag??

Oh oh, mein inneres Kind möchte doch lieber Apfelgelee einkochen, na dann! ESSEN könnten es die zukünftigen Enkel, wenn sie bloß erst mal DA wären!!

Deine einsichtige Marlene

Beratung a la Marlene

Liebe Betti!

Die schon lang angemeldete Familie aus Anderswostadt kam überpünktlich und blieb drei Stunden. Sie waren glücklich, als sie abfuhren, und ich auch!

Der zu behandelnde Junge war 1,60 m groß und nur auf dem Papier 12 Jahre alt. Er kroch auf allen Vieren durch meine Wohnung, verputzte eine Riesenpackung Erdnusskekse und ließ seinen mitgebrachten Schmuse- Hasi für sich arbeiten.

Da er mir vermittelte, dass es ALLEN gut gehe, ganz besonders ihm selber, fast so gut wie dem Hasi, und dass er ausschließlich was zu ESSEN bräuchte, habe ich mit Mama und Papa zwei Riesensitzungen gemacht und mein frisch gedrucktes Medizinrad-Buch zu Billig-Aktions-Konditionen verkauft (JUHUUU!)! Zum Schluss nannte ich voller Erleichterung darüber, dass jetzt bei ihnen und bei mir alles wieder gut war, einen bescheidenen Minipreis - um die Gelegenheit zu geben für ein fettes Trinkgeld!!

Herr Hasi hatte den dicken Geldbeutel zu Hause vergessen, Frau Hasi war sauer und zog verwirrt einen abgegriffenen 10-Euro-Schein aus der Manteltasche. Darauf fand Herr Hasi noch einen Zwanziger im Hosensack und siehe da: Es passte auf den Cent genau! Wir waren alle zufrieden und ich brauchte mir über meinen Selbst-WERT keinen Kopf zu machen.

In der Garderobe weigerte sich das Riesenkind, die Schuhe anzuziehen und wollte unbedingt zum Auto getragen werden. Da dies mangels Masse unmöglich war, stieg er trotzig nur provisorisch in die Stiefel, wobei der Schaft gefährlich nach hinten lappte, verstauchte sich auf der Treppe beinahe den Knöchel und landete mit nassen Socken im Auto. Weil bei mir bleiben wollte er doch nicht, da ich keine Kekse mehr und Sprudel sowieso nicht hatte!

Ob ich den lieben „Kleinen" doch hätte SELBER beraten sollen? Aber ich war und bin mir sicher, dass wir Erwachsenen die Verantwortung tragen, d. h., dass wir eine ANTWORT auf das Verhalten des Kindes finden müssen, ohne Zwang auszuüben. Willkommen zurück in meiner Zeit als Lehrerin!

Ganz gegen meine Gewohnheit bin ich bis um zehn Uhr fit geblieben und WUSSTE, es war alles richtig so! Besonders der endgültige Abschied vom Schulalltag!!!

Deine gelehrige Marlene

Liebe Betti!

Samstagnacht sind wir von unserer Busreise heimgekehrt, schief und krumm und ausgeschwitzt. Ich konnte mich rühmen, dank Klimaanlage als einer der Ersten erkältet zu sein und das, obwohl ich seit Jahren quasi resistent gegen alle Keime war.

Dabei hatte keiner eine so bewunderungswürdige Ausstattung an Auraspray, Kräutertinkturen und Schüßlersalzen dabei. Anfangs machte ich noch die Superwerbung für meine Wundermittel. Aber da ich auf der Rückfahrt all die Angeschlagenen, vor sich Hindämmernden und ebenfalls Hüstelnden mit Nieskaskaden und Hustenanfällen wachhielt, von den unterdrückten Stöhnern und Jammerlauten meiner durch die Erschütterungen gepeinigten Bandscheiben ganz zu schweigen, werden sich die Bestellungen für meine Teemischungen in Grenzen halten!

Dass ich krank wurde, ist überaus günstig, weil ACHTUNG BOMBE: Unsere kleine Enkeltochter LAURA EMMANUELA kam fast fünf Wochen zu früh! Es geht allen soweit gut. Jana und Achim sind überglücklich, und meine ABWESENHEIT wurde aufgrund drohender Bazillen, Viren und sonstiger Übeltäter allseits begrüßt.

Ich darf also in aller Ruhe zu Ende schreiben!!

Für eine Busreise muss man körperlich, geistig und v.a. PSYCHISCH einige Mindestanforderungen erfüllen. Karl und ich glaubten, "Kohle" allein genüge. Aber da wir uns für SUPER, SONDER, BILLIG und LETZTE CHANCE entschieden hatten, spielte das Geld selber echt keine Rolle.

Mein Hauptanliegen war ja bloß, in Ermangelung eines mir persönlich nahestehenden Reiseführers wie Dein lieber Ehemann etwas Kultur in mein Leben zu bringen.

Karl hingegen schätzt es, dass der Busfahrer die Mautgebühren zahlen muss und seinen eigenen Nerven die Staumeldungen erspart bleiben.

Für so hohe Ziele darf man schon mal um vier Uhr morgens aus den Federn, um in Grießbreihausen rechtzeitig unsere reservierten Plätze einzunehmen! Als wir kamen, waren wir erst Nummer Fünf und Sechs. Da wurde uns zum ersten Mal klar, dass es noch andere Leute abzuholen galt.

Wir irrten im gesamten schwäbischen Vor-, Hinter-, Unter- und Oberland herum. Um halb neun fuhren wir, ein klitzekleines bisschen entnervt, an der Autobahnausfahrt Kleinhinterdorf vorbei und winkten wehmütig nach Wasawieslein hinüber. Um zehn Uhr ließen wir in Anderswostadt die letzten vier Personen zusteigen, die - wen wundert's - fröhlich frisch und ausgeruht anmarschiert kamen. So nah bei unserem Campingwagen bereuten wir ZUM ERSTEN MALE!!!

Als wir um halb zwölf Uhr in München endlich Richtung Kroatien starteten, hatten wir unseren Busfahrer bereits verschlissen. Dafür bekamen wir Reiner und Mausi, die wir rasch lieben lernten. Um diese Zeit hatten wir in früheren Jahren bereits halb Slowenien durchquert. Deshalb knurrte uns gefährlich der Magen. Mausis Bockwürste retteten so manchem das Leben. Mir nicht, aber ich hab ja immer Pu ... und Ta.... in Reserve.

Reiner kämpfte derweil mit diversen Staus und warnte uns in zuckersüßem Tone vor, dass die Bordtoilette amtlicherseits nicht benützt werden dürfe.

"Sonsch werd´ se ja voll, und des woll mer net, gell!"

Denn VOLLE Toiletten werden versperrt und versiegelt, und zwar "BIS MER WIEDR DAHOIM SINN".

Oh Gott, NEIN, das wollten wir alle nicht!!!!

So entstehen die Zweieinhalbstundengebete der Fahrgäste: „Bitte mach, dass sie nicht platzt, die Blase", und die Resistenz der Frauen gegen Flüssigkeitsaufnahme jeglicher Art.

Gott erhörte alle Gebete, schenkte uns den Sonnenuntergang, die Sterne am Himmel, ließ seine Fledermäuse schwirren und wir erreichten noch vor Mitternacht Kroatien. Endlich wurde das Spargeheimnis gelüftet. Unser Dreisternehotel lag nur eine Stunde von Rovinji entfernt, IN RUHIGER UNBERÜHRTER Natur, strandnah und busfern. Hier war Erholung pur angesagt.

Es war Kuhnacht, als wir unser Quartier in Besitz nahmen. Fünfzig Personen irrten mit Wegekarte und Schlüssel durch eine riesige Wohnanlage. Wir riefen uns Nummern zu: „Hier is` 475!" „Uii, ich hab die 20 gefunden!"

Unser Haus hieß 186 und versteckte sich raffiniert zwischen zwei Innenhöfen. Es schien absolut komfortabel: Kühlschrank, Herd, DREI Zimmer, Bad, war aber leider schon bewohnt. Wir haben uns halt arrangiert und neun Tage lang mit all den Spinnen und Tausendfüßlern zusammengelebt. Unser Glück, sie mögen kein Tartex und öffnen auch keine Bierdosen.

Der Strand war bei Tageslicht betrachtet sehr hübsch, die Aussicht grandios, das Meer warm und das Essen SEHR LECKER! Wir erfuhren, dass einige aus unserer Gruppe in einem winzigen Zimmer OHNE KÜCHE, dafür mit stinkendem Badsiffon und fließend KALT-Wasser untergebracht waren, und dankten täglich Gott.

Für unsere kroatische Reiseleiterin dankten wir nur selten, denn sie war so redebegabt, dass wir keine Sekunde im Bus schnarchen durften, geschweige denn "SCHWÄTZEN"! Kirchen durften wir grundsätzlich nicht von innen besichtigen, weil das EINTRITT kostet! Karl und ich schlichen uns manchmal heimlich davon und gönnten uns für schäbige 7 Kuna (= EIN Euro) einen Abstecher ins verbotene Sperrgebiet, wo es wunderschöne Bilder und Madonnen zu besichtigen gab. Draußen lauschten die Gehorsamen dem Geschwafel und ließen sich für 21 Kuna mit Eistüten den Mund stopfen.

Trotz allem erkannten wir die Vorwarnungen nicht rechtzeitig und fuhren mit an die Plitvitzer Seen. Dieses Naturschauspiel ist weltberühmt und MUSS genossen werden, zumal es im Buspreis enthalten ist! Nach schlappen viereinhalb Stunden Fahrt stiegen wir vom Bus aus, volle Blase, 32 Grad im Schatten. Es war Mittagszeit, macht nix, wir hatten angeblich im Bus gegessen (es gab BOCKWURSCHT !!!).

Beim Aussteigen kapierte ich schnell, dass es sich, frei ins Deutsche übersetzt, um die "Blödschwitzer Seen" handelte. Denn dies ist eindeutig der Treffpunkt für eine Milliarde Irre und Irrende (oder wie viel Japaner und Deutsche gibt es ???), die hier ein Naturschauspiel SEHEN wollen, das sie von irgendwelchen Filmen und Postkarten kennen. Tatsächlich SIEHT man Ströme von Schweiß fließen, Tränenseen der Verzweiflung und die Sturzbäche der Hoffnung, den gelobten Bus jemals wieder zu erreichen.

Unsere kroatische Schweißeleiterin hatte schon Tage vorher für den Aufenthalt genau DREI STUNDEN eingeplant, aber nicht daran gedacht, dass es noch einen zweiten oder vier Millionen weitere Busladungen von Verrückten geben könnte. Allerdings hatte sie alle Herzkranken, Gehbehinderten und Verschnupften scharf verwarnt, mitzukommen, "WEIL SIE KOINE LUSCHT HOABE...", zu retten, abzutransportieren, wiederzubeleben, zu WARTEN .....

Du kannst Dir bereits denken, dass in unserem Bus nur "Solchene Personen" darauf brannten, einen türkisgrün schillernden See aus nächster Nähe zu bewundern und die Wasserfälle zu FOTOGRAFIEREN, koste es, was es wolle, und sei`s das eigene Leben.

Nun gut, wir haben es geschafft, in haarscharf drei Stunden, was mir noch im Nachhinein menschenunmöglich erscheint. Keiner ist abgestürzt, nur beinahe. Keiner hat sich verstaucht und verrenkt. Die Wiederbelebung nach Atemstillstand gelang. Auch alle, die unbedingt eine Massenpanik erleben müssen, kamen voll auf ihre Kosten.

Ich persönlich besitze jetzt zwei Originalfotos von den Plitvitzern, die fast so schön sind wie der Hochglanzprospekt, den wir geschenkt bekamen zur Belohnung, dass wir mitgerannt waren. (Schließlich ging`s um Leben oder Tod!)

Auf der Heimfahrt - sechseinhalb Stunden!!! - hatten wir auf einmal VIEL Zeit. Wir besichtigten einen großen Grappaverkauf und durften Honig mit Wespe probieren. Aber Süßes mag ich ja nicht, LEIDER!!!

Von da an haben sich Karl und ich von der Gruppe ferngehalten und unsere eigenen Touren gemacht. Wir lernten Freunde kennen, die aus Nürnberg angereist waren und die Ausflüge immer zwei Tage nach uns machten. Da gab es viel zu lachen! Sie hatten fast vier Stunden Zeit für Plitschwitz und wurden mit PFLAUMENKUCHEN belohnt. Das finde ich jetzt echt ungerecht. Manchmal mag ich Süßes eben doch!
Jetzt wieder zuhause würde ich ganz gern mal wieder schwitzen - bei 32 Grad im Schatten. Vielleicht nächstes Jahr wieder!!

Deine sich allmählich erholende Marlene

Opa von und zu

Liebe Betti!

Wie könnte es anders sein! Laura hat unser aller Herz erobert. Sie ist eindeutig das hübscheste Mädchen unter Sonne und Mond, einfach eine echt unverwechselbare Rübenzieh, auch wenn es der Frau Schwiegermutter stinkt und sie immer wieder säuselt:
„Aber das Mündlein, gaaaaanz der Achim!"
Na ja, wenn sie meint! So versoffen kam mir der bisher gar nicht vor.
Karl schien ebenfalls so begeistert VON unserer Enkeltochter, dass er sich ZU einer überraschenden Großtat bewegen ließ. Besser gesagt, Jana hat ihn einfach überrumpelt.
Karl ist der geborene Bubenopa für Jungs ab einem Alter, wo sie Tore schießen können, ich würde sagen, ab zweieinviertel Jahre.

Alles, was jünger und zarter ist, erschreckt ihn und macht ihn hilflos. Deshalb hob er abwehrend die Hände, als Jana mit dem kleinen zappelnden Bündel auf ihn losmarschierte und mit zuckersüße Stimme flötete:

„So, Lauraschatz, und jetzt gehst Du mal zum Opilein".

Wutsch, hatte er die kleine Süße schon im Arm, ehe er vom Sofa flüchten konnte.

Und was macht Laura, dreht ihr hübsches wohlgeformtes Köpflein, kuckt ihm fasziniert in die Augen, hört auf zu zappeln und himmelt ihn derartig an, dass Opa Karl nur so dahin schmilzt.

Betti, ich schwör´s Dir, das war Liebe auf den ersten Blick! Genauso wie damals, als ich Karl kennenlernte!

Die beiden sind ein Herz und eine Seele.

BEIDE Omas waren ab sofort abgeschrieben und schauten in die Röhre. Dabei lief ja nichts außer dieser komischen Seifenoper, die schon Karls Mutter sich reingezogen hat.

Als ihr der Herr Pfarrer zum 90. gratulierte, teilte sie ihm um sechs Uhr abrupt mit, sie hätte nun keine Zeit mehr: „Tut mir leid. Auf Wiedersehen. Im Fernsehen kommt jetzt die „Verbotene Liebe".

Deine ein klein wenig eifersüchtige Marlene

Kapitel Zwei: Stelle Dich neuen Herausforderungen!

Bedenke:
Die bisherigen Abwechslungen haben doch ganz schön Spaß ge-
macht. Das sollte sich steigern lassen.
Allerdings warst Du vor einem Jahr noch schwer krank, Du glaub-
test es zumindest!
Also erkenne Deine GRENZEN und ziehe rechtzeitig die Notbrem-
se!
Im Übrigen: Schatz, Du bist nicht allein!

Marlenes Empfehlungen:

*Achte auf Deine Körpersignale! Iss und trink, solange es Dir schmeckt und Vorrat vorhanden!
Lege Dich auf die faule Haut, aber nicht auf Stechtiere oder in die pralle Sonne!

*Nimm die Dinge in Angriff, die Dir nachweislich GUT tun! Den Rest lass andere machen!

*Beschäftige Dich sinnvoll, ändere Deinen Blickwinkel! Je ausgefallener Deine Vorhaben, desto besser!
Geh raus aus Dir und Deiner Wohnung!

*Ziehe vor langen Fahrten GENAUE Erkundigungen ein: Existiert der anvisierte Reiseort nachweislich auf der Landkarte? Ist die Wohnung begehbar, das Essen bezahl- und genießbar?

*Wirke bei Festen so aktiv mit, wie es Dir möglich ist! Lieber leise falsch gesungen, als gar nicht!!

*Ein Haustier könnte Dein Leben durchaus bereichern, solange es ANDERE füttern und sauber halten.
Bloß koin Stress!!

Liebe Betti!

Igitt! Schon wieder NOVEMBER!!!
Mit Allerheiligen ist es so eine Sache. Da hat man sich seit FÜNFZIG Jahren gegrämt, dass man mit Eltern, Oma, Tante auf jeden Friedhof musste, vorrangig, um sich in der Kälte beide Füße abzufrieren. In Wirklichkeit tat man es aber natürlich, um der lieben Toten zu gedenken und ein brennendes Kerzlein zu hinterlassen. Und es war Stress!!!

Doch seit Halloween den amerikanischen Kinofilmen entsprungen ist und sich seit einigen Jahren in sämtlichen Großmärkten breitgemacht hat, dreht sich natürlich der Stiel um. Auf den Würgereiz, den Plastikkürbisse und Plastikhexen mittlerweile bei mir erzeugen, könnte ich gut und gerne verzichten. Dazu kommen die unangenehmen Visionen von Feenspitzhüten, Zauberern und bettelnden Kindern, wobei mir schon die Heiligen Drei-Könige und Fasching vollauf genügen!!
Das einzige Mittel, diesem Übel zu entrinnen, ist die jährliche Flucht an den Plansee, wo wir in trauter Zweisamkeit und geschützter Wohnwagenatmosphäre unserer Lieben gedenken. Und die liebevollen Erinnerungen an die kindlichen Friedhofsbesuche wärmen im Nachhinein Herz und Füße.

Als wir voriges Jahr am Allerheiligenabend so beieinandersaßen, vertieft in den wehmütigen Rückblick und das gemeinsame Kartenspiel, klopfte es an der Wohnwagentüre. Poch, poch , poch.
Zunächst leise und schüchtern. Ich war kaum beunruhigt und die Schell-Ass zitterte nur leicht in meiner Hand. Dann etwas lauter:
POCH! POCH!
Kurze Überlegung: Wollte hier jemand eine Zwiebel borgen? Eier vergessen?

So kündigt sich keiner unserer üblichen Nachbarschaftsbesuche an. Außerdem, an diesem ehrwürdigen Tag sollten anständige Menschen ..., na ja, wenigstens in der Kirche sein, oder etwa nicht?

Ehe wir reagieren konnten, pochte es zum dritten Mal.

Also SO nicht! Ich ging genervt zur Türe, und da hörte ich es schon recht deutlich, ein suspektes Kichern und Wispern. Mit Schwung riss ich die Türe auf, und tatsächlich, da standen sie, weiß gewandet in übelste Nachthemden-Gespenstermode, drei kleine Mädchen, gerade mal erste Klasse, würde ich schätzen. Zugegeben ganz niedlich. Sie sahen ja fast aus wie dem Märchen Goldtaler entsprungen.

Hatte nicht eines sogar nackte Füße? Das arme Hascherl, und bei DER Kälte! Was denken sich eigentlich die Eltern, wird sich hier nicht gekümmert???

Dann sah ich die riesige Plastiktüte, die sie mir entgegen streckten. Für einen winzigen Moment zögerte ich, als bereits der Marschbefehl erklang, der Allerheiligen, das gehütete, vertraute Fest in den unanständigen, verhassten Kommerz von Halloween umwandelt:

„Süßes oder Saures!?!"

Und da schoss mir das Blut ins Gesicht. In meinem Hirn herrschte ein wildes Durcheinander: Hollywood, Geldeintreiber, Mister Bush und grinsende Hexenfratzen ... Nein, meine Lieben, NICHT MIT MIR!! Und schon knallte die Türe zu, auch die Türe zu meinem Herzen, denn amerikanische Sitten gibt es bei mir nicht. BEI MIR NICHT!!!

Karl erkannte sofort, was in mir vorging und gab mir recht, was sonst. Draußen raunzte und tuschelte es noch eine Weile, und während ich angespannt den zögerlichen Klopfversuchen lauschte, musste mein Mitspieler dringend etwas in der Küche erledigen.

Ich hatte mich gerade soweit beruhigt, um in Gedanken auf dem Würzburger Friedhof mein viertes Kerzlein zu entzünden, unter den freudigen Augen von Mutti und Oma, als Karl an mir vorbeihuschte, bemüht unauffällig.

„Er müsse mal", flüsterte er, öffnete die Türe und DA KAPIERTE ICH: Der Feind saß nicht in Amerika, NEIN ER BEFAND SICH IN DEN EIGENEN REIHEN!!!

Er unterstützte, er verstärkte, er belohnte!!!

Na ja, was soll`s. Dieses Jahr gehen wir wieder auf den Friedhof. Denn am Plansee ist es mir nachts sowieso zu kalt!!!

Deine fromme Marlene

Feiern

Liebe Betti!

Insgesamt finde ich das Älterwerden gar nicht mal so schrecklich, oder?? Bis auf die nervigen Geburtstage. Drum war ich ja so glücklich, mir schulischerseits den 60. ersparen zu dürfen (dann lieber ein halbes Jahr an Krücken!!)

Karls Bruder allerdings blieb der große Ehrentag im Kreise der Familie und der gesamten Metzgerinnung nicht erspart, weshalb ich mich genötigt sah, ihm ein Lied zu dichten.

Ich schicke es Dir schon mal in Reserve für den Fall, dass Ihr einen Metzger in der Familie habt:

Weine nicht, wenn Du sechzig wirsch, dam, dam, dam, dam
Wir sind hier und wir sagen Dir, dam, dam, dam dam:

Fritz, das Leben isch koi Qual,
Zehn mal sex isch sechzig Jahr !
Drum bisch Du, dös isch wohl klar,
heute unser Star!

Der Fritz, der weard sechzig, was isch scho dabei,
solang er no` metzgert, kann`s so schlimm ja ned sei`!
Deine Weißwürscht san Spitze, und wer bei Dir kauft,
der woiß, warum uns jetzt d`Spuck im Mund z´samma lauft.

Fritz, das Leben isch koi Qual ...

Gell, Fritz, ohne Arbeit wär`s Leben doch fad!
Drum greif `sch Du um 5 scho` zum Schussapparat.
Und isch Dir mal wirklich a Stierle verloffa,
dann hosch ihn halt schnell mit dem Schießgewehr troffa.

Fritz, das Leben isch koi Qual...

Hot d´r Fritz amal luse, do kann´sch fascht drauf wart ´n,
da fahrt er zur Wirtin und geht do zum Kart ´n.
Für ´n Fall, dass er z´Haus bleibt, weil´s draußen so ziagt,
hot ´r von seine Junge scho` zwoi Enkele kriagt.

Fritz, das Leben isch koi Qual ...

Auch tuat er sei herzliabschtes Weibi verwöhna.
Wann er spielt auf sei ´m Keyboard, do hört m´r´s glei´ stöhna.
Bloß die Rente mit 60 mag d´r Fritz gar ned leid ´n.
Dann gäb´s ja koi Wurscht mehr zwischen Vordern und Weidn.

Fritz, das Leben isch koi Qual ...

Somit isch er Ehemann, Opa und Vater,
und wem dös ned g´langt – er hot au´ a paar Kater.
Seine Katzen wearn g´schtreichlt und g´fuddert und g´lockt,
au` wenn so a Sauviach auf <u>seim</u> Lieblingsplatz hockt!

Fritz, das Leben isch koi Qual...

Drum steht auf'm Türschild ab heut', ei der Daus:
D'r Metzger samt Katzen bewohnt dieses Haus.
Auf a schean's und lang's Leben sagen wir Dir jetzt Proscht,
und tausend Mal Dank, dass es uns heut nix koscht!

Der Refrain „Fritz ...." wird gesungen wie "Marmor, Stein und Eisen bricht", vorausgesetzt man KANN singen. Karl und ich dachten, wir könnten!

Allerdings sollten die Vortragenden sich auf einen gemeinsamen oder wenigstens zweiSTIMMIGEN Ton einigen können. Karl und ich konnten es nicht.

Während des Refrains klingelte es mir immer in den Ohren: *Fritz, dös Lied dös isch a Qual, bind die zwoi an Marterpfahl!*

Egal. Es ist überstanden und eine gute Mundartschulung war es auch. Mein wasawieser Dialekt wird immer echter.

Vor dem Essen heißt es z. B.: Lant's ui schmecka!!!

In der freudigen Annahme, dass Du dieses Mail lange nicht lesen wirst, weil eine fast (oder jetzt doch schon???) dreifache Oma nicht so viel Zeit hat, schließe ich diese Mitteilungen mit der - jetzt, wo Du es gelesen hast, leider zu spät angebrachten - Empfehlung, einen Adventskalender draus zu machen, jeden Tag ein kleines Absätzchen!

Ich drück Dich ganz feste, wünsche Dir alles Liebe, viel Ruhe und starke Nerven und alle passenden Engel, DASS ALLES GUT WERDEN MÖGE!!! Und freu Dich: Mit MIR gibt's nichts zu feiern!!

Deine ihren 60. gestrichen habende Marlene

Liebe Betti!

Zunächst mal einfach DANKE!!! Dass meine Grüße etwas schmutzig daher kommen, braucht ja nicht verraten zu werden. Ich habe heute einfach die Morgenwäsche inclusive Duschen und Haarwaschen ausfallen lassen (Zähne zwecks Zahnerhalt aber trotzdem geputzt, usw. usf.) um mir endlich Zeit zu nehmen, Dir für Dein Geschenk UND für Dein letztes Mail zu danken UND für die hübsche Postkarte.

Als mir der Briefträger Dein riesiges Paket überreichte, packte mich natürlich erst mal mein schlechtes Gewissen und ich sagte zu Karl:

„Die Betti schickt mir bestimmt eine neue Festplatte für den Computer, weil ich immer so spät mit dem Mailschreiben dran bin".

Da der Karl vom Computern eher gar nichts versteht, hat er natürlich, weil er von mir eher sehr viel versteht, die Festplatte mit einer Fressplatte verwechselt und mir geraten, das Päckchen augenblicklich zu öffnen, damit ja nichts verdirbt! Ich hab mich aber vorsichtshalber zuerst ins Bett legen wollen, wegen dem lästigen Zähneputzen DANACH!

Nun hat mir der Karl hinterher gerufen, dass auch noch ein Brief für mich daliegt. Sehr gut, auch von Dir! Somit hat sich das Rätsel immerhin soweit gelüftet, dass es keine Festplatte wäre.

Zu guter Letzt habe ich Deinen Brief geöffnet, noch VOR dem Mittagsschlaf.

Und gleich danach das Päckchen auch noch. Eigentlich wollte ich ja nur schauen, ob das Weihnachtspapier für irgendwelche künftige Geschenkaktionen zu gebrauchen wäre, ich muss sagen, ja, sehr gut, passen locker zwei hübsche Sachen rein, damit wären Tante und Schwiegertochter schon mal abgehakt.

Dein Geschenk selbst hat wirklich alles übertroffen, was ich mir je erträumt habe, weil es total gut zu mir passt und mir die üblichen WeihnachtsUNvorfreuden etwas erleichtern wird.

Allerdings muss ich Dir aus rein wirtschaftlichem Aspekt heraus raten, künftig solche Leute wie mich ein so schönes Geschenk doch erst an Heiligabend öffnen zu lassen. Dann hätte ich nämlich DREIHUNDERTEINUNDVIERZIG Tage (lass Deinen Professor vorsichtshalber noch mal nachrechnen) warten müssen, bis ich die Türchen aufmachen darf.

Egal, dafür werde ich diesen Advent hemmungslos genießen. Wie Karl immer sagt, wenn mir meine Schwägerin 7 Euro Trinkgeld gibt, dafür, dass ich ihr für 16 Euro Biogemüse besorge: „Manchmal drückt`s scho´ dick rein!" Dafür ein dickes fettes Bussi an Dich!

Dass es auch noch anderweitig "dick rein drückt", zeigt Dir der im Anhang beigefügte Brief an eine Dosenfirma, der mit einem Einkaufsgutschein von 10 Euro belohnt wurde.

Solltest Du Bedarf an diversen Dosensuppen haben oder ebenfalls an einem Geldgutschein interessiert sein, könnte ich Dir ein Stück des Beweismaterials gerne überlassen.

Deine reich beschenkte Marlene

Anhang:

Sehr geehrter Herr und Frau Schmeckgut!

Seit Jahren verzehrt mein Mann Ihre Schmeckgut Gulaschsuppe, die wir immer in Österreich, Reutte kaufen, weil wir hier beim Campen sind. Da ich selber Vegetarierin bin, ist dies ein praktisches, schnelles Essen für ihn.

Doch, was war mit der Dose Gulaschsuppe mit dem Haltbarkeitsdatum 04/2009 Nummer L509702022070 ??

Zuerst kam die Beschwerde, dass diesmal kaum Fleisch im Teller sei. Ich inspizierte und entdeckte tatsächlich nur ein paar spärlich eingestreute Schinkenspeckstückchen. Aber jetzt kommt der Hammer. Die Dose enthielt als absoluten Hauptbestandteil Bohnen, und die munden meinem Mann gelinde gesagt eher nicht!! Da in der Inhaltsangabe an zweiter Stelle Kartoffeln aufgeführt sind, nehme ich mal an, dass es sich hier nicht um eine Fleischeinsparmaßnahme, sondern eher um eine (für meinen Mann äußerst betrübliche) Verwechslung handelt.

Da wir noch einige Dosen aus demselben Einkauf im Vorrat haben, müsste ich wissen, ob ich alles verschenken oder Ihnen auf Ihre Kosten zusenden soll. Woran kann ich erkennen, dass Gulaschsuppe drin ist, wo Gulaschsuppe draufsteht?
Bitte lassen Sie mir bald eine Nachricht zukommen.

Mit freundlichen Grüßen
Marlene Rübenzieh
Adresse: Deutschland, Wasawieslein Nr.5

Ein Lichtlein brennt

Liebe Betti!

Dein herrlicher Adventskalender wurde termingerecht zum 1. Dezember eingeweiht und das erste Steinchen mit Andacht entnommen: ein Karneol! Als Bedeutung ist angegeben „Vitalität". Karl ist Zeuge, dass ich vor Rührung geheult habe, weil ich NOCH NIE einen Adventskalender für mich persönlich besessen habe, und dieser ist so SUPER!! An diesem Tag konnte ich springen wie ein lahmer Hirsch, das ist enorm, denn sonst gehe ich nur noch gemessenen Schrittes, wie es der Herr Amtsarzt von mir erwartet.

Heute war „Lebensfreude" dran, drum genieße ich das Schreiben, zwischen Apfelmichel backen, Einkaufen und Duftöl-Mischen. Ich schick Dir eine dufte Wolke durchs Kabel, mal sehen, ob die Telekom das zum Billigtarif schafft. Und eine ganze Schar Engel sitzen drauf und singen: LLLLuja !!! Angekommen??

Ansonsten schick ich Dir noch viiiiiiiiiele liebe Grüße und eine dicke Umarmung. Lass den Advent ruhig ein bisschen in Dich rein, denn Ruhe muss unbedingt auch sein, gell, Oma!

Deine dankbare Marlene

Liebe Betti!

Das hab ich echt nicht verdient, dass Du sogar im Krankenstand an mich gedacht hast!!
Tut mir von Herzen leid, dass Du den Nikolausabend krank und hungrig im Bett verbringen musstest!
Dein Virus treibt sich gerade weit herum. Auch unsere Sitztanzlehrerin hat uns am Dienstag telefonisch ihr Sterben mitgeteilt. Mittlerweile macht sie auch die Butterkekskur, oder waren es Spekulatius?
Aber ich will Dich nicht weiter mit dem Erwähnen essbarer Artikel quälen, denn ich bin GESUND und hoffe, keine Strafen auf mich zu ziehen. Schlimmstenfalls greife ich auf Deine bewährten Tipps zurück.
Ich wünsche Dir viel frische, gute Luft, frohe Gedanken und lauter gesunde bereits vorhandene und besonders noch zu erwartende Enkelchen! Und dass Dein lieber Gatte endlich (OHNE RUTE!) anmarschiert und Dich aufpäppelt!
Alles Liebe, und durch die Drähte drück ich Dich natürlich auch ohne jede Scheu. Ich hoffe, das von Peter installierte Antivirenprogramm funktioniert noch!!

Deine im Vergleich zu Dir vor Gesundheit strotzende Marlene

Liebe Betti!

Der Adventskalender, den Du mir geschickt hast, bereitet mir täglich Freude und hält ganz schön auf Trab!

Denn schon beim dritten Türchen gab es eine kleinere Krise, die ich Dir ja eigentlich hätte verschweigen wollen, um nicht als Nörglerin dazustehen.

Jedes Mal, wenn ich den Kalender umgedreht habe, um nachzulesen, was der erschienene Stein bedeutet, sind mir mindestens zwei davon auf den Boden geplumpst. Schlecht für mich, weil Karl mit dem Staubsaugerrohr nahezu ununterbrochen auf Beute lauert. Außerdem tarnen sich die kleinen bunten Lieblinge in unserem Teppichmuster "türkisch spezial" besonders gut.

„Macht ja nichts", dachte ich mir bis zum fünften Türlein und war einfach DANKBAR!!! Leider hat es mir am 5. Dezember derart pressiert, dass ich schier verrückt wurde, weil ich die Fünf nicht finden konnte. In der Verzweiflung hab ich alle Fenster nachgezählt: ES SIND BLOSS ZWANZIG!!!

Und was sagt mir Karl, der ewig besser Wissende:

„Das kann nicht sein!"

Ich bin fast ausgerastet, hab vor seinen staunenden Augen zwanzig Türlein angetippt, da konnte er nichts mehr dagegen einwenden. Er hat zwar noch dreimal nachgezählt, aber auch nichts weiter gefunden. Und so suchen sie eben heute noch!!!!

Macht ja nichts aus. Im Gegenteil, es ist richtiger Adventsbasar, weil nun die Spannung bleibt, welche 4 Steine mir vorenthalten werden.

Um Karl ein bisschen zu foppen, hab ich ihm den Stein Nr. 5 als Belohnung angeboten, falls er doch noch jemals fündig werden sollte. Normalerweise setze ich immer 5 Euro aus, aber diesmal bin ich mir so was von sicher!!

DACHTE ICH!!!!

Zwei Tage später wurde ich mittags bereits an der Türe grinsend empfangen. Du kennst das ja sicher: eine gute und eine schlechte Nachricht!

„Die gute zuerst: Es sind doch 24 Fensterlein. Dann die schlechte: Der fünfte Stein gehört mir."

Das war vielleicht ein Stich ins Herz, aber glauben konnte ich es noch immer nicht, weil wirklich bloß 20 Nummern zu sehen waren.

Da hat Karl auf die Stelle getippt, wo "Edelstein-Adventskalender" steht. Oh oh, jetzt schwante mir was! Mit zitternden Fingern hab ich die Papiermanschette hochgeschoben, und ganz klar, da waren sie, die schlimmen kleinen Versteckusspieler.

Deine emp-Findliche Marlene

Kein Scheidungsgrund

Liebe Betti!

Na das ist ein echter Trost! Bin also nur ich so blind?? Deinem reizenden Mail entnehme ich, dass Du den gleichen Kalender besitzt. Ich frag mich ja nur, wer bei Dir zu Haus den Trick sofort raus hatte, sicher Du mit der superneuen scharfen Brille!

So eine lass ich mir jetzt auch mal machen. Seit ich gestern gelesen habe, dass Du alle Steine anstandslos findest, hab ich begonnen, Rücklagen zu bilden. Die werde ich brauchen, weil die Optikerin heut was von 340 Euro genuschelt hat. Da hat mich fast der Geizschlag getroffen, so kurz vor Weihnachten.

Dafür leb ich nun in der absoluten Vorfreude, welches Steinlein wohl in Nummer 5 war. Denn das hat der Karl tatsächlich rausgemopst, ohne es mir zu zeigen. Und nicht mal gegen 5 Euro eingetauscht!!!

Siehst Du, drum haben wir zwei nicht geheiratet, denn seelische Grausamkeit wäre ein Scheidungsgrund, und das wäre mir dann doch zu blöde, wegen einem Steinchen. Obwohl, sie sind derart schön!!! Wenigstens kann es nicht der Opal sein, (den hab ich nämlich schon gefunden), weil der hätte, mir am meisten gestu ...

Der größte Riesenvorteil: Ich brauch den Kalender nie mehr umzudrehen, wenn ich wissen will, was mein neuester Stein bedeutet. Es ist alles sehr sehr praktisch! Noch mal allerliebsten Dank. Ich grüß Dich und Euch und wünsch Dir und drück Dich ...

Deine steinreiche Marlene

Weihnachtliche Chorgesänge

Liebe Betti!

Du weißt ja, dass mich meine Nachbarin vor einigen Jahren animiert hat, beim Theaterchor mitzumachen. Die Aussicht, auf der Freilichtbühne mitzuwirken, hat mir damals derart imponiert, dass ich einwilligte. Schließlich ist Anderswostadt eine Besonderheit und es pilgern Tausende im Sommer dorthin, um der Aufführung von Aida oder Hair beizuwohnen.

Erst ziemlich spät kapierte ich, dass unsere Auftritte zwar manchmal IM FREIEN, aber am Waldrand von Hinterbergel erfolgen. Winters treten wir nicht in einer Konzerthalle auf, sondern in der TurnHALLE. Nichtsdestotrotz, es macht Spaß.

Jetzt im Advent bedeutet das Mitsingen natürlich Besinnlichkeit und Romantik pur. Die stillen Nächte, heiligen Sterne und Tannendüfte lullen uns ein, das süße Kindlein winkt hold aus der Krippe, während Maria noch demütig und brav durch den Dornenwald schreitet.

Sogar Josef hält tapfer Wacht und verzichtet währenddessen auf sein Pfeifchen, (nicht bloß wegen dem Nichtraucherschutzgesetz, sondern aus purer Rücksichtnahme!).

Derweil stehen wir gutherzigen Sänger uns die Füße ab in Kerzenluft geschwängerten, übervölkerten Sportheimen. Da dürfen wir zuhören, wie die Sportler-"Familie" im Hintergrund über ihre vergangenen Siege und Niederlagen plaudert und auf ein munteres Weihnachts-Prost angestoßen wird. Gerne sind wir auch im Pfarrheim, wo glückliche Alte (Pardon, SENIOREN) sich mangels ihres vergessenen Hörgerätes unserer munteren verschwitzten Gesichter erfreuen und unsere aufgerissenen Münder begutachten.

Währenddessen werden entspannt, mit zitternder Hand, ein helles Kaffeelein nach dem anderen geschlürft und mit unverhohlenem Schmatz Schmatz die riesigen Stollenstücke zwischen den Dritten zermahlen. "Lant`s ui schmecka !!"

Aber der absolute Höhepunkt für jeden Sänger ist natürlich die Waldweihnacht. Es beginnt mit der erwartungsvollen Vorfreude bei der Parkplatzsuche und einem genussvollen Anstieg bei Nieselregen durch finstere Gassen. Man überholt umherirrende Autofahrer, die innig, aber leider unsinnig darauf vertrauen, einen Stellplatz direkt neben dem Kripplein zu finden. Dann die erleichterte Ankunft im knöcheltiefen Morast vor verschlossener Stalltür, weil das inwendige Hirtenspiel noch ein unübersehbares Weilchen andauert. Was gibt es Schöneres für den Antialkoholiker (MICH!!!!), wo doch jeder Anwesende Glühwein schlürfend schon selbst sein Liedchen vor sich hin lallt und die heilige Zeit so besinnlich dahin rinnt.

Was Wunder, dass unser neuer Chorleiter, zum ersten Mal so festlich eingebunden, etwas abgehetzt und mit zittriger Stimme die vier Töne in Dur anstatt in Moll modulierte. Wie so was zustande kommt und was den Unterschied ausmacht, kann Dir (ein absoluter Vorteil) Dein geliebter Ehemann, Professor der Musik, sicher viel besser erklären als ich. Da ich nur ausführendes Chormitglied bin, habe ich untertänigst falsch eingesetzt, und mit mir noch 39 weitere Sänger. Es klang zugegeben seeeeehr VORweihnachtlich, sprich einfach unerlöst. Aber das Jesuskind mit heiligem Schein gab uns eine zweite Chance. Danke!!!

Wirklich spannend an dieser Begebenheit ist die Vorgeschichte, die uns der eigentliche Missetäter (schließlich hat ER Verfügungsgewalt über die Stimmgabel!!) bei der darauffolgenden Chorprobe berichtet.

Der gute Mann wollte tatsächlich PÜNKTLICH und gelöst den Einsatz geben. Das wäre ihm auch ohne Weiteres gelungen - wenn er nicht an einem SONNTAG, noch dazu am zweiten ADVENTSSONNTAG, sein Auto geputzt hätte. "So was tut man nicht", das weiß sogar der Mann im Mond!

Zweitens lässt man nicht den Schlüssel stecken, wenn man ein Auto besitzt, das sich automatisch verschließt!

Drittens bewahrt man nicht seine Zweitschlüssel da auf, wo sie niemand mehr finden kann.

Viertens legt man sich nicht Freunde zu, die seit 30 Jahren Automechaniker, aber am Sonntag Nachmittag unerreichbar sind!!!!

Fünftens parkt man nicht sein zu putzendes Auto vor der Garage, wenn das Zweitauto darinnen steht!

Sechstens zieht man nicht an den A... der Welt, wenn man solche Fehltritte begehen möchte.

Kurzum, der liebe Hans sah sich gezwungen, im Kreis seiner Lieben das geputzte Auto aufzubocken und wegzuschieben, um ... den Einsatz trotz allem im fröhlichen Durakkord zu geben, ECHT lustig!!!

Leider wird uns dieser gute Mann, der mich zum ersten Mal seit ich mitsinge, abends mit Strammstehen und genauen Anweisungen wach gehalten hat, nach Weihnachten wieder verlassen.

Gelernt haben wir eine Menge. Besonders die Basssänger hatte er immer auf dem Kieker, weil sie etwas zu viel Zurückhaltung zeigen. Er hat sie zigmal als gestandene Mannsbilder ermuntert, laut und kraftvoll zu singen. Aber bei der allerletzten Probe hat er auf einmal zum Himmel geblickt und geseufzt: „Ach Bassilein! Das lassen wir jetzt einfach so."

Über diese Güte bin ich derart erschrocken, weil ich direkt vor den tiefen Männerstimmen sitze und das Schwachsein leicht abfärben könnte, dass ich seitdem Stimmbildung im Auto mache. Ich atme tief ein, presse vorschriftsmäßig "in meine Wamp!" und singe die Tonleiter nach oben. Mittlerweile fühl ich mich gar nicht mehr so ALT und schon fast wie Sopran, wenn ich bloß hoch singen könnte! Obwohl, als ich gestern an der roten Ampel stand, könnte ich wetten, dass mich ein Hupkonzert aus dem hohen A gerissen hat!!!

So, und jetzt besinne ich mich auf meine häuslichen Pflichten, denn Karl klappert bereits mit dem Besteck!
Alles Liebe und lass es RUHIG angehen so kurz vor dem Fest!

Deine besinnliche Marlene

Computerkrankheiten

Liebe Betti!

Wie schön, dass es Dir wieder besser geht. Du wirst es nicht glauben, aber jetzt hat es meinen Computer leider auch erwischt, obwohl er nicht angesteckt war??
Dieser neue vermeintliche Kontaktspender nervt ohne Ende. Mal lässt er Dein Mail verschwinden, das ich jetzt ENDLICH auf meinem alten Laptop wiedergefunden habe, mal schlägt er sich den unergründlichen Bauch voll mit Foto-Anhängen: „IHR ANHANG KONNTE LEIDER (!!!!!) NICHT VERSENDET / NICHT GESPEICHERT / NICHT KOPIERT WERDEN.“
Dann ist er wieder so "gut" und empfangsbereit, dass ich vor lauter zweiminütiger Werbebanner mein Google-Eingabefenster nicht mehr sehe.
Dazu kommen zweisekündliche Bombardements von MC Affee, Norton, Antivir die mich aufmerksam machen wollen, dass der Computer nicht geschützt ist, ein äußerst angenehmes Gefühl!!!
Quasi rechtzeitig zum Christkind hab ich trotz Peters Bemühungen einen „echten“ Fachmann bestellen müssen.
Nachdem mein erster Computerfuzzi, ein baumlanger dürrer Kerl

mit spinnenlangen PC-Fingern, den Kampf gegen Telekom, Kabelsalat und Kennwörter nach dreimaligem Anlauf erschöpft aufgegeben hat, kam er gestern in Verstärkung mit dem absoluten PROFI: ein winziger glatt rasierter Junge, dem am Hinterkopf ein niedliches Haarschwänzlein baumelte, spinnenlange PC-Finger mit riesigen magentarot lackierten Fingernägeln, das perfekte Mädchen mit tief tönender Bassstimme. Der PROFI ordnete in einem Handgriff den Kabelsalat, gab das neu zugesandte Kennwort und die passenden Ziffern ein, durchwühlte meinen Computer von GRUNDAUF und bestätigte mir anschließend mit ernst erhobener Stimme:

„Da ist ja ALLES verstellt!!"

Jaaa, natürlich, JETZT SCHON!!!

Nachdem er die Zahlen vierzehnmal eingegeben hatte - und zugegeben, er konnte so schnell tippen, wie ich es noch niemals vorher gesehen habe!!- erlaubte er dem Unterprofi, noch mal die Telekom zu kontaktieren. Leider, leider, alles paletti, die Anschlussleitungen frei, das Kennwort passend, die dreizehn Zahlen ohne Raute.

Halt mal, DREIZEHN????, flüsterte er dem Nebenretter zu und tippte die Ziffern eifrig ein fünfzehntes Mal in das Sichtfeld, diesmal deutlich langsamer, weil er schließlich mitzählen musste.

Siehe da, es FUNKTIONIERTE! Wie durch Geisterhand war und bin ich wieder im Netz, in Verbindung mit allen, die ich liebe. Und ist es nicht so, dass wir alles GUTE von oben geschenkt bekommen, einfach so, ohne Gegenleistung? GOTT ICH DANKE DIR!!!

Muss ich jetzt trotzdem auf eine saftige Rechnung warten???

Deine wieder vernetzte Marlene

Die höhere Mathematik des Tauschens

Liebe Betti!

Wie Du ja weißt, bin ich seit ein paar Jahren Mitglied in der Zeittauschbörse. Im Alter DIE SINNVOLLE Beschäftigung pur! Und sozialer geht es fast nicht mehr!

Der Höhepunkt der Adventstage war wie immer das Wichteln. Auffällig pünktlich saßen wir schon um dreiviertel acht im Stuhlkreis versammelt und lauerten gierig auf die diesmal besonders verlockenden Geschenke. Alles war wunderbar verpackt, sämtliche Größen und Formen, Sternchen und Schleifen, eine wahre Pracht.

Etwas erschrocken blinzelte ich hinüber zu Amanda, einer der ältesten und treuesten Tauschveteraninnen, weil sie offenbar schon ausgepackt hatte: ein kleines abgegriffenes Büchlein. Unsere Kreisleiterin begrüßte uns freundlich und bedankte sich von Herzen bei Amanda, dass sie uns zu Beginn ein wenig "einstimmen" wolle, FALLS ES UNS RECHT SEI!

Ach so??!!

Zähneknirschend waren wir natürlich "einstimmig" dafür.

„Na ja", begann Amanda räuspernd, „Weihnachten hat ja nicht bloß mit Blödsinn zu tun."

OHHHH, das verhieß nichts Gutes!

Und so war es auch. Das Textbüchlein war ebenso alt wie fromm, auf gut Deutsch gesagt sterbenslangweilig, und es hatte VIELE Seiten. Jedes Mal wenn Amanda ein Wort zum Sonntag, Pardon "zum Weihnachtsgeschehen, dem Fest der FREUDE!!!" zu Ende entziffert hatte, applaudierten wir erleichtert und höflich, was unsere liebe Vorleserin natürlich noch mehr ansporntе.

Wir zappelten wie erwartungsvolle Kindergartenkinder herum und scharrten mit den Füßen, aber sie fand immer ein NOCH SCHÖNERES Kapitel.

„Jetzt zum Schluss noch was Lustiges", bot sie sich an. Wir blickten hoffnungsvoll auf. Aber nein, sie wählte etwas NETTES, zu schade!!!

Während sie weiter herumblätterte, warf die einfühlsame Kreisleiterin einen Würfel in die aufgeregte Runde und los ging´s mit dem BLÖDSINN, auch ohne Amandas höchsten Segen!

Eins und Sechs zählte, und schon konnte man jede denkbare noch verhüllte Köstlichkeit auswählen. Nach mehreren Nieten wurde die erste Sechs gewürfelt. Nun galt es Grips einschalten! Besonders große Geschenke sind oft besonders schwer zu entsorgen. Hübsche Dinge werden einem meist zum Schluss wieder entrissen.

Da wurde nun je nach Temperament befühlt, befummelt und beschnüffelt, zu leicht befunden, was auch immer. Eine extrem vertrauenswürdige Dame hatte bereits gestanden, ZWEI Päckchen hinterlegt zu haben, damit zum Schluss etwas für unsere kranke Mareike übrig blieb. Da wusste ich natürlich, wo ich hinlangen musste, auch wenn das Papier etwas schäbig und wenig einladend daher kam!

Wandas Würfel rollte durch das halbe Zimmer und wurde vom Stuhlbein gestoppt.

„Ohhh", der ist angestoßen" seufzte sie. "Darf ich noch mal???" Ich sag´s ja, wie im Kindergarten!! Wir waren uns einig: Sie durfte NICHT!!!

Nach endlosen sieben Runden redeten wir ungeduldig auf sie ein und sie DURFTE dreimal hintereinander. GESCHAFFT!

Nun begann Blödsinn Teil 2: das Auspacken der Geschenke, falls man diesen Namen überhaupt verwenden kann. Wieder brauchte es zur Erlaubnis eine Sechs oder Eins.

Wir bestaunten oder bemitleideten, ohne den heimlichen Spender zu beleidigen.

Och wie hübsch, ein Kerzenständer oder etwas ÄHNLICHES! Adventliche Sets, dezent bedruckt und nur wenig fleckig!

Ein Kästchen ca 4 x 8 cm entpuppte sich als ein Satz Messer????? Die mussten aber recht klein sein, etwa zum Rasieren?? Der einzige anwesende Mann klärte uns nachsichtig auf: „Schnitzmesser." Aha, da wusste man fast schon, wer die hier abgelegt hatte.

Meine Nachbarin zur Linken enthüllte einen Kerzenengel, pausbäckiges Porzellan zum Fallenlassen, immerhin!! Jetzt bereute ich, dass ich ausgerechnet das zweite Geschenk in identischer Verpackung gewählt hatte.

Rechts neben mir kam ein überdimensionaler Cremetopf zum Vorschein, igitt!!

Endlich bekam ich meine Eins und durfte mein Geheimnis lüften. Ich riss das Papier auf und erblickte als Erstes einen riesigen roten

Hintern! Na ja, ich ahnte bereits Schlimmes. Bei so viel Unterleib konnte für den Kopf nicht viel übrig bleiben, aber es war unleugbar der Weihnachtsmann persönlich, mit einem koketten bauschigen viel zu kurzen Röckchen, aber immerhin zerbrechlich, was ein eindeutiger Vorteil ist!

Nervös umklammerte ich den Nikolaus, als mir gegenüber eine Weihnachts-Tüte geöffnet wurde: Sehr praktisch, die konnte man wiederverwenden! Der Inhalt allerdings war unsäglich: eine Kaffeekannenhaube Marke Uroma, aber auch als geräumige Mütze zu gebrauchen.

„Setz mal auf" jauchzten wir und die glücklich Beschenkte verbarg ihre vom Schreck rot glühenden Backen unter dem dicken Stoffteil.

Besonders gespannt war ich, als mein eigenes Paket geöffnet wurde. Ich hatte mir beim Einwickeln extreme Mühe gegeben, damit ich das Teil gut loswurde, sogar ein Holzpferdchen als Verzierung. Die Beschenkte wog nachdenklich die schwere Pappschachtel, öffnete kurz und schloss gottergeben wieder den Deckel.

„Was ist drin", kam es einstimmig von allen Seiten. „Weingläser", krächzte sie und hob ein Exemplar hoch.

„Ohhh, Römer!! Für Weißwein oder für Rotwein?" Na also, da bestand doch echte Nachfrage!

Als jeder seinen Besitz angetreten hatte, ereilte uns blödsinnigerweise oder leider, je nachdem, Teil 3: die Tauschrunde.

Der einzige Mann wählte im Tausch gegen die Sets den wunderhübschen Brunnen, den wir bereits für unsere Kranke zurückgelegt hatten. Wir schrien auf vor Entsetzen. Aber Thea meinte trocken:

„Gell Max, Hauptsache, es ist aus Holz".

Fünf Würfelrunden später saß er wieder auf seinen Schnitzmessern.

„Macht nix!", sagte er freudig. „Nehm ich sie halt wieder mit!"

Nachdem ich so vieles gesehen hatte, gefiel mir mein Nikolaus immer besser. Der würde die tollsten Weihnachtsfotos des Jahres hergeben und ich umklammerte mein Eigentum noch fester. Wie ärgerlich, ihn schon in der dritten Würfelrunde gegen eine Kanne eintauschen zu müssen, wunderhübsch, englisch oder chinesisch, eindeutig zu kostbar, um sie fallen zu lassen.

Der große Renner war eine Tasse mit Gockel mit der Aufschrift: „Kein Hahn kräht nach mir. Aber Gott weiß, dass ich da bin". Dieses göttliche Geschenk wollte jeder und die Tasse wechselte ununterbrochen den Besitzer.

Auch der Weihnachtsmann war überaus gefragt. Dagegen trennten sich die Tauschbörsianerinnen erstaunlich leicht von den Schnitzmessern, Kerzenmonstern und Cremedosen.

Bedrohlich mir gegenüber saß "Ein Schiff wird kommen", ungelogen 70 cm lang und UNZERBRECHLICH, noch unbeladen, dafür mit vier Masten, an denen appetitlich aufgereiht vier große weiße Rechtecke steckten.

„Ist das Frischkäse?", fragte ich leise meine Nachbarin.

„Nein", flüsterte sie zurück.

„Bloß Styropor, sonst hätte ich es schon genommen."

Soeben tauschten die Sets gegen ein Klangspiel, an dem neben den Metallstäben noch ein Vogel, Sterne und sonstiges Gewirr befestigt waren. Sylvie heulte auf. Das hätte ein Geschenk für ihre Katzen werden sollen!

Ich würfelte derweil "um mein Leben". Nichts zu machen! Die Nachbarin zur Linken erbarmte sich, befreite mich von meiner Kanne und reichte mir strahlend die Römer! DAS DURFTE JETZT ECHT NICHT WAHR SEIN!

Vorbei ist vorbei! Eine Trostrunde gab es nicht. Da hörte ich von links ein feines Stimmchen: „Ich schenk Dir die Kanne dazu, wenn Du magst!"

NEEEEIIIIN, ich wollte nicht!!! Ein freudiges Spenderherz setzte derweil der Kaffeekanne die unsägliche Haube auf! Eine solch praktische Kombination!

Die Kannenbesitzerin meinte, es sei nicht schlimm. Ihre Tochter habe heute schon geschimpft, als sie das schöne Porzellan aus dem Keller holte. Mir kam die rettende Idee. Ich erbat mir die Haube im Tausch gegen die Weingläser und sie nahm DANKEND die Römer an sich. Jetzt wagte ich die Wahrheit zu gestehen: Die Gläser waren von meiner Tante Adelinde. „Nimm sie mit!", hatte sie vor einem Jahr gesagt. „Du erbst sie ja später sowieso!"

Am nächsten Morgen konnte ich Karl Theo strahlend berichten, dass ich am Abend unter die Haube gekommen sei. Karl war überglücklich, denn eine ECHTE Hochzeit wäre doch recht teuer gewesen! Unsere „Hochzeits"-Reise ist bereits geplant. Es geht in die Türkei!

Deine be-Hütete Marlene

Adventlicher Vortrag

Liebe Betti!

Vielleicht hast Du meine Voranzeige in der Zeitung entdeckt: „Am Samstag vor Weihnachten wird herzlich eingeladen zum Vortrag: Kraft und Trost in schwerer Zeit. Beginn 15 Uhr. Treffpunkt bei Marlene Rübenzieh, Wasawieslein Nr.5
Ich dachte natürlich an all die traurigen, einsamen, enkellosen Menschen, die heuer so allein und wahrscheinlich sogar ohne Christbaum den Heiligen Abend verbringen müssen. Die Zeitung hat die Ankündigung im Wirtschaftsteil gedruckt. Egal, dachte ich, wer sein Geld oder die Arbeit verloren hat, kann meine Ratschläge und Bachblüten sicher auch gut brauchen!

An besagtem Samstag saß ich ab 14 Uhr mit klopfendem Herzen auf der Couch und wartete. Ein Stapel Stühle stand im von Karl neu renovierten und hellgelb liebevoll gestrichenen „Seminarraum" griffbereit, der Tee dampfte in der Kanne und die Bio-Vollwert-Kekse hatte ich besonders hübsch arrangiert. Karl selbst war gleich nach dem Mittagessen entflohen, mit Sporttasche und dem Hinweis:
„Bei euren hochgeistigen Gesprächen will ich nicht stören."

Fünf Minuten vor drei stieg die Spannung ins Unermessliche. Sollte ich vielleicht die Türe ÖFFNEN, ein größeres Hinweisschild anbringen, sanfte Musik ertönen lassen????

Reichten die Parkplätze???

Würde ich überhaupt einen einzigen Parkplatz benötigen???????

In diesem verzweifelten Moment klingelte es.

GOTT ICH DANKE DIR, seufzte ich und machte ein frommes Kreuzzeichen. Eilig schritt ich zur Haustüre, zupfte mir die Bluse zurecht und öffnete. Draußen stand ein kleiner schüchterner Mann, gebeugt, schütteres Haar, kummervolles Gesicht. Mein Herz quoll über vor Mitgefühl und ich bat ihn höflich herein.

Das Männlein drängte an mir vorbei, rannte zielstrebig die Treppe hinunter und rief mir zu:

„Ich kenne mich hier aus!"

Ich riss erstaunt die Augen auf???????????????

Da war er schon im Heizungskeller verschwunden und LAS DEN STROM AB!!!!!!

Zugegeben, irgendwie war er mir bekannt vorgekommen.

Deine nach Erfolg lechzende Marlene

P.S. FROHE Weihnachten mit Kindern und Enkelchen!!!!!!

Dschennifer

Liebe Betti!

Tausend Dank, dass Du immer wieder die Zeit findest, mich auf dem neuesten Stand zu halten! Ich hoffe, Du schreibst so gerne, wie es sich gut liest, denn Opfer sollst Du keine für mich bringen, noch dazu bei diesem Oma-Totalstress, den Du gerade mitmachst. In zwanzig Jahren wirst Du Dich genüsslich zurücklehnen und sagen: Unglaublich, wie ich das alles geschafft habe!

Erst mal meine ganz herzlichen Glückwünsche an DICH, den neuen Opa, die Uroma, die Onkels, den Papa, und - ach so - natürlich an die strahlende Mama!!!!

Eure kleine Jennifer wird sicher mal Mailverstopfer bei einer Wohltätigkeitsorganisation, oder hat sie einen solchen Dickkopf?? Jedenfalls hast Du bisher jeden Anhang von Dir locker durch mein kümmerliches Computer-Tele-Kabel durch gezwirbelt. Aber bei Klein-Jennifer musste meine Mailbox passen. Das niedliche Foto brauchte mindestens 48 Minuten, bis es durch war, und sämtliche gespeicherte Mails blieben wie durch einen bösen Zauber verschwunden. Gut, dass ich da schon mal Deinen Brief gelesen hatte und wusste, dass mir etwas BESONDERES bevorstand.

Na ja, ich hab mich im Internet vergnügt und irgendwelche unanständigen Bücher für Peters Weihnachtstisch gesucht. Leider war nichts Passendes darunter. Dabei hab ich die kompletten 48 Minuten lang den Computer gesegnet und siehe da: Jennifer samt Briefen kam wieder zum Vorschein. Ein wunderhübsches Mädchen mit himmlischen Connections!

Spricht man übrigens JJJJJ-Jennifer oder eher englisch "Dschönnifer"???

Als mein Cousin Markus seine Tochter Solange Michelle bekam, hat sich unser Pa tagelang gewundert, warum sie so lange und nicht kürzer Michele heißen sollte, bis er aufs Alter auch noch einen Französisch-Schnellkurs absolvierte und dank eines gehörigen Stockschnupfens das "Solansch" echt kunstvoll näseln konnte. Die Aussprache „Mischell" mit Doppel-ll widerstrebte ihm noch mehr, weil meine Mutti ihr Leben lang ein „Michele", einen raffinierten Sparstrumpf für besondere Notfälle, besessen hatte.

Alles Liebe, ich drück Dich UND EUCH heuer ZUM ERSTEN MAL in diesem Jahr!

Deine Dich um Deine nahen Enkelkinder beneidende Marlene

Liebe Betti!

Mit zitternden Knien habe ich Deine Entschuldigung gelesen. Was konnte ich angestellt haben, dass Du was zu „Beichten" hattest??
Und HA! Wieder mal Deine seltsame Angst vor irgendwelchen Schreibfehlern, dabei kann ich mit meiner Noch-billig-Brille aus der Nachkriegszeit solche Kleinigkeiten gar nicht so genau identifizieren. Und dank Rechtschreibreform weiß ich selber nie, ob ich richtig liege, aber ich nehme mir einfach die Wahlfreiheit - oder wurde die inzwischen wieder gestrichen? Egal, ich als NICHT-LEHRERIN brauch das nicht zu wissen, und Du auch nicht. Schließlich geht Deine liebe Enkelschar noch nicht zur Schule! Und der größte Witz, ich war beim Lesen der Hauptmail so gefesselt, dass mir kein einziger Fehler (??) aufgefallen ist. Erst nach zwei Tagen ist mir Deine Entschuldigung wieder in den Sinn gekommen, schon komisch!
Aber ich nehme es doch zum Anlass für eine kleine NLP-Stunde. Da hab ich zwar gelernt, dass man keine Rat-SCHLÄGE verteilen darf, aber sieh es einfach als Ratschlager, lalala, notfalls zum einen Ohr rein, zum anderen raus.
Ich könnte wetten, der Kritiker, der tief in Dir drin immer die Fehler entdeckt und zählt, sieht Deinem Herrn Papa ganz schön ähnlich! Wenn er sich das nächste Mal wieder melden möchte, kuck ihn Dir genau an - und male ein neues Bild von ihm. Zum Beispiel könnten ihm die Pfennige oder Fünfzigerlein, die er Dich immer finden ließ (und noch lässt?), aus den Lauschern hüpfen, dass ihm die Ohren nur so klingeln.
Oder sie kullern hinten raus wie beim Märchen vom Goldesel, aber das erwähne ich jetzt nicht, falls Enkelchen in der Nähe sind, die könnten die Geschichte missverstehen!

Mein Peter hat damals mit ca. drei Jahren seine Bollele gewissenhaft im Bettkasten gesammelt, und gewartet, dass Goldstücke draus werden. Leider hab ich ihm beim Frühjahrsputz wieder mal alles vermasselt!

Deine ebenso wie Du unschuldige Marlene

Bloß koin Stress

Liebe Betti!

Danke für das wundervolle Enkelfoto! Mir hilft das herrliche Stressbild dazu, mich aus höherer Warte tiefer mit dem Sinn bzw. Unsinn von Stress auseinanderzusetzen. Auf mich wirken die J´s total entspannend und einfach zum Knuddeln.

Da fühle ich mich gleich viel erholter und ausgeschlafener. Denn mein leicht erkälteter Beischnarcher benötigt pro Nacht ein bis zweimal Honigmilch und viermal Streicheleinheiten, ach so, noch eine kleinere Kopfmassage, aber Pipi macht er schon mal selber (jetzt bloß schnell fertig schreiben, Karl kommt jeden Moment vom Einkaufen zurück!!).

Und woher hat der gequälte Mitbewohner seine Gebrechen?? Von Dir wohl nicht, weil ja Peters Anti-Virenprogramm funktioniert, oder etwa NICHT??? Vom lieben Weihnachtsmann auch nicht, außer das Schuppenshampoo von seiner Schwägerin war unzureichend beschriftet, und es war ein Schnuppenshampoo? Oder waren es an Neujahr die Kater/Katar-Rollmöpse??

Wahrscheinlich war es aber ICH, weil ich gleich nach Weihnachten eine körperliche Entgiftungsanlage eingebaut habe, mit zweimal heißem Lebertee und 5 Packungen Tempos täglich.

Da gelingt das völlige Loslassen in den wunderbaren Füssener Alpen (gibt's die??) besonders wirkungsvoll, da ich hier keinerlei vertraute Medizinen und Auspendelgeräte vorrätig hatte und ganz auf Mutter Natur angewiesen war.

Zum Glück erklärten sich vier mir nicht bekannte Forstarbeiter freiwillig an Silvester bereit, den halben Weissenseer Wald abzuholzen und mir ein paar frische Zweige zu überlassen, zwecks Zubereitung eines heilenden Fichtennadelbades. Es gelang mir zwar nicht, die heilsamen Düfte zu riechen, aber den Ausfluss zu verstopfen. Schließlich braucht ein NOCH GESUNDER Urlauber an Neujahr eine Beschäftigung, um von trüben, schmerzenden Gedanken abgelenkt zu werden.

Wie Du siehst, kein Wunder, dass sich mein geliebter Karl auch mal auf die pflegebedürftige Seite geschlagen hat, um mein Verantwortungsbewusstsein wach zu kitzeln. Denn nun bin ICH SEIT HEUTE für gesund erklärt, wie schön für mich!!! Nun gibt´s keine Ausrede, übermorgen neu zu packen, und schon geht´s noch mal ab in die Berge. Diesmal begleitet uns Helen. Die könnte eigentlich uns BEIDE pflegen, sie ist ja noch jung und schon seit drei Tagen fieberfrei!!!

Ich hoffe sehr für Dich, dass auch Du inzwischen sämtliche Rückfälle gut auskurieren konntest und Dein liebster Mann dabei nicht versagt hat, gell, Sigbert!!! (Ich bin jetzt mal vorsichtig, weil Karl genau beim letzten Klammernschreiben s.o. an meine Fensterscheibe geklopft hat, zur Tür rein musste und natürlich unbedingt auf die Laptopscheibe starren wollte, aber ich konnte ihn ablenken.) Ich schreibe ja nix Schlimmes, aber manchmal nicht GANZ die Wahrheit, seufz.

Somit wünsche ich Dir, Sigbert und allen Deinen Lieben, besonders den so DÜNNEN, dass Ihr ein wunderbares Jahr vor Euch habt, Stress nur vergnüglich und verträglich, und ansonsten friedliche, harmonische und GESUNDE Zeiten!!!

Deine ach so fitte Marlene

Liebe Betti!

Du weißt, wie mich die Nähe beeindruckt, die Du zu Deinen Enkelkindern hast. Man spürt hautnah, wie sehr Ihr Euch lieb habt! Schön!!
Als gestern Peters Chrissi bei mir zur Türe herein marschierte, (der heuer 8 Jahre alt wird), NACH dem gemeinsamen Nach-Weihnachtsessen in der Wirtschaft, begrüßte er mich mit freundlicher Zurückhaltung: „Also, da sind wir, TANTE HELMA!"
Peter hat nämlich beide Besuche zeitsparend hintereinander eingeplant, sodass kaum Zeit blieb, um wenigstens die Geschenkpakete zu tauschen, geschweige denn mit Bernd eine Runde Karten zu klopfen.
Chris hat sich hinter einem mitgebrachten Computerspiel verkrochen, bis ihn Karl mit seinem Angelspiel aus der Reserve lockte. Darauf wartet er (Karl) schon seit VIER Jahren. Bisher hat es nie geklappt! Bernd ist natürlich mittlerweile zu GROSS, um diesen Pipifax mitzuspielen und unterhielt sich gequält mit seiner Mama.
Als die Vier um halb drei wieder abzogen, war die Atmosphäre entspannt. Sogar Moni wirkte gelöst und Peter ging mit stolz geschwellter Brust, weil er uns unter ein Dach zusammengeführt hat und wir alle uns so gut vertragen!!!
Nachdem also Peters Familie nicht lang geblieben ist und weder Sahneroulade noch Aprikosenquarktorte essen wollte (wegen der RICHTIGEN Tante Helma), habe ich auf einmal jede Menge Nahrungsüberhang.
Gestern Abend gingen wir noch mit Jana, Achim und Klein Laura, die den ganzen Zauber einfach verschlief, in die Wirtschaft, wo Karl von seiner GANZEN (angeblich war´s nur ´ne halbe!) Ente tatsächlich nur die Hälfte verspeiste und seitdem sämtliche Abendessen allein bestreitet.

Danach wurde mir auf einmal, wahrscheinlich einfach die Nachwehen, nämlich der Trennungsschmerz von Laura, derart schlecht, dass ich weder an Essen noch an ein Schlückchen Wasser denken durfte. Ich konnte mich nur gesund schlafen, weil ich Karls wohlmeinenden Rat befolgte, halt mal SELBST Bachblüten zu nehmen.

Trotzdem habe ich für Montag Mittag eine Doppelportion Kirschenmichel vorbereitet, damit ich, falls jemals wieder hungrig, auch was habe!

Als ich nach der Beerdigung unserer lieben Nachbarin ziemlich traurig, vom langen Stehen erschöpft, durch die Schlitterei auf den Landstraßen völlig genervt und tatsächlich schon ein wenig hungrig zu Hause ankam, wurde ich, wie vorausgesehen, von Karl schon dringend erwartet. Freilich, er wollte ja heute Nachmittag zu seinem Freund fahren.

Aber das Auto war ihm noch nebensächlich, weil er zuerst ESSEN musste, und er den Backofen nicht ankriegte. Tja, wegen unserer ausgefuchsten Energiesparerei wird die Backofensicherung immer gründlich ausgeschaltet. Für den Neubetrieb darf man DREI Knöpfe gleichzeitig betätigen, eine praktische Kinder - UND ERWACHSENEN-Sicherung. Also half ich schnell einschalten und wunderte mich im Stillen, wieso der GANZE Kirschenmichel auf einer EINZIGEN Riesenplatte vorbereitet war.

Während ich zitternd vor Hunger meinen Salat vor mich hin mümmelte, schaufelte sich Karl ein Glas Kirschen über den Michel und verputzte vor meinen Augen den überquellenden Teller. Als noch drei Bissen übrig waren, seufzte er:

„Es ist doch ein bisschen viel. Magst du auch was?" "JAAAA-AAAAA!", schrie ich erleichtert.

Tja, vielleicht sollte ich einfach lernen, meine Wünsche etwas direkter zu äußern! Dann bräuchte ich auch nicht diesen Sonntag nachts um eins aufstehen, zum Flughafen düsen und zwei Wochen in der Türkei verbringen. Jetzt im Winter graust mir vor solchen Fahrten. Aber Karl hat es sich so sehr gewünscht, dass ich nicht Nein zu sagen wagte.

Direkt nach der telefonischen Buchung, NACHDEM die Reise bestätigt war, hat mir der freundliche Verkäufer mitgeteilt, dass wir auch noch eine Zwischenlandung haben. Als ich (wegen meiner armen Ohren, die bei jeder Landung schier platzen), alles rückgängig machen wollte, meinte er: „Da müssen WIR leider durch."

Wer bitteschön ist "WIR"?

ICH muss durch, und mein armer Karl, der wahrscheinlich mit mir mitleiden wird, (aber bloß wegen der Ohren). Egal, jetzt hab ich deswegen so viele schlaflose Nächte gehabt, dass es Zeit wird, mich zu freuen.

Zum Glück wird mich, wenn ich zurückkomme, Dein süßer, witziger Schutzengel auf meinem Schreibtisch erwarten, sodass ich unterwegs immer an was GUTES denken kann. In den vollen Koffer mag ich ihn nicht stopfen, da liegen schon Berge von Pumpernickel und Tartex, damit ich für alles gewappnet bin!

Deine zuversichtliche Marlene

Zurück

Liebe Betti!

Danke!!

Wie herzerwärmend, unter EINHUNDERTFÜNFZEHN (noch dazu unnötigen) Mails Deinen schönen, ehrlichen und aufbauenden Brief zu finden und so liebevoll zurückerwartet zu werden!!

Bei mir ist noch ein wenig Sand im Getriebe. Ich melde mich BALD, wenn hier wieder einigermaßen alles NORMAL läuft! Aber es geht mir GUT, bin noch ganz happy vom vielen Sand-Strand-Laufen!

Deine nicht mehr lang ungeduschte Marlene

Liebe Betti!

Hier nun endlich der versprochene Reisebericht:
Karl und ich haben beschlossen, die nächsten zehn Jahre nicht mehr zu fliegen, weil es einfach zu viel Aufregung ist. Als Erstes haben wir bei der Online-Buchung Karl als Karl angemeldet. Als ich am Montag die Flugscheine in Händen hielt, fiel mir siedend heiß ein, dass er im Personalausweis Karl Theodor heißt. Na toll, wir mussten den Namen umändern lassen, was schlappe 25 Euros kostet!

Mittlerweile war der Flug um zwei Stunden VOR-verschoben worden und wir sollten eine Stunde SPÄTER in Antalya eintreffen. Das verhieß schon mal nichts Gutes. Sei's drum, wenn wir mal bloß die neuen Flugscheine noch bekämen!

Also raste ich zur Bank, zahlte ein, ließ mir bestätigen, faxte und hoffte! Juhu, bereits am Mittwoch war es so weit und der Brief von GTI lag im Postkasten. Wir öffneten erleichtert den Umschlag, und da war sie: die neue Rechnung "Kaufpreis zzgl. 25 Euro". Aha, wir bräuchten also bloß noch mal ALLES bezahlen! (Zugegeben, Peanuts im Vergleich zu Deinem Mietärger, aber immerhin!!).

Wir telefonierten, warteten, telefonierten und erhielten die trostreiche Auskunft: Wir bräuchten nicht mehr zahlen und nicht auf Post warten. Morgen kommt das Mail. GOTT SEI DANK.

Ich konnte ruhig schlafen und verbrachte den Donnerstag am Computer. Das böse Tier wollte einfach nicht ausspucken, was wir brauchten.

Freitag früh: Der Abflug nahte! KEIN MAIL!!!!

Während ich am Computer saß, telefonierte Karl THEO, wartete, telefonierte. ENTWARNUNG: Es wird kein Mail kommen! Wir bräuchten nur am Flughafen die Scheine abholen, Treffpunkt Aerogate Halle C. Na also!!! Drum hat es mir am Freitag etwas pressiert. Denn wir mussten jetzt ja noch früher los als sowieso schon geplant!!!

Pünktlich am Flughafen sind wir bei Halle C ausgestiegen.
Frag, such, schnüffel: „Wo bitteschön ist hier das Aerogate von GTI ?????"

Endlich ein Infostand, lange, lange Reihe!

„Tja, leider, leider, GTI ist hier nicht. Gehen Sie mal Richtung Halle A".

Toll, da hätte uns der Bus kostenlos aussteigen lassen. Aber wir sind ja beide ziemlich fitt und jeder hat bloß einen Rucksack zu schleppen und einen Koffer zu rollen. Pech, wenn der rote Koffer nicht wirklich rollt! Aber mein Mann ist herzkrank, den muss ich schonen und sage lieber nix. Wir rollen bzw. versuchen zu rollen. Bloß auf die schräge Rolltreppe geh ich nicht, da wird mir schlecht! Also fährt Karl allein und ich "rolle" zu Fuß. Mein rechter Arm ist taub und mein linker zwei Meter lang, egal!

In Halle A bei der Auskunft, wir zeigen unsere gesamten Unterlagen. Die liebe Dame schüttelt freundlich ihr gelocktes Haupt. Leider, leider, aber das Aerogate ist DA VORNE. Sie zeigt Richtung Halle C!

Na toll!! Kommando zurück. Der Rolltreppe zeige ich meine Verachtung, ich hab auch meinen Stolz! Mein linker Arm ist taub, der rechte ist jetzt auch taub und drei Meter lang. Egal! Wir wanken zu Halle C und fragen jeden Menschen, der diesen verd...ten Flughafen bevölkert. Achselzuck und keinen Schimmer.

Wieder in Halle C: Fingerzeig Richtung Halle A. Ich kriege einen Heulkrampf! Wie schön war's doch zuhause, oder Weissensee, oder lieber sterben? Egal, OHNE Koffer wär's auch kein Leben. Also mit Gepäck wieder zurück. Mir fallen keine Gebete mehr ein und ich HASSE das Reisebüro!! Ich habe keinen Stolz mehr und benütze die Rolltreppe. MIR IST SCHLECHT!!! Auskunft Halle A: Die Gelockte ist immer noch freundlich und erklärt für Kopfbehinderte:

„Das Aerogate ist GLEICH HIER hinter der Ecke".

Genau, da war es, winzig klein, sozusagen ein Fensterlein. Der nette Herr hat hier alle Flugscheine der Welt, bloß unsere NICHT!!!! Er sucht und kramt, leider, leider, da ist nix. „Stellen Sie sich doch einfach am Abflugschalter an!"

Das haben wir gemacht. Ich hab Karl gezwungen, mit Handy im Reisebüro nachzufragen. Die wussten auch nix. Wir sollten einfach warten. Das haben wir gemacht, mir war schlecht und schwindlig, Karl IST zum Glück bereits herzoperiert. Zum Schluss war es ganz einfach, wir brauchten nix und bekamen wie gewünscht einen Fensterplatz. Na also, so schön kann Urlaub sein.

Allerdings ging der Flug ÜBER ROSTOCK, das dauert. Bei der Zwischenlandung hatte ich so Ohrenschmerzen, dass ich die Körner meines Dinkelkissens durchbeißen musste, um nicht zu brüllen. Bei der Landung in Antalya zerbiss ich den Rest!

Nachts um halb drei lagen wir endlich in unseren stahlharten Schlossbetten. Dass ich drei Tage nur schwer hörte, machte nix, weil im Hotel außer türkisch und arabisch nur gebrochen Englisch gesprochen wurde, das kann ich eh nicht so.

Ansonsten war der Urlaub toll, knallheiß mit Sonnenbrandblasen, am Strand ein Sandkiesgemisch, wo die gesundesten Knie zu jubilieren beginnen, sodass Karl in der fernsehfreien Zeit von einer OP zu träumen begann.

Jeden Abend versuchte er, auf ZDF oder ARD Boxen und Fußball zu erhaschen. Die deutschsprachigen Programme zeigten abwechselnd zur Sendung ein grünes Leerbild. Ich schloss mehrere türkischsprachige Fernsehmonteure ins Herz, die mir in gebrochenem Englisch erklärten, wir seien ein bisschen meschugge, weil auf Nr. 4 gar nicht ARD, sondern Radio ARABAN kommt und auf Nr. 5 nicht ZDF, sondern gar nix. Dann knipsten sie stolz auf Nr. 32, da kam FRANZÖSISCH, na also!!!!! Dann verstellten sie alle Sender, baten um Trinkgeld und gingen.

Jetzt kam auf Nr. 35 ARD und danach das grüne Leerbild, usw. usw. usw.

Übrigens, das Essen war toll!!! Wir stellen mit unseren Backen nun jedes Deiner Enkelkinder in den Schatten, die Fastenzeit konnten wir in den gegebenen Umständen leider nicht einhalten.

Eigentlich waren wir nicht wirklich traurig, als wir in Antalya wieder in der langen Reihe standen, um zurückzufliegen.

Als ich Karl hoffnungsvoll fragte, wo eigentlich der Autoschlüssel sei, blickte er mich nachdenklich an. GUTE FRAGE!!!! Wir hatten diesmal nur wenig Zeit zu grübeln, weil wir einen Direktflug bekamen.

In München durchwühlten wir beide Koffer. JUHUU, der Schlüssel war in der dicken Hose. Klar, die hatte Karl bei türkischer Hitze nicht gebraucht!

Übrigens, falls Du die Adresse von diesem Hotel haben möchtest, aber wahrscheinlich ist Paris nicht zu überbieten!! Ich hoffe, Ihr zwei kommt gut erholt wieder!

Frohe Ostertage und einen freundlichen, großzügigen Hasen wünscht Dir Deine Marlene
Güle Güle

Reparaturarbeiten

Liebe Betti!

Vielleicht schaff ich es ja morgen doch, Dir diesen Schrieb noch mit auf den Weg zu geben, damit Du Deine wohl verdienten, hoffentlich seeehr schönen Urlaubstage gut informiert verbringen kannst. Obwohl, so richtig Inhalt gibt es auch diesmal nicht zu berichten.

Außer: DASS HELEN SCHWANGER IST!!! Mit allen Höhen und Tiefen. Jetzt kann sie endlich ihrer „kleinen" Schwester verzeihen, dass sie, WIE IMMER, auf alles länger warten muss, sogar aufs Kinderkriegen!

Ich überlege, ob ich sie besuchen soll, fragt sich bloß WANN. Mein geliebter Schwiegersohn hat nämlich derart Sehnsucht nach der Schwiegermutter entwickelt, dass er ..... seinen Urlaub in den August VORVERLEGTE. Falls ich im Sommer wirklich hinfahre, wird er also TAG UND NACHT meine Hand schütteln, mir über die Wange streichen, mir ins Ohr flüstern, wie sehr und schmerzlich er mich vermisst hat. Er wird mir zu meinem neuen ungeschriebenen Buch gratulieren und mir

die nötigen Freiräume einräumen, damit ich viel über meine zünden-
den Ideen nachdenken kann.

Karl meint natürlich, er will auf KEINEN FALL mit!

Da repariert er schon lieber die Wasserhähne am Weissensee! Hat
er heute auch gemacht. Als ich in die Küche kam, lag er gemütlich versteckt unter der Spüle und nur die Stinkefüßchen kuckten heraus. Er
rief zärtlich nach meiner liebenswerten Anwesenheit und bat mich,
ihm heimzuleuchten.

„Oh", flötete ich erfreut und bewundernd.

„Möchtest du heute einen neuen Wasserhahn hin schrauben?" Da
fuhr er so gereizt in die Höhe, dass sein Kopf fast die Spülschüssel de-
molierte. „HAST DU KEINE AUGEN IM KOPF???"

Aber ja doch, sie fielen mir schon fast heraus!

???????, fragte ich blöde.

„DER NEUE HAHNEN IST SCHON DRAN!!!!"

Sorry, das hätte ich wirklich sehen können. Die früheren zwei
Schraubköpfe waren tatsächlich gegen einen nobligen Einhandmischer
ausgetauscht worden. Aber wer ahnt schon so etwas!!!

Als Entschädigung hab ich die Taschenlampe gehalten, ohne zu
klagen, ohne mir jegliches Lob zu erwarten.

Deine für Reparaturen stets offene Marlene

Auf den Hund gekommen

Liebe Betti!

Wusstest Du, dass unsere Tante Helma schon seit einem halben
Jahr vergeblich einen neuen Hund sucht?

Endlich, am Weissensee gab es die Lösung: 8-jährige Cockerdame,
süß, verspielt, verschmust, BRAV und anpassungsfähig, genau richtig

für eine rüstige 89 Jahre junge Lady, die ihren eigenen riesigen Garten noch selber versorgt.

Karl machte Tante Helma um sieben Jahre jünger und sie strahlte vor Vorfreude, was sie noch blendender aussehen ließ! Der Hundebesitzer bat sich aus, dem lieben Hundilein vorher noch beim Zahnarzt die Beißerchen reinigen zu lassen. Das war unnötig, denn Tante Helma sieht bereits ziemlich schlecht, aber na ja.

Dann wollte Herr „Hund-ich-liebe-dich" den Hund PERSÖNLICH überbringen. Praktisch für uns und Helma war es auch recht.

Als wir den Termin ausmachten, warnte uns der freundliche Herr vor: Frau „Du-hättest-wohl-gern-mein-Schatzilein" müsse natürlich eine Stunde Probegassi gehen. Kein Problem! Ich empfahl meiner Tante, noch schnell das Hundeabitur zu machen, was sie auch lächelnd tat.

Letzten Donnerstag war es so weit. Der Kaffeetisch gedeckt, der rote Teppich mit Hundeknochen bestreut, Onkel Michel, der Hundehasser bekam Hausverbot und wir standen mit dem gefüllten Wassernapf Spalier. Da klingelte das Telefon:

„Mmmm, Äääääääähhh, das liebe Hündchen, also zu traurig, aber sorry, sein Bruder hätte jetzt, auf einmal, sozusagen überraschend doch lieber selber, und halt näher, und praktischer … und er könne ja aus Spanien, nächstes Frühjahr, da gäbe es ja so viele einsame Straßenköter??? Ladenhüter???" Ob die auch im Garten kötern und ein Haus hüten ????

„MIREGAL", sagte Tante Helma, „Ich hab jetzt die Schnauze voll" und lehnte ab.

Bravo, hätten wir auch getan!!

Deine fast auf den Hund gekommene Marlene

Liebe Betti!

Dank Chris und Bernd habe ich wieder Lunte gerochen und vermisse meine kleine Laura umso heftiger.

Nur deshalb (??) hat mich Karl kurzerhand an den Weissensee abtransportiert.

Für heute Nachmittag wurde mir, quasi als Ersatz für fehlende Enkelkinder die Aufsicht über zwei kleine weiße Hunde angeboten, Marke Spitz, Frech und Leinenzieh. Mal sehen, ob ich das meiner Bandscheibe überhaupt zumuten kann.

Aber nachdem das Wetter hier am Weißensee schon heute früh so aufmerksam auf meine Bedürfnisse eingeht und sich ordentlich eintrübt, könnte es heute um 14 Uhr locker regnen!!

Jedenfalls haben Karl und ich bereits um 8.15 Uhr den Vormittagsspaziergang absolviert und ich bin um 10 Uhr freigesprochen worden, um ENDLICH dieses Mail schreiben zu können!!!

Das Hin und Her zwischen Wasawieslein und Weißensee kostet, wie man so schön sagt, viel Zeit und Nerven. Auf keinen Fall ist das hier ein zweiter Wohn-SITZ, denn ich bin bloß am Marschieren, bestenfalls darf ich mal liegen, falls nichts anderes mehr geht, so ab 21.30 Uhr, wenn das Hallenbad und der Tischtennisraum ENDLICH schließen.

Dafür bietet mein erster Wohn-SITZ jede Menge sinnvoller Beschäftigungen, Waschen, Bügeln, Einkaufen, Vorkochen, Krankenbesuche machen. Kein Wunder, dass ich das Internet bloß noch alle paar Wochen öffne. Und kein Wunder, dass Karl so verdächtig gerne am Weißensee ist, da habe ich ZEIT NUR FÜR IHN!!!

Deine ge- anstatt ent- spannte Marlene

Liebe Betti!

Jetzt noch schnell, was aus unserem geplanten Hundeausflug geworden ist. Maja, unsere liebe Freundin, hat uns pünktlich um 10 vor 2 aus dem Mittagsschlaf geklingelt, denn wir glaubten zwecks Wettereintrübung nicht mehr wirklich an eine gemeinsame Unternehmung.

Draußen ließ es der liebe Gott schon ein wenig für mich regnen, aber noch nicht ausreichend. Denn in Majas Auto warteten artig die zwei Hunde und ein fremder Mann, den sich Maja extra aus Landsberg hatte kommen lassen, damit die Schneerunde sich ordentlich rentierte.

Leider hatte dieser Mensch namens Philipp vorsorglich seine Ski zu Hause gelassen und ich sollte die Hunde mit ihm gemeinsam hüten.

Toll! Somit war alles gegeben für einen idyllischen Winterurlaub, wie man ihn sich zuhause bei einem Glas Punsch erträumt.

Nach einer halben Stunde Autofahrt färbte sich der Regen zunehmend weiß ein und wir stiegen in Grän erwartungsvoll aus. Zu sehen gab es nur noch wenig.

Dafür begrüßte mich der fremde Mensch freudig mit atemberaubendem Händedruck.

Obwohl ein baumlanger Hüne, hatte selbst er Mühe, die beiden kleinen Weißen zu bändigen. Dummerweise hing nämlich jeder an einer eigenen Leine und das Ganze erinnerte mich sehr an die Hühner der Witwe Bolte. Ich frage mich im Nachhinein immer noch, wie ich allein gleichzeitig als Max und Moritz die Beiden hätte halten und führen sollen.

Sch-Lavinus ist dreimal größer als Tinni und wird von Maja liebevoll als ADS-Hund bezeichnet. Dafür ist Tinni gleich schnell, was die Verwirrung verdoppelt und irgendwann einmal einen schlimmen Ausgang erwarten lässt. Fragt sich, ob Maja auf gebratene Hundefüßchen steht.

Jedenfalls wollte ich gerade sehr zögernd eine Leine übernehmen, v.a., weil sich Maja bereits verdächtig auf die gemeinsame Tour mit Karl freute, allein im Schnee mit nur zwei Metern Sichtweite, als von unserem Auto her ein Aufschrei ertönte.

Karl konnte die Langlaufschuhe nicht finden!! Er hatte sie TAT-SÄCHLICH vergessen!!! Das war sehr drollig und wirklich eine himmlische Fügung. Nun waren beide Hunde versorgt!

Maja lief die Loipe allein und kam, mit einstündiger Verspätung, triumphierend von ihrer verwegenen Tour zurück. Ich wankte derweil hinter den zwei Hundeführern auf eisig glatter Straße einen Berg hinan, sah verblüfft, wie Karl die kleine Tinni durch den Schnee schleppte und nun keine Hand für MICH freihatte, als es wieder hinabging. So kämpfte ich innerlich schäumend (das wärmt gewaltig) gegen die Unbilden der Natur.

Die abendliche Einladung zu Käsefondue und Rotwein musste ich notgedrungen ausschlagen. Und telefonisch sind wir für diesen Winter nicht mehr erreichbar. Macht nichts, DUUU hast ja Internetanschluss!!

Mittlerweile sind wir wieder mal in Wasa-Hause, welch ein Schatz an sinnvollen Beschäftigungsmöglichkeiten! Und ENDLICH Zeit, Dich wieder mal zu drücken.

Deine nicht auf den Hund gekommene Marlene

Nebenjob für Zwei- und Vierbeiner

Liebe Betti!

Da ich noch eine Menge Zeit habe, weil ich hier am Weissensee sitze und vergeblich auf den versprochenen Fön warte, kann ich Dir noch ein bisschen über meine Nebenjobs der vergangenen Wochen berichten.

In dieser nicht enden wollenden Wintersaison wurde ich jetzt doch noch zu einer ehrenvollen Tätigkeit als Hundesitter verdonnert. Da ich mich ja seit einigen Jahren weigere, auf die Langlaufski zu steigen, wäre ich sonst wieder bloß unnützer Beifahrer, wenn wir, d.h. Karl, Maja und zwei unerzogene Hunde, ins Tannheimer Tal düsen.

Meinen ersten selbstständigen Einsatz musste ich starten, obwohl ich Maja glaubhaft vorhustete, dass ich gesundheitlich nicht in der Lage sei, mich an die Leine legen zu lassen. Deshalb bekam ich nur die „Kleine" aufgebrummt, eine lang gestreckte, seit Jahren nicht mehr gekämmte weiße Wollwurst mit zugegeben niedlichen dunklen Glupschaugen. Tinni ist ein Original Malteser, was ihren Hang zu Rettungseinsätzen und Notärzten erklärt.

Als Maja und ihr Hunde-"Bruder" Linus ihren Augen entschwanden, spannte Tinni die Leine bis zum Zerreißen, um auf der Loipe hinterher zu rennen. Ich hielt und zog mit allen meinen geschwächten Kräften, um sie zu halten und schleifte sie auf schneebedecktem Boden die Straße entlang, was mir die bitterbösen Blicke sämtlicher Tierfreunde eintrug. Jeder hatte Mitleid mit Tinni, keiner mit mir.

Nach zwei Minuten inszenierte sie ihren ersten Asthmaanfall. Sie keuchte, stöhnte, verdrehte Kopf und Augen und klebte auf dem hart gefrorenen Untergrund fest.

Es kam zu einem halbstündigen Ringkampf und einer 750 Meter langen Schleifspur. Dann ergab ich mich und drehte um Richtung Auto. Siehe da, Tinni LEBTE noch und begann zu rennen, ja sie zog mich an der Leine, wie sie es bei mir gelernt hatte und schon bald erreichten wir unseren gemütlichen Unterschlupf.

Während ich zu lesen versuchte, nahm Tinni am Fenster Stellung, aufrecht, neugierig und kampfbereit. Jeder vorübergehende Spaziergänger blieb bewundernd stehen und lobte die „SÜSSE, NIEDLICHE, GOLDIGE ...".

„Die spinnen doch", dachte ich bitterböse, „die haben doch keine Ahnung!!"

Dann kam ein älterer Herr mit einem wirklich netten, braun weiß gefleckten Schäferspitz, sicher angeleint und dreimal so groß wie meine „Kleine". Der Mann lächelte freundlich, aber Tinni ging schon mal in

Stellung und bellte. Was sage ich, sie kläffte mit Groll und Donnerhall und wuchs zu riesenhafter Größe. Der Braunweiße dagegen begann zu schrumpfen und Du wirst es mir nicht glauben, er klebte fest. So sehr der Mann an der Leine riss, der Hund war nicht an Majas Auto vorbei zu kriegen. Das kam mir irgendwie bekannt vor.

Nach fünf Minuten bückte sich der Mann schwitzend und hochrot im Gesicht, wuchtete seinen verängstigten Riesenköter in die Höhe und trug ihn von dannen. Tinni kläffte den beiden triumphierend hinterher, bis Linus und Maja zurückkehrten.

Bei meinem zweiten Einsatz war ich, vernünftig geworden, bereit, alle beiden zu beaufsichtigen. Ich hoffte auf den guten Einfluss von Linus. Der ist zwar halb so alt, aber doppelt so groß, ein Original Hawaneser, ebenfalls weiß, von der Sorte Wollknäuel, freundlich, übermütig, süße Glupschaugen siehe oben, aber leider leider etwas verhaltensgestört.

Deshalb darf er bei Maja fast immer ohne Leine. Da kann sie sich in Krisensituationen herausreden und sagen:

„Diesen Hund kenne ich nicht!"

Ich dagegen bin für die alte Schule, da heißt es folgen! Intelligenterweise stellte ich beide Leinen genau gleich lang, so blieb ich schön im Gleichgewicht und konnte mich ziehen lassen.

Die ersten paar Meter zog allerdings ich, weil meine weißen Zotteltiere den Skifahrern hinter her hechelten. Während Tinni noch TOT und ASTHMA spielte, besann sich Linus eines besseren, sprich der Kontaktaufnahme mit Baumstümpfen, Schneehaufen und Laternenpfählen. Unweigerlich zog es mich diesmal auseinander. Entweder war die alte Asthmatikerin hinten und Linus witterte weit vorne die Gelegenheit, seine Männlichkeit zu demonstrieren, oder Tinni machte einen Spontanausfall Richtung Loipe, während hinter mir gepinkelt wurde.

Dann entdeckte Linus, der stets nach HÖHEREM strebt, dass auf der anderen Straßenseite, wo es zur Loipe geht, die Schneehaufen viel imposanter aufgetürmt waren und zerrte gewalttätig nach links. Dass er dabei Tinnis Leine überkreuzte, war ihm natürlich so was von egal, MIR ABER NICHT!

Verzweifelt versuchte ich, mit klammen Händen eine Ordnung im Gewirr der Gurte herzustellen. Linus kletterte eifrig nach oben, rutschte, kletterte und setzte triumphierend einen leuchtend gelben Punkt auf höchster eisiger Spitze, während sich Tinni geschätzte dreißig Meter hinter und drei Meter neben mir in einer frisch getauten Pfütze suhlte. Binnen Sekunden sah ich mich von Stricken eingekreist und stand wie am eigenen Marterpfahl gefesselt.

Die Spaziergänger grinsten schadenfroh, bis auf einen einsamen Jogger, der gerade noch rechtzeitig vor dem Leinengewirr zum Stoppen kam. Meine Rosenkranzgebete bekamen einen sündhaften Anstrich! Mit meiner weltbekannten Engelsgeduld schuf ich erbittert wieder Ordnung, Männlein rechts, Weiblein links.

So ging das eine gute halbe Stunde. Plötzlich legte Linus sein weißes zottiges Haupt über den Nacken der kleinen Wollwurst, eine winzig kleine Atempause, dann rissen die Beiden wie auf Kommando die Leinen herum und begann einträchtig zu rasen, Richtung Auto!!!

„Ach!", seufzte ich wohlig und ließ mich ziehen!!!

Gestern, am zehnten April stand die Gräner Piste unter Wasser und ich kann mich für die kommenden neun Monate freistellen lassen!

Da war es natürlich vergleichsweise leichter, mit Laura auf Ostereiersuche zu gehen! Ihre für uns extra mitgebrachten bemalten Eier nahm sie ganz selbstverständlich wieder mit nach Hause. Jana hat sie uns heimlich wieder zugesteckt. Ihre Hühner legen seeeehr eifrig!

Deine tierisch beglückte Marlene

Urlaub!!

Liebe Betti!

Deine Urlaubsplanung habe ich mit einigem Schmunzeln gelesen. Ich werde das Mail gut aufheben. Wenn ich mal lang nichts von Dir höre, kann ich nachgucken, wie Ihr Euch das gedacht habt, es klingt einigermaßen kompliziert!

Meine Reiseempfehlung, an die Costa del Sol zu düsen, kommt ja nun sowieso zu spät. Und ehrlich gesagt, auf den FLUG dahin könnte ich auch verzichten, v.a. auf die Zwischenlandung. Jana hat mir inzwischen empfohlen, wie bei den Babys zwei LEERE Joghurtbecher an die Ohren zu halten. Das werde ich beim nächsten Mal ausprobieren!

Angenehm überrascht waren wir bei der morgendlichen Ankunft über die angenehmen Temperaturen. Da wir keinen Kühlschrank hatten, lagerten wir unsere mitgebrachte Reiseverpflegung einfach auf dem schattigen Balkon. Nach dem wohlverdienten Mittagsschlaf war das Essen rundum gut durchgebraten, so spart man den Herd auch noch! Allerdings gab es im Hotel noch genügend anderes und wir fütterten stattdessen die spanischen Katzen.

Aber trocken Brot und "Brat"-Wurst mögen die komischerweise gar nicht, verwöhntes Volk!

Das Essen schien mir sehr abwechslungsreich, zumindest für Karl, denn ich hielt mich meist lieber an meine Pumpernickelbrote mit Tartex.

Am vierten Tag erzählte mir Karl erstaunt, heute gäbe es für ihn "Löwenfleisch". Ich machte mir die Mühe, die Essenskärtchen zu lesen.

Tatsächlich: Da stand "rabbits lionnese" und darunter auf „Deutsch": „rabiate Löwen". Das fand Karl gut, weil er seit drei Tagen immer Schwein gegessen hätte. Ich wunderte mich, weil ich in seinen Eintöpfen bereits Rindfleischbrocken und Hühnchenteile erspäht zu haben glaubte. Also passte ich nächstes Mal auf. Aha, es gab vornehm französisch eine Sautie´re, auf gut „Deutsch" SAU-Tiere!! Wohl bekomm`s!

Damit in dem fast leeren Hotel ja niemand unerlaubt zum Buffet schlendern konnte, wurde am Eingang stets streng kontrolliert. Selbst Karl lernte in der Verzweiflung rasch die Zimmernummer auf Spanisch, weil wir gemeinsam nur eine Karte zum Ausweisen besaßen. Umso vergnügter beobachtete ich eines Morgens am benachbarten Frühstückstisch ein in die Jahre gekommenes Gaunerpärchen, das sich bei der Kontrolle vorbei geschlichen hatte. Mit ernster Miene erschien der oberste aller Ober und verlangte die Karte. Die grau melierte Dame flüsterte etwas von: „Die Karte haben die anderen vom Zimmer, die schlafen noch .."

So so, in mir und Herrn Ober war bereits Sherlock Holmes erwacht. Als ich wieder, völlig unauffällig, hinüber blinzelte, sah ich den Ober ein Foto schießen. „Recht so", dachte ich! Dann schoss er noch zwei Einzelaufnahmen.

„Sehr gut", flüsterte ich Karl zu: „So finden sie die Täter sogar, falls sie in verschiedenen Zimmern wohnen!"

Karl guckte mich an und klopfte mir dann ans kluge Hirn. „Wieso, glaubst du, hat der Ober dem Gauner den Fotoapparat „samt Beweismaterial" wieder zurückgegeben?"

Tja, das macht mich jetzt ehrlich gesagt auch stutzig!

Außer Essen haben wir uns die meiste Zeit am Strand herumgetrieben. Sand, soweit das Auge reicht, tonnenweise Muscheln, sanfte Brandung. Ein absolutes Paradies für kleine und „große" Kinder! Um den Schönheitssinn zu schonen, muss man allerdings immer die Hotels im Rücken behalten, denn diese gigantischen Wolkenkratzer sind langweiliger als ein Nachspeisenbuffet nach 14 Tagen Aufenthalt. Ich frag mich schon, wer solche Hässlichkeiten erlaubt hat!

Vormittags waren wir meist mit den öffentlichen Bussen auf Abenteuer. Wer in Spanien nicht Spanisch spricht, ist arm dran, und ich brauchte schon eine Menge Engel, um immer den rechten Bus zur rechten Zeit zu finden, v.a., weil es unglaublich viele Einbahnstraßen gibt.

Am Dreikönigstag haben wir beschlossen, wieder mal eine Höhle zu besichtigen. Der Umstieg in Malaga klappte ganz ordentlich, der Bus hatte bloß 37 Minuten Verspätung. Auf gut Glück sind wir bei der Haltestelle "Iglesia" ausgestiegen. Dass das "Kirche" bedeutet, wusste ich inzwischen, weil wir schon mal beim Bäcker nach einer Kirche gefragt hatten. Ich sagte "chiesa", das ist wohl eher slovenisch. Jedenfalls herrschte mich die Bäckerin zornig an: "Hier gibt´s kein Keese!"

Na immerhin, die konnte doch ein bisschen deutsch!

Also zockelten wir von der Iglesia Richtung "cueva tesoro". Nach 25 Minuten wurde ich unruhig und fragte einen Spanier, wen sonst, da es in Spanien praktisch keine Deutschen zu geben scheint. Er verstand sofort und begann mit leuchtenden Augen und beweglichen Händen mit einer viertelstündigen Wegbeschreibung.

Schüchtern unterbrach ich: „kilometre ??????????"

Er sprudelte mit leuchtenden Augen weiter und zeigte: DREI.

Ich dankte höflich und erleichtert: "Gratias" und marschierte weiter. Karl fragte mich atemlos: „Was nun?"

Ich sagte stolz: "DREI", dann etwas verunsichert "Kilometer, oder Minuten, ODER STUNDEN?? ODER TAGE????????"

Na, jedenfalls, wir haben die Höhle irgendwann gefunden. Da hing ein winzig kleines Zettelchen, auf dem stand: 5.-6. enero cerrado ????

Heute war ja LEIDER der 6. Januar. Pech gehabt.

Also machten wir einen tollen Strandspaziergang, tigerten wieder buswärts, warteten 25 Minuten, fuhren nach Malaga, rasten zum Abfahrt bereiten Bus nach Torremolinos und wollten einsteigen. Der Fahrer fragte streng: „Ticket?"

Ich streckte ihm wie gewohnt mein abgezähltes Geld hin. Er schüttelte den Kopf, zeigte auf das Kassenhäuschen, schloss die Türe, und während wir zur Kasse sausten, fuhr er davon!!! Also warteten wir noch ´ne halbe Stunde, durften im nächsten Bus sofort einstiegen, und während wir hier die Zeit bis zur Abfahrt absaßen, durften wir beobachten, wie ein Mensch nach dem anderen sein Ticket - beim Fahrer bezahlte!

Kein Wunder, dass wir immer herrlich schliefen, ich hätte Dir gern was davon abgegeben, als Du es so nötig gebraucht hast. Zum Schluss war ich überzeugt, das Hotel besäße die ausgefuchsteste, teuerste Matratzenvorrichtung der Welt. Also zogen wir das Laken ab, um dieses System nachkaufen zu können: Da stand: „Superelastic", AHA!! Auf der Abbildung schien es mir eine stinknormale Federkernmatratze zu sein.

Und DARUNTER??? Ein HOLZBRETT. Prima, das können wir uns auch leisten!!

Jetzt hat mich der Alltag wieder: kalte Füße, Rückenschmerzen und schlaflose Nächte, alles wie gehabt.

Karl meint, die „Kur" war umsonst. Vielleicht, aber doch wenigstens nicht kostenlos!!

Ich hoffe, Dir geht´s GUT. Der Schnee hier hat doch auch was Schönes, solang man im warmen Zimmer sein darf!

Ich umarm Dich feste und wünsch Dir alles Liebe

Deine schon fast erholte Marlene

Laminier- und freie Tage

Liebe Betti!

Um nicht wieder eine Entbindung zu versäumen und gerügt zu werden, verbrachten wir die endlosen Tage des „Countdown" am Weissensee.

Am dritten Tag hat Karl beschlossen, die Wartezeit mit dem Verlegen eines Laminatbodens zu füllen. Wir haben uns beim zentimeterweisen Auskratzen des alten Teppichbodens Kreuz und Knie ruiniert und in einer Staub- und Schmutzwolke geschlafen, aber mein lieber Mann war glücklich!

Kein Wunder, dass wir anschließend wirklich ein wenig Erholung hätten brauchen können!

Was soll´s, bei Jana waren wir auch nicht da!

Also habe ich Deine ermunternde Empfehlung aufgegriffen, im Ausland weiter zu warten! Es sind immerhin noch drei Monate!!

Von Deinem anschaulichen Mail aufgewühlt, habe ich meine Erwartungen bezüglich einer guten Unterkunft etwas zurückgeschraubt, obwohl natürlich Kroatien nicht mit Graz zu vergleichen ist.

Unsere bisherigen Vermieter in Slowenien sind mittlerweile zu alt und wir haben im BILLIGEN Nachbarland auf eine nette Bleibe gehofft. Karl hat die Preise der letzten 20 Jahre so gespeichert, dass es in dieser Kategorie praktisch NICHTS gibt, nicht mal aus dem vorigen Jahrhundert!

Deshalb blieb uns nur eine Ferienanlage für Spartaner und Knauserer. Da fehlt schon mal schnell die Kanne der Kaffeemaschine, die wärmende Wolldecke, der Stöpsel im Waschbecken, der Ausschalter vom eingeschalteten Herd! Nach zwei Tagen wurden wir am Empfang bereits herzlich mit Namen begrüßt. MAN KANNTE UNS!

Am fünften Tag gelang es einer Bande von jugendlichen Halbirren, mit einer herrlich duftenden Orange unser Badezimmerfenster zu zertrümmern (bei nächtlichen fünf Grad Plus - zu mickrig für gemütliche Sitzungen, geschweige denn um nackt zu duschen!). Wir haben reklamiert und anschließend das Corpus Delicti verspeist.

Nach diesem Glückstreffer mit dem eingeworfenen Klofenster ging es aber echt aufwärts, wir durften umziehen (FREIE AUSWAHL !!!) und hatten nun einen herrlichen Meerblick.

Nächstes Jahr werden wir uns vermutlich am Weissensee erholen! Jetzt, wo wir Laminat haben!!

Deine ungeduldige Marlene, noch immer in Wartestellung

Kapitel Drei: Lass Dir keine grauen Haare wachsen!

Bedenke:
Die grauen Haare kommen ganz von allein.
Ein Plus an Jahren ist immer ein Plus an Erfahrungen. Du allein entscheidest darüber, WIE Du Deine Erlebnisse bewertest.
Gönne es Dir, auf SCHÖNE Zeiten zurückzublicken! Teile Dein GU-TES mit Deinem Umfeld, und erspare Dir/Euch die trüben Erinnerungen. Wenigstens HEUTE darf alles in Ordnung, leicht und lebenswert sein!

Spieglein, Spieglein an der Wand

Marlenes Empfehlungen:

Betrachte Dich im Spiegel wie eine beste Freundin!!!!
Registriere beginnende optische Veränderungen (Brille, Falten, Hörgerät) mit stolzem Wohlgefallen! Deine Lebensweisheit wird ENDLICH SICHTBAR!!

Beschäftige Dich mit dem Thema Vergänglichkeit!
Erfreue Dich daran, dass Du einen „Alten" hast,
der Dir treu bleibt!
Betreibe Vorratshaltung für kommende schlechte Zeiten!
Besuche die wirklich Alten und Gebrechlichen in Seniorenheimen und Krankenhäusern und kehre dankbar in Deine schnuckelige Wohnung zurück.
Sei froh, dass Du noch PUTZEN KANNST!

Führe ein DANKE - Tagebuch für das Schöne der jeweils vergangenen 24 Stunden, z.B. dafür, dass Du heute so richtig SATT geworden bist!

Akzeptiere die technischen Errungenschaften der letzten 25 Jahre (auch wenn sie in Deinen Augen unnötig und absolut blödsinnig sind)!

Tröstungen

Liebe Betti!

Heute erwachte ich mit leicht geröteter Nase (vom SONNEN-BRAND!). Nun sitze ich gemütlich und leicht verkatert hier an meinem Laptop, natürlich am Weissensee, wo ich (das Einzige was fehlt) keinen Internetanschluss habe. Gestern hab ich meinem lieben Karl zum Trost, dass ich ihn vor genau 20 Jahren nicht mehr zum Vater machen konnte, eine große Lage Kuchen zum halben Preis spendiert. Natürlich wusste ich, dass VIEL für mich selber abfallen würde: 1 x Sacher, 2 x Käsemohnkuchen, 1 x Schwarzwälder Kirsch (mit Kirsch-LIKÖR !), 1 x Tiramisu (mit Kaffee-LIKÖR !!).

Da ich wie Du weißt, keinen Alkohol vertrage, habe ich die letzte Nacht Buße getan. Zum Glück verwackelt der Computer nicht die Buchstaben (hoffe ich wenigstens).

Deine vergnügte Marlene

Allgemeinwissen

Liebe Betti!

Leider lässt mich mein "altes" System hin und wieder schändlich im Stich, auch ohne Likör!! Und weil es so GEMEIN ist, etwas nicht zu wissen und dafür bloßgestellt zu werden, heißt es wohl Allgemeinwissen.

Letzte Woche konnte ich beim gemeinsamen Fernsehschauen auf Anhieb die Stadt Köln benennen, was Karl Theo Respekt abnötigte. Allerdings gestand ich ihm gleich darauf kleinlaut, dass ich gar nicht wüsste, wie der große Fluss hieß, der im Vordergrund des Bildes vorbeiströmte.

Er blickte mich gütig an und sagte: DER SCHWEIN.

Zugegeben, ich war ein wenig erstaunt. Solch ein großer Fluss, und ich hatte noch nie in meinem Leben seinen Namen gehört. Da war ich mir fünf Minuten lang total sicher, so sehr ich auch grübelte. Denn etwas so Tierisches wüsste ich!!

Dann (also nach 5x60 = 300 Sekunden) fiel es mir wie Schuppen von den Augen bzw. den verstopften Hirnzellen und ich brüllte vor Lachen: DER RHEIN !!!!!!!!!!!!!!!! Jetzt freute sich Karl auch tierisch und der Abend war gerettet. Wie sagt man so schön: Schwein gehabt!!!

Deine (nicht ein -) gebildete Marlene

Wechseljahre

Liebe Betti!

Wie Du Dir schon gedacht hast, ich lasse mich nicht unterkriegen. Es gibt wirklich noch ein Leben ohne Enkel!

Ich hab in bewährter Manier das Haus geputzt und sämtliche Bücher abgestaubt, vor allem INNEN, das dauert!

Da ist es doch kein Wunder, dass ich manchmal ins Schwitzen komme, oder?

Karl verdächtigt mich allerdings immer öfter, das seien die Wechseljahre. Dabei habe ich die zum Glück schon weit hinter mir gelassen. Wenn ich schwitze, sind immer das Wetter - das Bett - meine enge Jacke - der Stress - der Schimmelkäse - die Schlaflosigkeit – oder so gewisse Antreiber schuld! Denn Karl gehört, seit er Rentner ist, eindeutig zur Gattung der Renntiere.

So, mein Renntier steht bereits hinter mir und kuckt, ob ich wirklich MIT WICHTIGEM beschäftigt bin. Ich befinde mich nämlich seit 18 Stunden am Weissensee, da wäre es höchste Zeit, zum Plansee zu rennen, oder schnell noch vorher nach Füssen, oder Pfronten??

Und heut Nachmittag ins Zentralklinikum, wo der Bruder von Gustav nachoperiert wird.

Ach ja, es wird nicht langweilig, schon OHNE Enkel nicht. Wie schaffst Du bloß immer alles????

Deine von dannen eilende Marlene

Oldies

Liebe Betti!

Karl Theo und ich lieben Oldies, schon seit unserer frühesten Jugend!

Allerdings, meine Schwärmerei für historische Festumzüge teilt er weniger. Deshalb habe ich ja schon bei Zeiten begonnen, meine drei Kinder für das Geschichtliche im Allgemeinen, die altmodischen Gewänder im Besonderen (!!!) und den ohrenbetäubenden Trommelwirbel der Aufmarschierenden zu begeistern.

Vor genau 20 Jahren wäre mir das auch beinah gelungen. Wir verbrachten einen Urlaub im Schwarzwald, und als ich auf einem Plakat las: „Am Sonntag um 14 Uhr Umzug mit Speer und Lanz", war ich nicht mehr zu halten. Ich holte meine protestierenden Kleinen eine Stunde früher als gewohnt aus ihrem Mittagsschläfchen und schilderte in leuchtenden Farben, was uns erwartete.

„Das Wichtigste", dozierte ich, „ist ein Platz in der ersten Reihe".

Wir rannten, was das Zeug hielt, ich schleppte Jana, die über ihre winzigen Füßlein stolperte, unter dem Arm geklemmt und zerrte mit der anderen Hand an Helen, die zu meutern begann und bereits einen Schuh verloren hatte. Peter immerhin konnte ich mittels Erwartungen auf die Ritter mit ihren riesigen Lanzen in Trab halten.

Am Dorfplatz angekommen, stellten wir uns erwartungsvoll in die erste Reihe. Zwei andere Bauernlümmel standen schon da. Nach vier endlosen Minuten trudelten noch vier weitere „Manner" ein, dann lange niemand. Die Kirchturmuhr schlug zwei. Mit klopfendem Herzen lauschte ich auf die zu erwartenden Trommelwirbel. Aber nichts.

Dann hörten wir in der Ferne ein Rattern und Röhren.

„Horcht", wisperte ich aufgeregt. Die Drei zappelten vor Ungeduld und streckten die Hälse. Als Erstes bog ein alter Traktor um die Ecke. Die Manner raunten vor sich hin. Dann kam ein Grüner, sprich noch ein Traktor. Dann rumpelte ein dritter Traktor daher. Dann kam lange gar nichts. Die jungen Kerle klatschten. Die Alten nahmen ihren Hut und gingen zum Dorfwirt.

Ich starrte wie gebannt. NICHTS. Ich nahm all meinen Mut zusammen und fragte den jungen Mann, der uns am nächsten stand: „Wann kommt denn der Umzug?"

Der glotzte mich erstaunt an: „Wieso, die Lanz waren doch schon da."

??????????????????????????

Tja, Lanz und Speer, alte Bulldogs, so heißen die auf dem Dorf, und im Museum.

Deshalb war ich diesen Sonntag natürlich vorgewarnt, weil sich das ganze Dorf seit Wochen wegen der Oldies im Ausnahmezustand befand. Unser Nachbar polierte seinen Renault Dauphine, eine ganz besondere Hinterlassenschaft seines Erbonkels, Theos Cousin möbelte seinen Mercedes Benz auf und der Dorfwirt machte zum hundertsten Mal den Kabinenroller startklar.

Mich ließ die ganze Aufregung so was von kalt, dass ich demonstrativ und weil es kalendermäßig dran war, lieber nach dem Kirchgang die Bücherei in Grießbreihausen aufsuchte.

Danach pressierte es zum mittäglichen Kochen, aber ich konnte nicht rechts abbiegen. Vor meinen geweiteten Augen rollte eine endlose Kolonne schrottreifer Autos vorbei, zugegeben, alle auf Hochglanz poliert, manche fast noblig.

Ich glaub es ja nicht, jetzt war ich wider Willen mitten in die Oldtimer-Rallye geraten! Genervt zählte ich die verschiedenen Karossen, die waren auch schon mal schneller gewesen, oder???

Endlich, nach schier tödlichen zwanzig Minuten, ging der Spuk zu Ende und ich flitzte, so schnell ich konnte, um die Ecke. Die Fenster meines kleinen Fiat hatte ich bereits vor 12 Minuten heruntergekurbelt, um nicht an meiner Ungeduld zu ersticken. Einer kleiner Junge am Straßenrand zeigte mit dem Finger erstaunt auf meine zartgrüne Rennsemmel und fragte mit erhobener Stimme: „Mama, DAS DA AUCH????"

Ich lächelte gerührt, winkte huldvoll mit der linken Hand aus dem Fenster und flüsterte: „Ja, mein kleiner, DIE auch."

Deine Oldtimerin Marlene

Jacke wie Hose

Liebe Betti!

Du hast schon recht: Hilfsmittel werden immer wichtiger, in JEDER Hinsicht!

An die vom Augenarzt verordnete neue Brille mag ich gar nicht erst denken. Mit der Zweitneuesten, die ich seit zwei Jahren für das Lesen im Bett verwende, weil ich sonst die Arme bis zu den Zehen strecken müsste, um Deine neuesten Entengeschichten zu entziffern!, erleide ich sogar am ALTEN Laptop Schiffbruch. Denn dadurch sehe ich alles Verschwommene noch DEUTLICHER! Drum habe ich mich bisher nicht zum Optiker getraut.

Dafür, Du wirst es nicht glauben, habe ich mich nach der eintausend vierhundertfünfundachzigsten Anprobe gleich für ZWEI Paar neue Schuhe entschieden. Beide Schuhhändler haben ersatzweise für mich eine länger dauernde nervenärztliche Behandlung angetreten.

Nun darf der ortsansässige Schuster (letzter seines Faches im Umkreis von 35 Kilometer) dank meiner Liebenswürdigkeit für die nächsten drei Jahre über ein gesichertes Einkommen verfügen, weil er vor lauter Einlegen, Ausweiten und Abschleifen ganztägig beschäftigt ist. Ich wandle derweil wieder auf meinen alten "Schwarzen", die er mit seinem besten Kleber noch ein letztes Mal ins Leben zurückrufen konnte.

Ich brauch Dir wohl nicht zu beichten, dass ich DRINGEND eine NEUE Hose aus KBA-Baumwolle (MIT HOSENTASCHEN, verstellbarem Gummizug und in PASSENDER Farbe) benötige. Dazu noch einige KBA-Baumwollblusen (NICHT KRATZEND, nicht figurbetont, in allen erdenklichen Farben AUSSER Weiß, Schwarz, Gelb, Rot, Blau, bunt oder grell, aber auch nicht zu pastellig !!!). Am besten schon vorgestern.

Ich erwarte DRINGEND Deine gütigen Empfehlungen, was ich noch tun könnte. Karl mag nämlich nicht mehr, dass täglich der Postbote klingelt, um den neuesten Frühling-Sommer-Winter-Katalog von Hess-Natur, Maas, Assmuß, Gerti Green und Bruni Brown an mich los zu werden!!!

Irgendwie funktioniert der Schlachtruf "Alles NEU macht der Mai" bei mir also nicht!

Deine fast nackte Marlene

Angebote

Liebe Betti!

Erst mal danke für dein gut gemeintes Mail!

Ich hab von Herzen gelacht über dein Schuhangebot. Größe 39 passt, allerdings bräuchte ich SUPERWEIT und wehe, es drückt was!

Als mir mal auf Mallorca mein BESTER Wanderstiefel quasi vom Fuß fiel, weil er einfach die Sohle verloren hatte und wir das Ganze mit einer auf dem Müll gefundenen Schnur zusammenbinden mussten, hat mir Karl geweissagt:

„Wenn dir so was in der Wüste passiert und ICH nicht da bin, aber es kommt ein (anderes) Kamel vorbei mit einem hilfsbereiten Araber darauf, der dir Schuhe Größe 39 schenken will, wirst du sicher sagen: Leider, leider, ich trag nur echte deutsche Bärschuhe, aus Original Elchleder."

Das Superblöde und Aberwitzige ist leider, dass meine zuletzt gekauften sündhaft TEUREN bärigen Schuhe trotz allem drücken und zwicken. Die musste ich mir per Post schicken lassen, weil es diese Spezialläden nur noch in München und Baden-Württemberg gibt, sodass ich nicht stundenlang an- und ausprobieren kann. Ich kann die neuen Nobeltreter nur zum Kirchgang oder in die Staatsoper verwenden, in der übrigen Zeit bin ich einfach nicht bereit, derart zu leiden.

Falls Du also etwas SEHR Ausgelatschtes besitzen solltest, was ich mir bei Dir echt nicht vorstellen kann, kämen wir noch ins Geschäft.

Was Sigberts nobles Angebot betrifft: Karl hat bloß Größe 43, aber wir hätten noch eine halbe türkische Klorolle zum Ausstopfen. Leider ist und bleibt mein Schnuckiputz ein windiger Aldi-Käufer und deshalb derzeit nicht bedürftig. Trotzdem danke an Deinen freigebigen Mann!!

Deine Euch sehr verbundene Marlene

Versessen

Liebe Betti!

Wie Recht Du hast! Passende Sitzmöbel könnte ich tatsächlich fast ebenso nötig gebrauchen. Zumal ich mit Schrecken daran zurück denke, dass ich meinen ersten Mann schon in ganzen jungen Jahren beinah durch ein falsches Möbelstück verloren hätte.

Nach einem anstrengenden Probiertag im führenden Möbelgeschäft dieses Landes hatten wir endlich das Passende gefunden: ein uns BEIDEN gleichermaßen zusagendes Teil, das auch noch ungemein BEQUEM war und größenmäßig in unser damals eher winziges Wohnzimmer passte: ein roter Sitzsack, auf dem wir mühelos zu zweit gleichzeitig Platz fanden. Da saßen wir nun den ganzen Abend, relaxten und lümmelten aneinander, als ich bemerkte, dass Ernst anzuschwellen begann. Nein, nicht wie Du denkst!! Er schwoll an ALLEN Körperstellen, in jeder Richtung, die Augen quollen ihm schier heraus und er bekam einen entsetzlichen Juckreiz, der sich auch unter eiskalter Dusche nicht stillen ließ.

Ernst wurde mit dem Sanka ins Krankenhaus gefahren, wo er wochenlang blieb und nach vielen Tests stand fest, dass er nicht nur auf Plastiksitzsäcke, sondern auch auf Reis, gesundes Essen im Allgemeinen und mich im Besonderen hochallergisch war, was letztendlich irgendwann zum Bruch unserer Beziehung führte.

Hätte ich das alles damals schon gewusst, wäre der knallrote Luxussack noch immer in meinem Gebrauch. So haben wir ihn (den SACK) leider damals an einen glücklicheren, alleinstehenden Nichtallergiker verschenkt.

Deshalb werde ich mir zumindest für ein gemütliches Sitzbad schon mal den Stuhl reservieren, den Du mir angeboten hast. Ein ähnlicher soll Peters Frau Moni, einer ausgefuchsten Schreinerin, in ihren zwei Schwangerschaften gute Dienste erwiesen haben. Sie besaß einen alten Holzstuhl mit ausgebrochener Sitzfläche, dessen Umrandung noch heil war. Kurzerhand hängte sie am Ende ihrer Schwangerschaften eine Plastikschüssel hinein und machte Sitzbäder mit irgendwelchen Blütenzusätzen. Soll gut funktioniert haben!

Da im Moment keines meiner und Deiner Kinder schwanger ist (ODER ???), könnte ich den Stuhl also gerne für mich gebrauchen. Ich hoffe, Dein Stuhl hat LEHNE, weil ohne wäre er mir zu unbequem (uiii, schon wieder!).

Ganz besonders gefreut hat mich Dein Angebot, mir ein Holzbrett zum Schlafe zu überlassen. Nachdem ich heute zu meiner "Nerven"-Attest-Schreiberin gehe, weil ich SCHON WIEDER zur Nachuntersuchung anstehe und ich quasi jeden Tag auf die Einberufung des Amtsarztes warte, könnte ich ein wenig mehr Tiefschlaf tatsächlich GUT gebrauchen.

Deine von Herzen dankbare Marlene

Liebe Betti!

Ich hab mich am Freitag aufgeschwungen, mit dem Auto ganz allein nach Fragmichstadt zu fahren, um eine Bekannte in der Psychiatrie zu besuchen, weil sie mich gar so sehr darum bettelte.

Und jetzt, da Karl es endlich durchgesetzt hat, ein Navi zu kaufen (was ich immer für völlig überflüssig gehalten habe, aber im Radio wird die letzten Tage ja geradezu dafür geworben!), war es an der Zeit, das Supergerät einzuweihen.

Karl hat nach vielen Mühen die Krankenhausstraße einprogrammiert und das teure Teil am vorderen Fenster befestigt. Zur Sicherheit hat er mir natürlich die Strecke vorher noch mal eingebläut, damit ich auch wirklich da ankomme, wo ich hin soll. Außerdem hat er mich höchst selbst in den letzten Jahren (zu Besuchszwecken !!!) schon mehrmals hinchauffiert. Also MÜSSTE ich die Strecke kennen!!

Gleich beim Losfahren wurde ich von einer herrischen Dame lautstark begrüßt:

„Nach zweihundert Metern links abbiegen! JETZT LINKS ABBIEGEN!"

Aber ich KANNTE die Strecke und blieb stur auf der rechten Seite. Sie donnerte los:

„Bei der nächstmöglichen Stelle bitte wenden! BITTE WENDEN!!"

Ich dachte genervt: Blablabla, und fuhr stolz erhobenen Hauptes weiter. Schon nach einem halben Kilometer probierte "SIE" es wieder:

„JETZT LINKS ABBIEGEN!!"

Ich grinste vor mich hin. Ich kannte ihre geheimen Absichten. Sie wollte mich doch bloß zur Autobahn locken, aber MIT MIR NICHT, bätsch!!

Kurz vor Beinahhausen hatte ich mich endlich durchgesetzt. Auf einmal brüllte sie lauthals:

„Jetzt rechts abbiegen! In zweihundert Metern rechts abbiegen!"

Mir zitterten vor Aufregung die Knie. Wieso RECHTS? Schon begann ich meinem Orientierungssinn zu misstrauen. Erst mitten in der Kurve kapierte ich: Sie wollte einfach, dass ich weiter auf der Vorfahrtstraße blieb, anstatt auf einen Feldweg abzubiegen. SEHR WITZIG!!!

Von nun an ging es ganz einfach, bis ich der temperamentvollen Navidame auf den Leim ging und kurz vor der ersehnten Ankunft gegen besseres Wissen scharf rechts abbog. Vielleicht wusste die ja tatsächlich einen schnelleren Weg??

Mit einem Mal befand ich mich am Ortsrand von Fragmichstadt mitten "Im Mösle", eingequetscht zwischen Bauernhäusern, grimmig blickenden Anwohnern, engen unübersichtlichen Sträßchen und fuhr bergauf, bergab ohne Weg und Ziel. Jetzt half nur noch bedingungslos "einer Wahnsinnigen" zu vertrauen, dass ich noch in diesem Leben heil und unbeschadet in der psychiatrischen Abteilung ankommen würde, ohne gleich selbst eingewiesen zu werden.

Tatsächlich, nach bangen zehn Minuten landete ich durchgeschwitzt beim Fragmichstadter Krankenhaus, allerdings auf der Rückseite der Anlage, wo ich noch nie zuvor war, aber egal, es gab einen großen Parkplatz direkt an der Straße. Erschöpft stieg ich aus und ignorierte die Mahnung: „JETZT LINKS ABBIEGEN!"

Was sollte ich schließlich mit meinem Auto im WIRTSCHAFTSHOF?

Also marschierte ich eilig zu Fuß hinein und registrierte kurz die angeschriebenen Gebäudenummern: 63, 67, 59 ... Ich selbst brauchte die Nummer 412, na das würde ein ganz schöner Marsch werden! Als ich bereits eine Viertelstunde herumgeirrt war, fragte ich zwei alte Leutchen nach der Kirche, das einzige Erkennungszeichen, das ich wusste. Die beiden hatten tatsächlich alle ihre Sinne beisammen und wiesen mir die Richtung, gar nicht mal weit von Nummer 63. Gleich daneben stand das Haus Nummer EINUNDVIERZIG. Mir fiel es wie Schuppen von den Augen; Vier - Eins - ZWEI!!

ICH WAR DA und flitzte in den ersten Stock auf Station ZWEI. Meine Freundin hatte es sich im Bett gemütlich gemacht und sich einen ausgiebigen Mittagsschlaf gegönnt. So bemerkte sie nicht mal, dass ich eine Viertelstunde zu spät dran war.

Rasche herzliche Begrüßung, sie zog sich was über und wir gingen fröhlich spazieren. Nach 15 Minuten teilte sie mir mit, jetzt wolle sie nach Fragwostadt zum Einkaufen.

„Ach wirklich?" staunte ich entgeistert.

Nach den gemachten Erfahrungen kam bei mir keine große Lust auf, mitten ins Getümmel zu fahren. Sie winkte dankend ab. Nee, nee, im Auto mitnehmen lassen dürfe sie sich nicht, und zum Laufen dauere es mindestens eine Stunde, EINFACH, drum könne ich jetzt ruhig wieder heimfahren, Bussi, danke für den Besuch und die Schokolade – UND DAS WAR`S DANN!!!

Ich stand eine Weile ganz entgeistert da - ALLEINE, dann kniete ich mich in der Kirche nieder und bat um Vergebung für alle bösen Gedanken der letzten zweieinhalb Stunden. Auto und Navi staunten nicht schlecht, dass ich bereits wieder heimwollte.

Die von Karl einprogrammierte Heimatadresse war nicht mehr vorhanden. Nirgends war das Haussymbol, auf das ich angeblich hätte drücken sollen. Um nicht selber aus dem Häuschen zu geraten, tippte ich eilig ein: Wasawieslein Ortsmitte und gab Gas.

Frau Navi riet mir so eindringlich, JETZT DOCH ENDLICH IN DEN WIRTSCHAFTSHOF EINZUBIEGEN, dass ich ihr tatsächlich vertraute. Wahrscheinlich wusste sie den Weg auf die gegenüberliegende Seite und ich könnte so nach Wasawieslein finden, wie ich es mit Karl einstudiert hatte.

Nach etlichen Kurven und Fehlleitungen stand ich wieder auf dem alten Parkplatz, überhörte das andauernde Dreingerede und fuhr Richtung Mösle. Jedes Mal, wenn ich Frau Navi folgte, landete ich in einer Garageneinfahrt oder in einem Hinterhof.

Zu guter Letzt kam ich sogar nach Wasawieslein.

In der Garage tat SIE ihren letzten Seufzer:

AN DER NÄCHSTMÖGLICHEN STELLE WENDEN!! BIEGEN SIE RECHTS AB, DANN WIEDER RECHTS ....

Was dies alles mit dem Familienstellen am Samstag zu tun hat, erzähl ich Dir beim nächsten Mal!

Bis dahin alles GUTE und ein dickes Bussi aus der Ferne

Deine noch leicht ver(w)irrte Marlene

Das bequantete Navi

Liebe Betti!

Die Sache mit dem Navi hat mich eindeutig dazu bewogen, noch tiefer in die Materie des Bequantens einzusteigen. Und je mehr ich diese Methode verstehe, desto klarer wird mir - was ich schon längst zu wissen glaubte - die wirkliche REALITÄT findet im eigenen Geist statt. Es gibt nicht wirklich einen ANDEREN, auf den ich etwas schieben könnte. Also gibt es auch keine drückenden Schuhe, kratzenden Pullover, keine falschen Optiker (aber danke für Deinen Tipp!!) und keine „verflixten" Navis??!!??

Tja, Du siehst, wir stehen wieder ganz am Anfang. Nur gut zu wissen, dass dieser Anfang DAS GÖTTLICHE, LIEBEVOLLE in Person ist, auf das wir alles Vertrauen werfen dürfen.

Deshalb entschied ich mich mit Inbrunst, den Kurs „Bequanten und Familienstellen" zu besuchen.

Dieses Mal bin ich tatsächlich OHNE Navi gedüst, um mir den Rest meiner Intelligenz zu erhalten! Karl hat mir natürlich auf der Straßenkarte die kleinsten Einzelheiten eingebläut. Zudem besaß ich eine komplette Wegbeschreibung der familienstellenden Dame: Hinterdingsdorf raus, links der Hiendl, rechts der Acker, dann erste Straße rechts abbiegen (Tempo 30), dann den ersten oder zweiten Weg links (Name weiß nicht, aber es ist ein SCHOTTERWEG). Na also, Karl wusste sogar noch: die "Tempo 30" heißt Postillonweg.

Nachdem ich mir derart sicher war, konnte ich problemlos gegen ein üppiges Benzingeld meine Freundin Marie bestechen, uns zu fünft in ihren kleinen Fiesta zu quetschen. Ich hatte vorne prima Platz, schließlich wusste ich, wo´s lang geht. Hinten teilten sich gut und gern 300 Kilo zusammen ZWEI Anschnallgurte, da wurde es schnell eng!!

Marie tat alles, was ihr das "Navi Marlene" einflüsterte. Ich war mit vielseitigem Ratschen und Kommentieren so beschäftigt, dass wir schon nach den ersten 10 Kilometern eine Abzweigung verpassten. Egal, Gott kennt viele Wege.

Bereits eine Viertelstunde vor der Zeit bogen wir in Hinterdingsdorf ein.

„Sieht jemand links den Hiendl?", brüllte ich.

„Nöööö" kam es vierfach zurück.

Egal. Wir sahen den Acker, wir drosselten auf Tempo 30 und bogen in den Postillonweg ein, wo Mechthild mit ihrem roten Micra schon sehnsüchtig auf uns wartete. Siegesgewiss fuhren wir an ihr vorbei, um ihr den Weg zu weisen.

Bei der ersten Abzweigung links zögerte ich kurz: echt zu viel Schotter. Also die Zweite links: upps, das war bloß ein Waldweg! Schwitzend legte Marie eine kunstvolle Wendung auf engstem Raum vor, der kleine Rote im Schlepptau.

Dann kam lange nichts, ABER JETZT! Triumphierend ließ ich Marie abbiegen: Brahmsstraße, passte doch schon recht gut zum gesuchten Händelweg. Leider, leider KEIN Schotter. Außerdem hieß die nächste Abzweigung Lisztstraße. Alles sehr musikalisch, aber mehr auch nicht.

Seufzend musste Marie wieder wenden, Mechthild auch. Vier Stimmen kommentierten lauthals:

"Ein Glück, dass die Marlene nicht fährt!"

Stimmte haarscharf, denn mir stand der Stressschweiß bereits bis zum Hals. JETZT hätte ich DRINGEND eine Familienaufstellung gebraucht. Sicher wurden wir bereits ERWARTET!!

Ächzend fuhren wir den Postillonweg wieder retour. Es bot sich nur noch eine einzige Möglichkeit: die allererste Einbiegung mit ganz viel Schotter. Da stand auch mit großen Lettern: Zur Post, Nr. 1 B.

Na, das passte doch, wir suchten ja Händelweg Nr. 1 E, wohl ganz in der Nähe??

Der kleine ehemals saubere Fiesta quälte sich durch bemooste Gräben und struppiges Dickicht. Marie erinnerte mich sanft, dass außer Benzingeld wohl auch noch eine Autowäsche angemessen wäre. Klar doch.

Direkt vor der "Post" ging es eindeutig nicht mehr weiter. Ich stieg aus, vermisste im tiefen Morast augenblicklich meine Gummistiefel und entzifferte aus nächster Nähe den Straßennamen. Natürlich: "Postweg" stand auf dem Schild, das eindeutig aus dem vorvorigen Jahrhundert stammte.

Also watete ich zu Mechthild. Ich bat sie reumütig, doch bitte bitte noch dieses eine Mal einen Rückzieher zu machen und wir hoppelten rückwärts aus dem Waldweg, wo vor tausend Jahren die Leute vom Hiendl, den es gar nicht gab(?), ihre Post abgeholt haben.

Ratlos saßen wir in unseren Autos, OHNE NAVI, OHNE göttliche Eingebungen. Ein nettes Ehepaar (wahrscheinlich Engel auf Abruf!!) klärten uns schließlich auf: "Brahmsstraße -hihi!!, dann Rechtskurve, dann links). So einfach also ist ein Leben ohne Navi, aber die ursprüngliche Beschreibung doch eher "Schotter"???

Wir fuhren hoffnungsfroh bis zur Rechtskurve (stellte sich als Kreisbogen heraus, sodass Marie NOCH EIN LETZTES MAL fälschlicherweise rechts abbiegen konnte – Mechthild im Schlepptau!!!

Doch um 10 nach 3 standen wir völlig aufgelöst im richtigen Hausflur, zogen unsere verschwitzten Stiefel aus und warteten noch weitere fünf Minuten auf die zweite Familienstellerin (die mit der Schotter-Wegbeschreibung). Sie bestätigte freundlich lächelnd, dass es hier weder mit noch ohne Navi eine unasphaltierte Straße gab, die zum Ziel führte. Das ahnte ich bereits!!

Das Aufstellen selber kann ich nur empfehlen. Mithilfe der Quantentransformation geht es zielgerichtet und schnell. (Kurze Erklärung: Quantenphysik ist die spannende Nahtstelle zwischen Wissenschaft und Spiritualität, wo die Vorstellung, DASS HEILUNG MÖGLICH IST, auch dem kritischen Denker erklärbar wird). Man kann außer der eigenen Familie auch jedes andere Problem aufstellen.

Da ich von unserer Gruppe bis auf eine Frau jeden ziemlich gut kenne, inklusive Vorgeschichte, war ich manchmal echt beeindruckt, was an Lösungen alles möglich ist. Um sieben Uhr abends waren noch zwei Themen offen. Ich fühlte mich zufrieden mit einem riesigen Energiebären auf dem Schoß und bereits etwas ausgepowert.

Deshalb entschied ich mich der Kürze halber für eine gemeinsame Aufstellung zum Thema Geld UND Selbstwert. Das Thema „Familie" ließen wir außen vor. So können mich meine Kinder bis auf Weiteres AUS DER FERNE lieben oder auch nicht. Da mir der Amtsarzt bald auf die Pelle rückt, ist mir mein Tätigsein - Müssen oder Faulsein - Dürfen sowieso am dringlichsten.

Was sich auf lange Sicht gelöst hat, kann ich noch gar nicht beurteilen. Jedenfalls brachte mich am nächsten Tag alles zum Heulen, die Kirchenglocken, ein freundlicher Gruß, meine Verfressenheit ...

Drei Nächte lag ich wach und brütete über meine Zukunft nach.

Ich KÖNNTE die leerwerdende Mietwohnung von Karl übernehmen, als Ferienwohnung einrichten und einen Seelenurlaub im Wasatal anbieten ...

Nachdem ich bereits die Preise stimmig gemacht, den Flyer entworfen und den Besteckkasten eingerichtet hatte (IM KOPF!!), konnte ich mich nicht für die passenden Vorhänge entscheiden ....

UND DAS WAR`S DANN!!!

Karl erklärte mich, wieder mal - für eine Traumtänzerin und wollte die Sache aussitzen. Meine Neurologin fand die Pläne toll, ein bisschen ZU TOLL, und ich bekam vor lauter Planungsangst eine solche Erkältung, dass ich erst mal lahmgelegt war.

Mittlerweile habe ich wenigstens eines kapiert: Quantentransformation ist wie ein göttliches Navi.

Du gibst ein Ziel ein, und das sollte völlig klar sein, keine Verwechslungsmöglichkeiten.

Dann beginnt die Fahrt. Wer jetzt brav folgt und keine Ängste hat, wird auf der Autobahn direkt und ohne Mühen dahin geleitet, wo er hinwollte.

Aber es geht auch auf Umwegen.

Das Navi schimpft nie. Geduldig leitet es dich weiter und weiter, notfalls auch dreimal im Kreis, bis du wirklich da bist. Das Einzige, was man selber braucht, ist VERTRAUEN. Und dieser Moment, sich vertrauensvoll nach hinten fallen zu lassen, im Wissen, dass dich jemand auffängt, ist der schönste Moment der Quantenheilung.

So, das übe ich jetzt seit zwei Wochen. Mal gespannt, ob mein ZIEL klar genug eingegeben ist!!

Dir wünsche ich ebenso fröhliche GUTE Er-Fahrungen, mit oder ohne Therapeut, aber immer mit GÖTTLICHEM Navi.

Es umarmt Dich Deine bequantete Marlene

Vertraue

Liebe Betti!

Lach jetzt nicht! Auf meinem Kalenderblatt der neuen Woche steht: „Krise kann ein produktiver Zustand sein. Man muss ihr nur den Beigeschmack von Katastrophe nehmen."

Noch gestern Abend hätte ich bösartig "Haha" gesagt. V.a. weil mich das Geschehen in Japan so stark berührt.

Aber HEUTE passt es zu meinem Zustand beim Aufwachen. Unter dumpfen Kopfschmerzen wurde mir so einiges klar:

Um meine eigenen Krisen und Supergaus zu bewältigen, benötige ich drei hilfreiche Engel (= göttliche Energien):

Den Erzengel Camael = Vertrauen (orange, 2. Chakra),
den Erzengel Raphael = Vergebung für MICH SELBST und andere (grün, Herzchakra),
den Erzengel Michael = Demut (dunkelblau, 6. Chakra).
(Das kannst Du nachlesen im Buch „Das Licht der Engel" von Ferry Lackner)

Zu diesen Erkenntnissen kam ich durch all das Quantenheilen und Quantenheulen und die vielen tiefen Gespräche mit sämtlichen Leuten, die in den letzten Wochen meinen Weg kreuzten. Seit dem Familienstellen ist Vertrauen eines meiner Lieblingswörter: Anstatt zu sagen "Du musst glauben" lieber: "Du darfst vertrauen."

Zurzeit beschäftigt mich am meisten die Demut. Laut Erklärung von Ferry Lackner der Gegensatz zum "Hochmut"!!! Das tat richtig weh. Aber ich hab es schon kapiert: Demut heißt, den Mut haben, es nicht SELBER schaffen zu müssen, sondern sich helfen lassen dürfen von Michael, dem absoluten Künstler für Reinigen und das Abwerfen alten Ballastes. Der Zaubersatz heißt: "In Demut lerne ich, das Geschenk des Lebens entgegen zu nehmen." Bei dieser Erkenntnis habe ich geheult.

In der Früh stolperte ich dann am Medizinrad fast über den Raben, weil ich dachte, der Stein wäre heruntergefallen. Rabe hat die Qualität der eigenen inneren Wahrheit, VOLL MEIN THEMA!!! Dazu der Satz im Kalender, unglaublich!

Deine geläuterte Marlene

Sein oder Nichtsein

Liebe Betti!

Noch bin ich genügend Realist geblieben, um mich den praktischen Anforderungen des Lebens nicht ganz zu verweigern. Also rief wieder mal die PFLICHT!

Erste Theaterprobe in Kleinhintersdorf im Freien (war scheußlich kalt und zum Schluss haben wir zehn verbindliche schriftlich festgelegte Leitziele erhalten.

Die wichtigste und lästigste ist Regel Nummer 5:
Jeder Teilnehmer hat die Verpflichtung, SICH ÜBER DAS STÜCK NACH AUSSEN NUR POSITIV ZU ÄUSSERN!!??!! Das ist jetzt mal sehr sehr schade, denn über dieses Stück "Das große Welttheater" von Calderon ließe sich sehr effektiv stänkern.

Nur so viel Positives dazu:
Der Chor legt sich am Schluss des Stückes auf den BODEN, bis nach gerade mal 5 Minuten? Stunden? das Zeichen zum „Erhebet Euch!" ertönt. Gymnastische Übungen sind schließlich auch für Schwerbehinderte und Senioren bis ca 80 Jahre als sehr positiv zu werten, oder nicht?

Auf meine Bitte, einen Hochflorteppich auszulegen, auch Rasenteppich würde genügen (natürlich in angenehmer Farbe) erhielt ich die freundliche endgültige Auskunft, dass wie immer Schotterboden angesagt ist.

Nun ja, ICH LIEBE STEINE, zumindest im Medizinrad und an der Halskette.

Als wunderbare Abwechslung habe ich jetzt jeden zweiten Tag Theaterprobe auf freiem Feld, wo sich Mücken und Zecken noch lange nicht Gute Nacht sagen, bis wir endlich um 1/2 11 auf dem steinigen Boden liegen dürfen. Nicht umsonst heißt das Eingangslied "Erschöpfer komm, gib unsrer Erde neuen Saft!" Nach zwei Stunden Spielzeit bin ich wirklich jedes Mal erschöpft, und dazu noch verstochen und verstunken.

Einer unserer Hauptdarsteller hat einen ellenlangen Bart und stinkt dazu wie ein alter Bock. Einen jungen Bock durften wir über die Landesgrenze nicht einführen, wegen der Blauzungenkrankheit, so war die Auswahl gering.

Falls Du also noch ein hübsches Geschenk suchst, für einen Lieblings-Feind, könnte ich Dir einen Theaterbesuch bei uns durchaus empfehlen. Erster Aufführungstermin ist diesen Freitag.

Nachdem drei Generalproben nicht so recht klappen wollten, haben wir heute Abend freibekommen, um unsere Stimmen zu regenerieren. Außerdem braucht der Goißbock-Führer eine Auszeit, um seine

"Ei..Ei.." auszukurieren, weil er ein paar Mal sehr unsanft gestoßen wurde.

Den größten Teil meiner Zeit verbringe ich also im Großen Welttheater. Tagsüber finden die Wetterbeobachtungen statt, weil es erst um 22.50 Uhr runterkübeln darf, sonst gibt es weder gratis Käsesemmeln noch Apfelsaftschorle.

Gestern sind die dunklen Wolken über uns brav weiter gezogen, weil wir hohen geistlichen Beistand hatten, den Pfarrer höchstpersönlich. Ich bin die Einzige, die nicht vor Angst vor ihm zu schlottern braucht, weil ich nicht im Dorf wohne und seine Sonntagspredigten elegant umschiffen kann.

Vor drei Jahren bekam die Senioren-Theatergruppe aus der Nachbargemeinde wegen unanständigen Verhaltens bei der Aufführung seinen auf ewig und immerwährenden Zorn zu spüren. Sie haben ihn nie mehr einladen dürfen!

Seit zwei Jahren boykottiert er auch die Sportlerweihnacht, weil sich bei einem Sketch irgendeine vertrottelte Schwiegermutter vom Nachbarn hat verführen lassen!!!

UND ER HAT GENAU GESEHEN, WER MITGESPIELT HAT, UND DREI MINISTRANTEN HABEN SCHÄNDLICHER WEISE LAUT GELACHT (Originalton Sonntagspredigt)!!!

Kein Wunder, dass gestern alle gezittert haben und jede seiner Regungen beobachtet wurde. Sogar ich bin blass geworden, als der Spielleiter gleich zu Anfang ganz locker erzählte, dass unser Stück sieben Szenen hat mit SEX-Hauptrollen!!! Als dann noch die Mönche beim andächtigen Gebet laut zu Gott, dem Herrn riefen:

„Du bist der GREIS, wir sind die SCHEIDEN", habe ich wirklich das Schlimmste befürchtet.

Aber Hochwürden muss sein Nickerchen gemacht haben.

Um mich abzulenken, habe ich an den Zuschauern vorbei mehr nach links geguckt. Es gibt da so eine zu Herzen gehende Szene, wo ein ganzer Zug Schwerstbehinderter heranwankt: kleine blutverschmierte Kinder auf Tragbahren, die schlimmsten Rüpel zwischen sechs und zwölf Jahren erbarmungswürdig an den Rollstuhl gefesselt, Opas und der zweite Bürgermeister persönlich an Krücken und Gehhilfen, eine rüstige Mittdreißigerin mit Blindenbinde. Ich bin jedes Mal zu tiefst gerührt. Dazu vom Chor unser inbrünstiges "Ave Verum".

In genau diesem Moment sehe ich den Kampf mit dem Ziegenbock. Der Hauptdarsteller, genannt Hempel, hat längst das Handtuch geworfen und überlässt den berühmten Eiertanz Geißenbesitzer persönlich.

Leider hat es die Natur mit ihm nicht gut gemeint, und er hat eine starke Gehbehinderung, aber das gleicht er durch seinen Spieleifer wieder aus.

Hempel, der den Bauern darstellt, geht also unbeschadet und wohlgemut voraus, hinterher der bemitleidenswerte "Böckner von Notre Dame", er zieht, er zerrt, der Geißbock windet sich an kurzgehaltener Leine. Peng fällt die Abfalltonne um. Der Bock schwenkt seinen langen Bart, der Böckner stolpert.

Ich bebe innerlich vor Lachen und schaue schnell an den Zuschauern vorbei auf die rechte Seite, zum Feldweg.

Im Moment predigt lautstark der stimmgewaltige Theaterpfarrer: „Ihr lebendiges Aas, ihr Natterngezücht!"

Da kommt eine harmlose Radlerin heraufgefahren, Hund an der Leine (reine Tarnung, die will hier kostenlos zugucken!!).

Wieder der Pfarrer:

„Kehret um und tuet Buße!!!"

Die Radlerin tut einen Satz, reißt die Lenkstange herum und macht sich schleunigst vom Acker.

Gut gemacht, Herr Pfarrer. So leicht werden hier keine 11 Euro gespart!

Um 22.50 Uhr geht wie gesagt die Welt unter. Alle Schauspieler fallen pflichtgemäß zu Boden, und dann macht es keinen Mucks mehr. Für genau ZWEI Schwerbehinderte oder ALTE Rentner gibt es mittlerweile die Erlaubnis, auf den Stufen des Holzpodestes tot umzufallen. Da ich beide Voraussetzungen erfülle, liege also auf jeden Fall ICH bequem. Denkste!

Nachdem ich mir in der allgemeinen Untergangsstimmung die Kehle aus dem Hals geschrien habe und mit angeschlagener Bandscheibe zu meinem Liegeplätzchen wanke, haben sich hier bereits sämtliche Oberndorfer Rüpel breit gemacht.

Mir bleibt genau noch eine Sekunde, ich zische:

„Ich MUSS hierhin, sonst sterbe ich" (welch ein Unsinn, zum Sterben bin ich doch gekommen!) und sinke über die beiden unteren Stufen rücklings in mich zusammen.

Jetzt gibt es kein Zurück mehr, der Scheinwerfer sucht unter dem strengen Auge der Zuschauer jedes Bühnenfleckchen ab, und WEHE, es würde jemand zucken oder niesen!

Ich spüre es sofort: Meine linke Pobacke lastet schwer auf einem circa siebzehnjährigen Wadenmuskel, mein Kopf ruht nach hinten verzogen auf zwei männlichen Oberschenkeln.

Mit zunehmender Spannung merke ich, wie die Wade unter mir einschläft. Schlimmer aber ist, dass der linke Oberschenkel (ca. 19 Jahre) eine Allergie gegen graue Altweiberhaare hat und immer weiter nach links abrückt.

Mein Kopf baumelt haltlos in der Luft, die Stufe unerreichbar. Ich kann mich nicht anlehnen, ich darf mich nicht bewegen. In diesen fünf Minuten geht die Welt unter, für mich wirklich!

Derartige Nackenschmerzen kann auch der schönste Vollmond bei der Auferstehung nicht entschädigen. Höchstens eine Käsesemmel - Pech, alles ausverkauft!!

Heute ist Ruhetag, verdient und benötigt.

Deine sanft ruhende Marlene

Jakobi-Äpfel

Liebe Betti!

Nächstes Theater erst wieder in zwei Jahren. Dann doch lieber Küchendienst!

Seit zwei Wochen bin ich endgültig überzeugt, dass die Jakobi-Äpfel dem Heiligen Jakobus unterstellt sind. Jahrhunderte lang musste dieser bekannte Heilige vom Himmel aus beobachten, wie viele Menschen (auch Karl und ich!!) sich standhaft weigerten, auf seinem Pilgerweg zu wandeln. Da hat er hinterlistig zu anderen Maßnahmen gegriffen, um die Sünder auf den Pfad der Tugend zurückzuführen.

In diesem Jahr ließ er „seine" Äpfel besonders gut und reichlich gedeihen, um uns alle aufs schwerste zu prüfen. Nun besitzen wir, wie Du weißt, zwar einen Garten, aber keinen Jakobibaum. Doch was besagt das schon. Die berüchtigten Arbeitsbeschaffer finden den Weg ins Haus auf ungemein hinterlistige Art. Sie schleichen sich, getarnt in Plastiktüten und dick aufgeschwollenen Umwelttaschen in den Flur oder sie rollen ohne anzuklopfen unter der Terrassentür durch. Und falls mal ein großer weißer Malerkübel vor Deinem Hauseingang stehen sollte, beschwöre ich Dich: Geh keinen Schritt nach draußen, denn sie lauern schon auf Dich, grinsend, prall und gelbgrün, um Dir Dein kleines bisschen Freizeit zu versauen. Hätte ich jetzt versauern oder versüßen schreiben sollen?

Die ersten Backaktionen verlaufen ja noch einigermaßen schmerzfrei. Aber wenn die Familie platzsatt und die Kühltruhe mit Apfelkuchen überfüllt ist, geht es wahrhaft ans Eingemachte! Da die ganze duftende Pracht sich innerhalb weniger Tage vom harten knackfrischen Zustand in Richtung mehlig, gelb und ungenießbar umwandelt, muss es schnell gehen, sprich Zielvorlage Apfelmus.

Es bleibt kaum Zeit zum Zerschneiden und zum Entfernen der Kernhäuser. Die hat der Hl. Jakobus extra tief in die Früchte vergraben, damit das Messer praktischerweise schnell an die grüne Außenwand vorstößt und der ganze Schnitz auseinander fällt, ehe er im Topf landet. Das Aufsammeln der Kleinteile ist natürlich ein weiterer unnötiger Arbeitsschritt, aber das zählt schon fast nicht mehr.

Um den gesamten Kochvorgang ein wenig zu erleichtern, sprich zu beschleunigen, hat ein gütiger Mensch den Dampfkocher erfunden. Das konnte dem Heiligen der Buße und Ausdauer natürlich nicht gefallen. Also hat er mir ein paar Mal zugesehen, wie fix ich das fertige Kompott in große Schraubgläser verpackte, und schickte mir folgende

Eingebung: Genug MUS für heute! Du könntest jetzt mal Apfelgelee machen, mit Weißwein.

Mmmmmmh, lecker, mir lief das Wasser im Mund zusammen. Rasch holte ich sämtliche kleine Gläser aus dem Keller, sterilisierte, ließ derweil Karl, ehe er bloß im Weg stand, Einmachzucker und Wein besorgen, schnitt und schälte, was das Zeug hält und füllte meinen Schnellkochtopf.

Jeder, der etwas vom Marmelade Kochen versteht, weiß: Das Wichtigste an der ganzen Sache ist das Mengenverhältnis, nicht zu viel, nicht zu wenig. Das ist ja logisch, wobei ich ein ZU WENIG als noch ärgerlicher einstufe, denn wer viel arbeitet, will auch viel ernten.

Als ich die gekochte Menge abwog, war sofort klar, hier fehlten 150 Gramm, seufz jammer. Aber wie Du weißt, bin ich eine eingefleischte Hausfrau. Also füllte ich beim nächsten Mal den Dampftopf tüchtig auf, um einen kleinen Überhang zu schaffen.

Was ich nicht bedacht hatte: Jakobus war bereits fleißig am Werke. Zusätzlich zu allen sonstigen Sünden wusste er natürlich, dass ich den Frühjahrsputz in der Küche heuer hatte ausfallen lassen, weil ich ja sowieso usw. usf. Jetzt sah er seine himmlische Chance gekommen!

Als der Apfelbrei gekocht, das Dampfventil schon fast auf null gesunken war und Karl gerade rechtzeitig mit Zucker bepackt die Tür öffnete, gab der Topf ein dröhnendes Brummgeräusch von sich. Dann erscholl ein gemeines Zischen Richtung rechte Küchenecke. Wir sahen beide hilflos und vollkommen entgeistert zu, wie eine siedende Apfelsaftwolke dem Kocher entwich.

In Sekundenschnelle waren Fliesen, Schrankwände und Küchenmaschine mit einem süßlichen klebrigen Schleim bedeckt. Er rann über die Herdplatten, die Backofentür hinunter, zwängte sich durch den winzigen Spalt des Hängeschrankes. Von da kroch er, was völlig verboten war, in mein Kostbarstes, die Getreidemühle, die UNTER KEINEN UMSTÄNDEN nass werden darf, also doch auch nicht klebrig, HERR JAKOBUS!!!

Hatte ich solche Höllenstrafen verdient???

Karl fiel vom Glauben ab, blieb aber dennoch ruhig und nahm wortlos den Putzlappen. Ich griff mir eine Rolle Klopapier und wir schrubbten, schraubten und wischten. Ich schimpfte, heulte und winselte:

„Wenn ich wenigstens schuld wäre! Dabei hab ich den Herd ausgestellt, es war schon fast abgedampft."

„Solche Dinge geschehen eben!", sagte Karl mit gütiger Stimme.

Was??? Mein Ungläubiger wagte es, in diesem Moment das Wort zum Sonntag loszulassen???

Ich schäumte und jetzt schäumte der Prediger auch. Insgeheim beschloss ich, die nun fehlende Menge mit Weißwein zu ersetzen, das würde schon gehen.

Endlich konnte ich den verrückt gewordenen Topf öffnen und prüfte den Bestand: Du wirst es nicht glauben, es waren 2,5 cm Apfelbrei. Das reichte gerade mal für genau EINE Lage Apfelgelee.

Jetzt hab ich noch jede Menge sterilisierte Gläser und der Weißwein blieb fast zur Gänze übrig. Na dann Prost, komm einfach vorbei!

Deine beschwipste Marlene

Sichel

Liebe Betti!

Um mir zu beweisen, dass ich doch noch nicht völlig verschrumpelt und wertlos bin, habe ich beschlossen, mich NÜTZLICH zu machen und das „Distelfeld" zu säubern, auf dem unser großes Medizinrad aufgebaut ist.

Dazu machte ich vor einer Woche einen gründlichen Einführungskurs bei meinem Obergärtner Karl, wobei ich ein grandioses neues REISS- und RUPF- Instrument kennenlernen durfte. Wenn allerdings Karl Theo jemals liest, wie ich seine kostbare Sichel (!!!) FEHL-benutze, geht es mir an den schmerzenden Kragen!

Gleich zu Anfang habe ich die geistige Welt angefleht, mir ein paar Panzerknackerfäustlinge zu senden, weil ich leider Gottes aufgrund falscher Handhabung die Distelstauden mit einer Faust anpacken musste. Nach fünf Minuten sehnte ich mich bereits nach einer ganzen Ritterrüstung, einbruchsicher gegen diverse Riesenameisen! Zum Schluss hat sich mein Kreislauf verabschiedet und ohne eine neue Hüfte, ein funktionsfähiges Kniegelenk sowie Sehnen und Bänder nicht älter als 30 Jahre kann mir das ganze Distelfeld gestohlen bleiben! Gibt`s so was bei Deinem Orthopäden im Sonderangebot? Jedenfalls habe ich ab jetzt die Schn... voll!! Die Disteln, Brennnesseln und der Klee sind einfach schneller und robuster als ich!

Aber oh Wunder, Karl hat am Wochenende, ohne ein Sterbenswörtlein zu verraten, das ganze Medizinrad ausgemäht, mit einem ECHTEN Rasenmäher, und alle Steine liegen wieder am richtigen Platz!

So eine Hilfe würde ich Dir gerne auch gönnen!! Deine männlichen Helfer klingen ja schon mal ganz gut, aber richtig beruhigt wäre ich erst, wenn ich wüsste, dass jetzt IMMER Heinzelmännchen Dein neues Zuhause ALLEINE herrichten oder Deine arme Zehe nicht mehr wehtut. Immerhin hat die Aussicht, dass wir uns aufs Alter mal treffen und gegenseitig trösten, mich so zum Schmunzeln gebracht, dass ich jetzt sogar mit DEINEN Schmerzen wieder etwas besser leben kann.

Deine mit leidende Marlene

Ein Märchen

Liebe Betti!

Mit Deiner schmerzenden Zehe wollte und konnte ich Dich nicht lange allein lassen.

Außerdem hab ich ein weiteres Buch über Bequanten gelesen und es war an der Zeit, das endlich mal richtig auszuprobieren. Vielleicht hilft es Dir ja auch noch. (Mehr darüber, sobald ich es NOCH BESSER KANN).

Ich konnte es letzte Woche jedenfalls GUT brauchen, aber das ist heute fast schon wieder ein „Märchen":

Das Märchen vom Humpelstilzchen

Es war einmal ein kleines Mädchen, das hieß Pumpelstilzchen und wohnte in einem kleinen Haus. Es saß die meiste Zeit auf seinem Sofa, legte die Füße auf den Tisch und las. Manchmal schaute es auch einfach bloß in den Fernseher, was denn wohl all die anderen Leute gerade so machten. Dabei wurde es immer pumpeliger und pummeliger und sogar ein bisschen faul.

In dem Häuschen lebte auch ein Zauberer, der das Mädchen sehr lieb hatte. Nur dass es so faul war, gefiel ihm nicht so recht. Er dachte lange nach und ging in Klausur, bis er eine Idee hatte. Er zauberte sich ein großes zweites Haus und meinte: "Jetzt gibt es so viel Arbeit für uns beide, dass mein Pumpelchen nicht mehr faul zu sein braucht."

Und so war es auch. Nun gab es rund um die Uhr für das kleine Mädchen zu tun. Und damit es ja nicht mehr faul werden sollte, trieb es der Zauberer immer mehr zur Eile:

"Tu dies! Hol das! Mach jenes!"

So hieß es den ganzen Tag und das kleine Mädchen rannte und tat und schuftete. Aber im Stillen wurde es ein ganz klein wenig zornig.

"Warum muss alles so schnell gehen?", piepste es mit seiner leisen Stimme.

Oder "Könnten wir das vielleicht erst morgen machen? Oder nächste Woche? Oder am besten gar nicht?"

Aber der Zauberer wurde immer strenger, weil er keine Lust hatte, den ganzen Kram allein zu erledigen und weiter ging es "Hetz, hetz! Schnell, schnell!"

Also beschloss das kleine Mädchen, sich einfach beim Schlafen, Essen und Waschen mehr Zeit zu lassen. Es wurde immer müder, bekam trübe rote Äuglein und ließ beim Kochen die Tellerlein fallen.

Als es wieder einmal am Morgen unter der Dusche stand und traurig vor sich hin seufzte, hörte es ein lautes Klopfen.

„Ist da jemand?", rief es ängstlich.

Aber da war niemand. Dann pochte es lauter.

„Hallo, was ist da los?", rief das kleine Mädchen wieder.

Aber da war nichts.

„Ach, bin ich froh, dass da nichts ist. Es wird wohl der Schnee vom Dach gerutscht sein", dachte das Mädchen bei sich.

Und es duschte und duschte und duschte. Als es endlich genug geduscht hatte und die Duschtüre aufmachte, klopfte es wieder, aber diesmal klopfte es so laut und gefährlich, dass dem Mädchen fast das Herz stehen blieb. Denn vor dem Badezimmerfenster stand der Zauberer und pochte ganz gewaltig. Er hatte den Zauberstab im Häuschen liegen lassen und ohne Zauberstab konnte er ja gar nichts machen.

Pumpelstilzchen hatte solche Angst, dass es sofort losrannte, um die Türe zu öffnen, ganz nackig, wie es war. Aber es kam nicht weit. Denn weil es seine Pantöffelchen nicht anzog und seine Brille nicht aufsetzte, landete es mit seinen kleinen Zehen voll im Türrahmen. Mit Ach und Aua und Weh schleppte es sich zum Hauseingang, wo der Zauberer schon wartete. Als er sah, was passiert war, holte er erst mal tief Luft, um nicht loszuschimpfen. Und dann holte er die beiden Zauberstecken aus dem Keller, mit denen jeder laufen kann, sogar die Leute mit den gebrochenen Füßen.

Die beiden küssten sich und feierten ein großes "Fix-und Fertig-Fest" miteinander. So war alles wieder genauso schön wie früher, nur das kleine Mädchen hieß von diesem Tag an Humpelstilzchen. Und wenn sie nicht gestorben sind, humpelt die Kleine heute noch ...

Oder doch nicht, sie hat sich ja BEQUANTET !!!

Deine „wieder heile" Marlene

Sitzende Tätigkeit bevorzugt

Liebe Betti!

Bis die Zeit der Zauberstecken ganz vorüber ist, habe ich mich entschlossen, mich SITZEND zu beschäftigen.

Deshalb bekommt der arme liebe Karl zurzeit so einiges ab, besonders wenn er öffentliche Ruhestörung betreibt, während ich meine ätherischen Genüsse auf Papier zu bringen versuche.

Die neue deutsche Rechtschreibung treibt mich nä(h)mlich zum Wahnsinn! Und der Verleger, der mein Medizinradbuch drucken will, erst recht! Er hat meine DIN-A4-Seiten auf DIN A5-Blockseiten zusammen gequetscht und moniert jetzt, dass die Kapitel-Überschriften nicht mit dem Inhaltsverzeichnis übereinstimmen. Kein Wunder, wenn am unteren Seitenrand irgendwelche sinnlosen Bruchstücke rumhängen und der Rest übergangslos zusammen gewurschtelt wird.

Karl schüttelt bloß den Kopf!

„Welcher Heini bzw. welche Hei-Die schreibt schon ein Buch, das keiner lesen will, wo es doch FUSSBALL, BOXEN und ersatzweise noch BIERZELTE gibt, um das Leben zu genießen???"

Deine trotz allem schreibende Marlene

Wirf nichts weg!

Liebe Betti!

Die Jungen kennen das wohl nicht mehr. Aber bei uns durfte früher nichts verkommen. Und es gab auch keine Zauberer und Feen, die die Vorratswirtschaft für uns erledigt hätten. Drum heißt es dieses Jahr eben schuften, was das Zeug hält.

Vom Obst habe ich jetzt für eine Weile genug!

Aber man/FRAU ist ja schon genügend beschäftigt, um täglich mittags und abends satt zu werden. Bei ein wenig vorausschauender Planung gelingt das problemlos. Allerdings versucht mein allerliebster Mitesser meine Küchenpläne zu durchkreuzen, wann immer es ihm beliebt, also praktisch ununterbrochen.

Jetzt im Oktober spitzt sich die Sache manchmal zu bis zur Nichtehelichen-Krise.

Erstens wird hierzulande seit Ende September das Oktoberfest begangen, wogegen einzig der katholische Frauenbund resistent bleibt und hartnäckig zum Oktoberrosenkranz bittet. Sportler, Schützen, Soldaten und Grüne hingegen verschicken ihre Einladungen zu hemmungslosen Saufgelagen, was natürlich das (Fr) Essen ebenso beinhaltet, wegen der Trinkfestigkeit.

So konkurrieren meine geplanten Hafer- Quark- und Hiseküchlein schier vergeblich gegen Weißwurst und Brezen, Schweinsbraten mit Spätzle, Kesselfleisch und sonstige UN-Gesunde Appetitmacher. Da müsste mich Karl schon viiiieeel mehr lieben, um resistent zu bleiben.

Jetzt hat zu allem Übel auch noch die Pilzsaison begonnen, und jegliche Planung gerät ins Schwanken. Nach der dritten Kadmiummahlzeit beschloss ich: Die nächsten 14 Tage keine Pilze mehr!" und Karl willigte strahlend ein.

Vor zwei Tagen versteckte er ein gelbes Bastkörbchen in der Garage, wo ich es natürlich SOFORT entdeckte: Pfifferlinge, mindestens ZWEI KILO und unverkennbar vom ALDI, mein tödlicher Konkurrent! Karl stammelte und stotterte, wand sich, flüsterte: Pfifferlinge, schon seit Jahren nicht ……. (stimmt zwar, aber wenn es um Gesundheit geht, kenne ich keine Gnade!!).

Trotzdem fror ich meine vegetarischen Küchlein ein und strahlte drei Tage lang, weil es gar so gut schmeckte.

Wir schlossen Frieden und Karl gelobte Besserung. ICH GLAUBTE IHM. Am nächsten Tag fand ich im Wald drei Schirmpilze und vier Maronenröhrlinge, knackig frisch und zum Anbeißen. Eine solch hübsche Abendmahlzeit, ich ließ sie – nicht – stehen.

Am Vortag unserer Abreise an den Weissensee, ich hatte bereits gepackt und die Küchlein zum Auftauen im Kühlschrank, klingelte es

Sturm. Draußen stand unser lieber Nachbar mit einem riesigen gelben Bastkörblein: geschätzte fünf Kilo Maronen. Karl, der Verräter, bedankte sich herzlich und meinte zu mir, Semmelknödel hätte er schon soooo lang nicht mehr gehabt, aber er wisse ja ..., und mit Ei und Butterbrot, das ginge vielleicht schneller.

Verflixt, Butter war knapp, und ich kam erst am Montag wieder zum Einkaufen. Zähneknirschend versprach ich, morgens eine Stunde früher aufzustehen und die Knödel zu kochen, aber aus Vollkornbrot, ZUR STRAFE!!! Die Pilze könnten wir dann am Weissensee frisch zubereiten. Im Gegenzug erklärte sich Karl bereit, viereinhalb Kilo Pilze seiner Schwägerin zu schenken, zum Einfrieren.

„MACH DIR BLOSS KEIN STRESS!", drohte er mir liebevoll und begann bereits eifrig zu putzen und zu schneiden.

STRESS, das war für mich genau das Stichwort!

Ich spürte augenblicklich, wie sich meine Bandscheibe verschob und ich konnte mich nicht mehr bücken. Trotz alledem sortierte ich die besten, kleinsten, festen Exemplare für UNS in eine Keramikschüssel aus (damit sie besser halten) und legte mich versöhnt ins Bett. Am Morgen wankte ich in die Küche, kochte die Knödel und suchte die Schüssel.

Da war NICHTS.

„Wo sind die Pilze, die ich für uns aussortiert habe??" tobte ich.

„Die hab ich doch alle klein geschnitten, für die Otti", stotterte Karl.

„Aber ich hab ausdrücklich gesagt", schrie ich.

PAUSE.

Dann Karl: „Schließlich kann ich nicht IMMER zuhören, du redest ja DAUERND!"

Ich schwieg und habe die Semmelknödel eingefroren.

Deine bis nächsten Herbst bevorratete Marlene

Liebe Betti!

Wie Wünsche in Erfüllung gehen, durfte ich beim letzten Weissen-seeaufenthalt erleben. Dank des verregneten Frühlings haben wir unsere beiden alten Schirme ganz schön abgenutzt und zwei neue standen auf der Einkaufsliste. Während ich in der Füssener Markthalle beim Pippimachen war, muss dem wartenden Karl mein Wunsch ein-gefallen sein. Denn auf dem Weg zum Mittagessen fragte er mich plötzlich, ob es wirklich ZWEI Schirme sein müssten. Aber klar doch!!!

Komisch fand ich nur, wie man bei strahlendem Sonnenschein überhaupt an so was denken konnte. Überall saßen glückliche Urlau-ber, schlürften Latte macchiato und durchwühlten ihre riesigen Eisbe-cher. Die Straßenmusikanten spielten, aber nein: Wir beiden Verrück-ten marschierten unbeirrt zum Woolworth, um die Schirmindustrie anzukurbeln.

Karl zeigte mir diverse Umhängeschirme: alle hellblau und babyro-sa, aber wenigstens handlich und billig. Ich zögerte etwas, entschied mich dann für den Hellblauen und stiefelte zur Kasse. Aber neeee, bei aller Liebe und Notwendigkeit!! Die Warteschlange reichte bis hinten zu den Kaffeetassen und Geschirrtüchern, das war mir jetzt echt zu blöde! Schließlich hatten wir beide Hunger!! Also drehte ich wieder um, hängte den Hellblauen zurück und ging hinter Karl Richtung Aus-gang.

Da traute ich meinen Augen nicht! Am Rücken eines mir wohlbe-kannten Mannes baumelte ein Regenschirm, zugegeben ein SEHR hüb-scher, bunt gestreift, in LEUCHTENDEN Farben, unbestritten das schönste Exemplar seiner Art im gesamten Kaufhaus, aber er stach natürlich gewaltig ins schuldbewusste Auge.

Jetzt war es also soweit!! Mein Mann kam ins Rentenalter, das ja für heimliche Diebesattacken angeblich erheblich anfälliger macht. Aber ausgerechnet WIR, GUTSITUIERT und rundum versorgt!

Verzweifelt blickte ich zurück zur Kasse. Verstehen konnte ich Karl schon: Sollte man sich jetzt tatsächlich eine halbe Stunde lang die müden Füße in den knurrenden Bauch stehen? Andererseits, wo dieses besonders kostbare Ding verstecken vor all den gierig lauernden Blicken derer, die auch mal gern einen bunten Regenschirm besäßen, vorausgesetzt es würde doch mal wieder regnen (siehe HEUTE !!!).

Trotz alledem! Schwitzend schlich ich hinter meinem diebischen Mann her und zischte:

„Bezahl oder versteck ihn!"

Karl grinste unschuldig und ging weiter. Also auch noch Altersschwerhörigkeit!

Ich wurde immer verzweifelter. Zweitausend Augenpaare bohrten sich in meinen schamgebeugten Rücken, ich hörte bereits die nahenden Schritte grün gewandeter Uniformen. Aber da hatte sich die diebische Elster bereits durch den Ausgang gestohlen und unter das Eis leckende Volk gemischt.

Kopfschüttelnd und mit wenig Appetit verspeiste ich das Sparmenü, wild entschlossen, den Schirm auf dem Rückweg zu bezahlen! Karl sagte trocken:

„Wie du meinst. Aber ein guter Beobachter bist du nicht!"

Ach so? Ich grübelte und grübelte. Erinnerte mich der Schirm an etwas?? Richtig, in Wasawieslein hing der Gleiche, aber ich könnte schwören, um die Hälfte größer und viel schwerer. Vielleicht war ja in Wirklichkeit ich verrückt und hatte nicht gesehen, dass Karl den Schirm von Zuhause, nach Füssen, aus dem Auto, durch die Stadt ... und das alles um uns zu erinnern, dass wir zwei kleine Schirme kaufen wollten ....???

Jetzt war ich völlig verwirrt. Auf dem Rückweg blieb ich nachdenklich vor der Woolworthtür stehen und begutachtete die lange Warteschlange. Sollten wir jetzt oder nicht? Wegen läppischer 3,99 Euro? Und falls es doch unser großer eigener Schirm wäre?

Dann folgte ich Karl zum Auto, schuldbewusst und gramgebeugt, nun ebenso zum Dieb geworden, oder doch nicht????

Aus purem Mitleid hat mich Karl nach unruhigem Mittagsschlaf aufgeklärt: Als ich Pippi machen ging, hat er vor der Markthalle auf dem Flohmarkt, den ich gar nicht bemerkt habe, den Schirm für ZWEI Euro erworben. Ganz schön teuer! Wer kauft schon einen Schirm bei dem sonnigen Wetter!! Aber jetzt können wir ihn ja gut gebrauchen.

Dass Deine Wünsche auch immer so schnell und GUT in Erfüllung gehen, wünsche ich Dir von Herzen!
Alles Liebe, ich drück Dich, und lass Dir Zeit mit Schreiben, denn sobald wird nicht wieder gestohlen!

Diebisch grinsend Deine Marlene

Nebelfrei

Liebe Betti!

Nach diesen Geschehnissen hatte ich mir ein angeblich nebelfreies Wochenende voll verdient. Karl Theo glaubt ja jedem Wetterbericht, der Sonne in den Bergen verspricht, v.a., wenn es an der Wasa neblig ist. Also glaubte ich auch! Wir fuhren bei trüber Suppe weg und kamen im strahlenden Abendsonnenschein an. Karl hatte RECHT!
Am Samstag früh lachte uns eine kleine Nebelwand entgegen. Ich hatte meinen warmen Anorak vorsichtshalber zuhause gelassen, um das Auto nicht zu belasten. Aber in der Hoffnung auf Sonne gönnten wir uns trotzdem die kleine Bootsfahrt, am Nachmittag den ausgedehnten Spaziergang mit Freundin Hanna, am Abend die LANGE Füssener Nacht mit Musik, Beleuchtung und Böllerschüssen. Als ich sah, wie herrlich pelzvermummt die mittelalterlichen Ratsherren daher kamen und dass sich die fürs Feuer bestimmten Hexen schon vorher unter ihren Kopftüchern wärmten, bestand ich um acht Uhr auf die Heimkehr zu meinen Wärmflaschen.

Die Nacht über betete ich um etwas Sonne, weil uns am Kolomanstag ein ausgiebiger Ausflug nach Schwangau erwartete, mit endlich mal zur Besichtigung geöffneter Kirche, 500 Pferden und Gottesdienst im Freien!

Es war NEBELIG !!

Ich hatte mittlerweile Erfahrung, zog Bluse und Strickjacke und Mutters altmodische Jacke mit Hahnentritt und Stehkragen übereinander, dazu Stirnband, Sonnenhut und Bergstiefel. Karl begnügte sich mit kurzen Ärmeln unter der Übergangsjacke, um mir ein wenig widersprechen zu können. Selbstverschulden!

Wir saßen pünktlich 30 Minuten vor der Zeit auf der Bank am Kolomansbrunnen, mit Armlehne und guter Weitsicht zum Altar. Fünf Minuten vor Beginn waren mir bereits die Pobacken zusammengefroren, Karl Theo ließ, völlig ungewohnt, die Ohrenklappen seiner Mütze herunter, INTERESSANT!! Aber ich kann schweigen!!!

Direkt vor mir nahmen Großmutter, Mutter und Kind ihren Posten ein. Der Siebenjährige erklomm den alarmgeschützten Brunnen. Seine Mutter konnte nichts dagegen ausrichten, da kletterte sie selber auch hoch.

Als ihr die Mütze vom Kopf glitt, sah ich eine fesche Pippilangstrumpf-Frisur, typisch Frühgebärende, so ca. 16 Jahre, (war wohl bei der Geburt selber erst neun??).

Mir egal, jedenfalls sah ich nun nichts mehr.

Dafür tropfte mir die Nase in den Stehkragen und ich wurde immer krummer, um meinen Hinterkopf besser zu wärmen. Natürlich entschädigte erst mal die spannende Predigt. Koloman sei erhängt worden, weil man ihn als Spion verdächtigt habe. Parallele zu Jesus. Aha??

Integrationsthema: "JEDER könnte Jesus sein, aber Du weißt nicht, WER! Vielleicht der Autofahrer, der Dir eben den Parkplatz weggenommen hat ......"

Ach ja??

Ich blickte mich bibbernd vor Kälte um. Vielleicht wäre es dieses verzogene Kind, oder seine Mutter?

ODER GAR KARL, der mich hier zum Frieren in der Nebelsuppe verdammt hat?????????

Mittlerweile tat ich mir schwer, Jesus persönlich zu entdecken, trotz aller Ermahnungen. Das Brunnenkind fing an im Wasser herum zu pritscheln und jammerte:

„Mir ist so schrecklich kalt!"

Die irre Mutter bückte sich und wedelte ebenfalls mit der Hand durchs Eiswasser. Inzwischen schätzte ich sie auf gerade mal zehn Jahre.

Finstere Gedanken kamen in mir hoch. Wenn jetzt endlich die Alarmanlage losginge. Oder doch besser ein winzig kleiner Schubser in den Rücken - und meine Sicht wäre wieder frei........ Aber ich kann mich beherrschen.

Bei dieser Kälte dehnt sich die Zeit ins Unendliche. Jetzt ging erst mal der Klingelbeutel rum.

Neben mir standen zwei Eltern, ihre Kleinkinder thronten triumphierend hoch über unseren Köpfen. Natürlich mussten jetzt die armseligen Cents nach oben gereicht werden, damit Prinz und Prinzessin beim Geldeintreiben mitspielen konnten. Das Mädchen hatte kapiert und zielte aus 1, 87 Meter Höhe gekonnt ins Körbchen. Der Bube war etwas älter und verstand anscheinend schon etwas von Geldwert. Jedenfalls weigerte er sich, sein schäbiges Zehnerl aus der Patschhand zu lassen. Mir reichte es und ich packte wortlos den Korb, damit die Show endlich weiterging.

Nach fast zwei Stunden stand Karl abrupt auf, nahm meine Hand und sagte: „Tomm, wir gehen jetzt!" Entgeistert starrte ich in sein blau gefrorenes Gesicht und tatsächlich, ich sah die dunklen Augen von Laura flehend auf mich gerichtet!

Das konnte jetzt nicht wahr sein! So kurz vor der Kommunion, und das Beste, der Umzug fehlte doch noch! Also schickte ich Karl begütigend zum Auto, sprang auf und erwärmte mich im Gedränge von 2000 Menschen, von denen nur ein paar wirklich um eine Hostie anstanden. Die meisten beharrten einfach auf ihren angestammten Stehplätzen.

Erst nach fünf Minuten kapierte ich, dass die drei goldenen Stäbe mit den weißen Fahnen, die wie Irrlichter unkontrolliert hin und her schwebten, den jeweils austeilenden Monsignore signalisieren sollten. Ohne jede Rücksichtnahme stieg ich über winselnde Hunde, Gehstöcke und frisch gewienerte Stiefeletten hinweg, um mich einzureihen und endlich, endlich völlig erschöpft, aber mit Hostie gestärkt und ZUFRIEDEN in die bereits aufgewärmten Autopolster zu sinken.

Für den Umzug blieb natürlich keine Zeit mehr, weil Karl für den Nachmittag einen NEBELFREIEN Bootsausflug am Plansee auf dem Programm stehen hatte. Er schwört nämlich, egal welche Nebelsorte gerade vorherrscht, dass am Plansee GENAU JETZT die Sonne scheint! Wer`s glaubt!! Ich glaube inzwischen auch nicht mehr, dass quasi JEDER Jesus sein könnte - die verlogenen Erfinder von Wetternachrichten mal bestimmt nicht!! In GANZ Bayern das GANZE Wochenende lang herrliche Bergsicht, strahlende Sonne, Traumwetter, dass ich nicht lache!!!!!

Aber Millionen Deutsche glaubten das wirklich!!!!! Wir kämpften uns durch dicke Nebelwände von Füssen nach Reutte. Karl war sicher, in Österreich ist wie immer alles anders!!

In Reutte unten war der Nebel noch dicker als am Weissensee. Also blieb nur eines, 20 Minuten hinauf zum Plansee. Ich fand es bedenkenswert, dass uns ganze Autoschlangen mit frustrierten Bergwanderern entgegenfuhren, aber ich kann schweigen.

Der Plansee war so im Nebel verpackt, dass wir gut hätten direkt hineinfahren können. Das mit dem Boot war also schon mal gestrichen! Dann halt eine kleine Wanderung. Ich hatte die falschen Schuhe an und stolperte voller Ingrimm in eisigem Schweigen auf und ab über die Steine. Mit einem Mal brach die Sonne durch!!! Hundsgemein!!! Jetzt hatte ich also auch noch den Himmel gegen mich! Karl triumphierte. ER HATTE RECHT BEHALTEN!!!

Eine halbe Stunde lang haderte ich mit "denen da oben", die mir mit ihrem blauen Himmel derart in den Rücken fielen, dass es mir den Schweiß austrieb, und schwupps, warf sich die eisige, nasse Nebeldecke wieder über uns. Wir tappten angewidert zurück zum Auto. Ich war mir ja insgeheim sicher, dass am WEISSENSEE mittlerweile die Sonne schien!

UND SO WAR ES AUCH!!!

Da wir ein wenig abgeschafft in der Wohnung eintrafen, sollte das Essen schnell gehen. Also gab es von mir höchstpersönlich selbst gekochte, frisch aufgetaute Quarkküchlein mit Obst vom ALDI (meinem FREUND in eiligen Lebenslagen). Zuerst knallte ich Karl den eingeschweißten Früchtebecher bloß lieblos auf seinen Platz. Aber dann schämte ich mich, zugegeben, ich hatte auch ein bisschen Angst um die frisch gewaschene Tischdecke.

Also rannte ich schnell aus der Küche zum Esstisch und rief Karl verheißungsvoll zu:

„Ich öffne Dir den Becher jetzt doch gleich selber!"

Keine Antwort. MIREGAL.

Schwungvoll ergriff ich den Plastikbecher, zog mit noch halb erfrorenen Fingern am Verschluss, HUPPS, da oben war gar nichts, und ich überschwemmte das blütenreine Tischtuch mit klebrigem Obstsaft (immer dieser ALDI mit seinem süßen Zuckerzeug!).

„Was ist?", brüllte Karl vom Gang aus, „ich hab den Becher schon offen."

Aha??!! Das hab ich soeben auch gemerkt.

Ich wünsche Dir eine nebel- und sorgenfreie Woche und umarm Dich feste, damit uns lange warm bleibt!!

Es grüßt Dich herzlich und mit freier Sicht

Deine noch leicht vernebelte Marlene

Wocheneinkauf

Liebe Betti!

Zu einem sinnerfüllten Renntier-Leben gehört der wöchentliche Besuch im Bioladen fast unabdingbar dazu. Landläufig meint man, dazu bräuchte es einen prallen Geldbeutel.

In Wirklichkeit benötigt man drei ganz andere Dinge, nämlich erstens Geduld, zweitens Geduld und drittens übermenschliche Geduld. Deshalb fallen logischerweise dreiviertel der Menschheit (die ARBEITENDEN, z. B. Du) schon mal weg.

Trotzdem gibt es erstaunlicherweise mindestens zwei langhaarige Individuen, die so wie ich kurz nach neun den Laden stürmen, um sich/MIR das Leben schwer zu machen. Die eine kauft das gesamte Sortiment leer und lässt nur uninteressante Gemüsearten liegen, eine vergammelte Lauchstange, drei öde Kohlrabi, die nicht in meinen Speiseplan passen oder eine Lage sündhaft teure Feigen.

All die duftenden Früchte und Beeren der Saison sind in IHREM riesigen Einkaufswagen verstaut oder werden soeben kistenweise abtransportiert, wenn ich gerade zur Tür herein will.

Dafür stauen sich in der Kühltheke Joghurtgläser mit NULL KOMMA EINS Gramm Fett, idiotisch!!! Weil mir natürlich nur die Vollfetten schmecken, aber die hab ich letzte Woche gekauft und diesmal hatten bei der Vorbestellung (WIEDER MAL) die Sonderwünsche von Frau Langhaar-Vielkauf den Vorrang. Da bin ich gleich ein klitzekleines bisschen sauer und die übrig gebliebenen Zitronen spenden nicht wirklich Trost.

Allerdings scheint mir der üblicherweise prallvolle Einkaufswagen vor mir heute seltsam mager bestückt. Als ich schreckensbleich entdecke, dass es keine Kartoffeln mehr gibt, grinst die Langhaarige mitfühlend und trompetet triumphierend:

„Tja, keine da, Gelbe Rüben auch nicht".

Da brauch ich nach den Tomaten gar nicht erst zu fragen. Und Äpfel – bloß noch vier Stück, o Du heiliger Frühstücksengel, jetzt bin ich geliefert!

Aber Frau Bioladen beruhigt uns mit sanfter Stimme. Herr Bio sei schon seit einer halben Stunde unterwegs, um Nachschub zu organisieren.

Ach ja??? Mir pressiert´s!!!

DA! Die Kasse klingelt. Frau Mutti-Langhaar wäre fertig. ENDLICH!!! Aber weil mich bereits von hinten Herr Öko-Langhaar-Kinderschreck einkeilt und siegessicher eine Tasse Bio-Kaffee bestellt (die gibt es IMMER) kann ich nicht mehr rechtzeitig flüchten.

Gut, dass es noch ein zweites Geduldshaar gibt, denn jetzt beginnen die gefürchteten Aufklärungsgespräche, wie sie in dieser Form nur ein durchsortierter Bioladen bieten kann.

Die Palette reicht von Gesundheit über Politik und Kindererziehung bis hin zu Hundeernährung, Mietermobbing und falsche Straßenreinigung, Umweltkatastrophen und Sonnenuntergänge, Bienensterben und die besten Bienenstiche des Vollwertbäckers.

MIR PRESSIERT`S !!

Ich packe meine Eier zusammen, blöd, dass es die heute gab. Wenn nichts da ist, muss ich sowieso noch zur Konkurrenz! Jetzt verabschiede ich mich so elegant es mir möglich ist, da von meiner Stirne die ersten Stressspuren zu tropfen beginnen.

Ich zahle beschämt meinen armseligen Obulus, wie peinlich! Aber wenn halt die Hälfte fehlt!

Fluchtartig verlasse ich die hitzige Debatte, die sich mittlerweile fokussiert hat auf Ungeduld, Geizhammel und Umweltsünder, und setze mich verschwitzt, aber erleichtert ins Auto.

Als ich eben aufs Gas trete, Richtung Penny???????, hupt es hinter mir und ein großes altes Auto versperrt mir die Ausfahrt. Herr Bioladen steigt freudestrahlend aus und schwenkt zwei Säcklein Kartoffeln.

„Brauchst du etwa?"

Ich wage nicht zu lügen und gehe gottergeben zurück in den Laden. Ich zahle, renne zum Ausgang und werde bereits erwartet:

„Sonst wolltest du doch immer Gelbe Rüben".

„Ach ja", stammle ich verlegen. Noch mal zurück, ich krame die fünf Schönsten aus der Kiste, zahle noch mal und wünsche zum dritten Mal ein GUTES Wochenende, meines hat soeben begonnen!

Jetzt ist natürlich die Autotür versperrt und ich voll behängt mit Kartoffeln, die Schlüsselhand gefüllt mit Rüben. Ich deponiere die Möhren, öffne die Autotür und zucke zusammen. Hinter mir leuchtet es rot auf:

„Gell, Tomaten hättest du auch gern, hab ich eben erfahren!", donnert es hinter meinem Rücken.

WARUM HILFT MIR KEINER?????

Zähneknirschend hole ich mir eine Tüte, bezahle mit meinem jetzt reichlich vorhandenen Wechselgeld und verschwinde auf NIMMER-Wiedersehen.

Beim Rückwärtsfahren höre ich ein ungewohntes Kullergeräusch.

MIREGAL! Bloß weg hier!

Als ich auf der Straße wende, macht es Hoppel Hoppel. Ich erstarre und springe aus dem Wagen. Ach ja, da liegen sie, eine, drei, vier Möhrlein, und die fünfte? Klar, eine direkt in der Einfahrt. Ich kucke verlegen nach allen vier Seiten, bücke mich und raffe meine teuer erkauften Biorüben zusammen. Nur eine Einzige hat deutlich gelitten und weist enorme Quetschspuren auf. Mein armer Autoreifen!!

Zuhause betrachtet Karl argwöhnisch meinen Wocheneinkauf, ergreift mit spitzen Fingern die zerquetschte Rübe und fragt streng:

„Hast du dich wieder mal breitschlagen lassen?!"

„Och ne", sage ich beschämt: „Die hab ich bloß kurz auf dem Autodach transportiert."

Deine ökologisch einwandfreie Marlene

Urlaubskarte

Liebe Betti!

Herzlichen Dank für Deine schöne Postkarte.

Inzwischen waren auch Karl und ich für 10 Tage aushäusig. Dass ich mich dieses Mal nicht zum Schreiben aufraffen wollte und deshalb nur eine Lufffftpost sende, hat genau ZWEI Gründe.

Als ich nämlich am Tag vor der Abfahrt nach Slowenien meine Brille aus der Blusentasche holte, um meinen Packzettel zu überprüfen, hielt ich unerwartet ZWEI Teile in der Hand: eine in der Mitte säuberlich zerlegte Brille, die beste, einzige, unersetzliche, das absolut notwendige und liebreicheste Objekt meiner im fortschreitenden Alter übrig gebliebenen Begierden!!!!

Also musste ich schäbigen Ersatz mitnehmen, wiederum ZWEI Teile: die aus längst vergangenen Zeiten für mein Marlene -Museum (!) aufbewahrte Kochbrille (eine mit Fettfilter konservierte und deshalb eher undurchschaubare Angelegenheit). Alternativ hätte ich eine echt

STARKE Brille für die letzten Lebensjahre, wenn man schon halb blind durch die Gegend tappt, sodass es egal ist, von was es einem gerade schwindelt. Bei einem Leseabstand von 47,5 cm ist sie zugegebenermaßen echt SCHARF, aber jede Bewegung ausgeschlossen, sodass sie nicht mal im Bett von irgendwelchem Nutzen wäre!!

Unter diesen Umständen habe ich mich kurzfristig entschlossen, auf jegliches Lesen und Schreiben zu verzichten und mich uneingeschränkt den slovenischen Genüssen hinzugeben. Nur der Wahlabend wurde sozusagen dreifach getrübt: schlechte Sicht - Schröders unanständiger Auftritt - die nötige Dosis Kräuterschnaps.

Du musst Dir also die längst verdiente Urlaubskarte selber malen. Stell Dir einfach vor: strahlende Sonne, angeblich lauwarmes Wasser (hab ich nicht überprüft, weil ich unter 31 Grad nichts teste), ein sanft bis heftig schwankendes Schlauchboot und ein gut gebauter muskulöser Karl Theo mit einem zu kurzen Doppelruder (was eine tropfende Dauerdusche für die Beifahrerin erzeugt). Dahinter eine schwindelnde Marlene, die krampfhaft den zum Gesicht passenden grünen Sonnenhut vor den Windböen rettet. Eine ferne Kirchturmuhr, die fleißig neunmal plus eins (=Viertel nach neun), zehnmal plus zwei (=halb elf), elfmal plus drei (=dreiviertel zwölf) schlägt, bis es bei mir dreizehn schlägt, denn ich MUSS MAL!!! Außerdem hab ich jetzt Hunger auf unser Super Menü für 1300 SIT (weniger als 6 Euro und mehr, als Du essen kannst, ohne zuzunehmen, aber was soll`s!).

Jetzt malst Du Dir die Unterseite der Karte: Marlene und Karl in einem herrlich gemütlichen Zimmer mit Meerblick, das Thermometer zeigt 26 Grad, gleichbleibend Tag und Nacht (anscheinend eine Sauna??). Draußen kühlt es früh und abends, aber jede Ritze ist verstopft. Warum lüften die beiden nicht?

Schau genauer: Die beiden schlagen um sich, sie schlagen sich gegenseitig, auf die Beine, sogar ins Gesicht (pfuiiii). Was ist da los, lieben sie sich nicht mehr - oder zu sehr?????

Schau noch etwas genauer!!! Was sind das für rote Pusteln am ganzen Körper? Haben die beiden Windpocken - aber nein, es juckt stärker - aha Sherlock Holmes- also deshalb darf die kühle Prise nicht herein, draußen lauert eine feindliche Armee slovenischer Schnaken, und die sprechen auf deutsche Abwehrmittel nicht an.

Auf die Rückseite Deiner Gemälde schreibst Du nun groß und deutlich:
Liebe Betti, Dir und Sigbert die allerbesten Urlaubsgrüße
aus Portoroz senden Euch

Marlene und Karl

Grabpflege

Liebe Betti!

Die letzten Wochen hat mir die Grabpflege so einiges Kopfzerbrechen und schlaflose Nächte bereitet. Ich habe mit Schrecken festgestellt, dass ich bei der Gestaltung unseres Elterngrabes jedes Mal wieder die "alten Kamellen" aus der Schublade ziehe.

Meine große Schwester war ja immer die kreative, künstlerisch Begabte, die mit Blumen wundervoll gestalten konnte. An Allerheiligen, wo schon mein Vater seinen gewohnheitsmäßigen Rundruf startete, WER denn nun WAS aufs Grab gelegt hätte, fühlte ich mich stets beobachtet und unter Stress, v.a. aber KRITISIERT.

Ich erinnere mich mit Schrecken, wie ich vor drei Jahren das Schönste und Beste ausgewählt habe, was unsere beiden teuersten Gärtner zu bieten hatten: ein für meinen Geschmack wunderschönes Gesteck in einer kleinen Schale, mit hellblauen Mini-Stiefmütterchen, Efeuranken, Bambusstäben und weißen Kügelchen. Das habe ich ganz, ganz vorsichtig zum Grab transportiert und - ich gestehe, beim Auspacken sind ein paar der niedlichen Bällchen davongekullert. Aber ich sammelte die versprengten Übeltäter in meine Jackentasche und es waren wirklich noch genügend übrig geblieben.

160

An Allerseelen kam Petras Kontrollanruf. Also, da lägen ja jetzt DREI Sachen auf dem Grab, weiße Rosen, ein Strauß Chrysanthemen und etwas unaussprechlich Scheußliches, aber das könne nur von unserer Stiefschwester Line stammen!

„Stell Dir vor, die muss beim OBI einen Ladenhüter erwischt haben, na ja, wahrscheinlich EXTRA BILLIG, da lagen noch die weißen Kugeln herum, hat sie wahrscheinlich beim Auspacken abgerissen. Aber die hat halt echt keinen Geschmack!"

PAUSE .....

„Oder war das etwa von DIR?????"

SCHLUCK!!

Ich habe meiner nicht anwesenden Stiefschwester den Dolch in den Rücken gestoßen, "NEIN, NEIN" gemurmelt und mich in den Boden geschämt! Immerhin, es hätte ja noch unsere Tante Melli gewesen sein können?

Genau vor einem Jahr hat mir Petra das schwere Amt auf die Schultern gelegt, es von nun an ALLEIN allen recht zu machen. Das bedeutete im Klartext: schuldig vor meiner Schwester, meiner Stiefschwester und meiner Tante.

Na ja, Petra war damals schon sehr krank und konnte bloß noch ihren Mann als Spion aussenden, und der ist ziemlich desinteressiert, was unsere weiblichen Konkurrenzkämpfe angeht. Tante Melli will es einem bloß möglichst recht machen und erzählt, wenn nicht ALLES VERSAUT ist, dass das Grab heuer ja SOOOOO SCHÖN hergerichtet war.

Meine heiß geliebte Line betont gerne, dass schließlich auch IHRE Mutter in dem Grab liege. Letztes Jahr fragte sie vorwurfsvoll nach, warum eigentlich mein Bruder Tom nicht zumindest an Allerheiligen von Freiburg (schlappe vier Autostunden!!) herfährt, um bei der Grabpflege SEINER Eltern zu helfen. Anschließend arrangierte sie noch schnell so viele Blumenschalen auf dem Grab, dass für mich kaum etwas zu tun übrig blieb. Allerdings gab sie mir deutlich zu verstehen, dass dies für sie DAS ALLERLETZTE MAL war, sich so abzuschinden, und von nun an ICH, genau, wie Petra es ja auch wünschte, für alles zuständig sei.

SCHLUCK, SEUFZ, so wollte ich es ja auch. Endlich war ich die GROSSE!!

Also bin ich anno Domine wirklich auf mich gestellt. Drei Jahreszeiten habe ich bereits überstanden, jetzt kam die größte Herausforderung! Ich habe wochenlang alle Gräber in Niederkirchen, am Weissensee und im Nord-Ost-Südfriedhof studiert, um alles richtig zu machen. Beim besten Gärtner von ganz Schwaben suchte ich die schönsten Pflanzen aus und begegnete natürlich prompt der Schwägerin von Karl. Die ist eine noch routiniertere Grabgärtnerin als Petra es je war und könnte es mit Line locker aufnehmen.

Als sie meine Blumen entdeckte, rümpfte sie die Nase bis zur Stirn und kommentierte süffisant:

„Ach, mischt du deine Veigele?!".

Auf Hoch-Deutsch: „Ach, du absolut ahnungslose, geschmacklose Niete, du nimmst Stiefmütterchen in VERSCHIEDENEN Farben?!"

Ich bin im Boden versunken, die Weißblaulilanen haben mir zu den Dunkelblauen tatsächlich gefallen. Pfui!!!

Schließlich bin ich völlig übernächtigt mit meiner Freundin Steffi im vollgepackten Auto zum Friedhof gefahren, schwarze Erde, jede Menge Erika (Lines Lieblingsblumen !!!!!!), weißblaue Stiefmütterchen (MEINE Lieblingsblumen) und Silberblatt (neutral). Unterwegs berichtete ich Steffi, genau wie soeben Dir, die ganze Friedhofsgeschichte, wobei mir fast die Tränen unter der Sonnenbrille heraustropften.

Als wir gerade einbiegen wollten, sah ich starr vor Schrecken - den Rücken meiner Stiefschwester, die gramgebeugt den Friedhof verließ. Sicher war sie enttäuscht von mir und meiner mangelnden Pflege, von meiner Respektlosigkeit gegenüber IHRER Mutter und MEINEN Eltern, die DURCH MEINE SCHULD drei Wochen vor dem hohen Seelenfest unter den schäbigen, längst verblühten, vertrockneten Sommerblumen ruhen mussten!

Ich sah es deutlich vor mir: Meine abgehärmte, Erde schleppende Stiefschwester, die den TEUREN Friedhofsgärtner leer gekauft und MEIN Grab von Stein bis Weihwasser nahtlos vollgepflastert hatte; und ich musste nun meine eigenen Blumen auf den Müll schmeißen!!!

Steffi konnte mich nicht stützen, weil sie ja den Karren mit der Erde und den Erikatöpfen hinter sich herzog, aber sie sprach mir Trost zu.

Also wankte ich wie in Trance zum Grab. Da blühte alles weiß, gelb, rot!!!

Genau so, wie ich es im Sommer geschmückt hatte. Steffi hat schließlich regelmäßig gegossen!!!!

Siegessicher haben wir das Grab zurechtgemacht und zwei schöne Fleckchen freigelassen, damit BEIDE Besucherinnen, falls gewünscht, auch was abstellen können!

Vorgestern waren wir noch mal kucken: Die zwei Plätzchen waren besetzt, eine meiner Blumen entfernt, damit die dicken fetten, zweimal so teuren und dreimal so schönen Erikas von Line Platz hatten!

Tante Melli hat gestern bei mir angerufen, weil alles SOOOO-OOOOO SCHÖN ist. Sie habe ihre Chrysanthemen in eine Vase gesteckt! Na Gott sei Dank, Vasen kann man ja NEBEN, VOR und HINTER jedem Grab locker abstellen. Sicher wäre diesmal sogar Petra zufrieden. Die wird vom Himmel aus heruntergrinsen und über uns den Kopf schütteln.

Deine es allen recht machende Marlene

Liebe Betti!

Da ich ja vorher nicht wusste, ob ich den friedhöflichen Ansprüchen genügen würde, hab ich den armen Karl vorsichtshalber gezwungen, noch ein 10 cm großes Allerheiligen-Bouquet mit lieblichen Wachsrosen vom Gärtner nach Hause zu schleppen. Unterwegs trafen wir seinen ehemaligen Musikerfreund. Der begutachtete die Kostbarkeit und meinte trocken:

„Soso, für Allerheiligen. Müss´ mr jetzt schon so arg sparen?!" Darauf bekam Karl einen roten Kopf und stotterte:

„Ne, ne, das ist bloß für die Katze!!"

Ich frag mich allerdings FÜR WELCHE!

Ebenfalls für die Katz scheint mein Friseurbesuch gewesen zu sein, den ich mir UNBEDINGT verordnete, bevor ich zum 90. Geburtstag meiner Tante nach Würzburg losdüste. Als ich gleich nach dem Aufstylen bei meiner Biofrau zum Einkauf anrückte, begutachtete sie mich etwas irritiert.

„Was ist denn heute los mit Dir?"

Ohne Kommentar grinste ich stolz vor mich hin. Daraufhin wieder sie:

„Du siehst heut wirklich GAR NICHT GUT aus!"

Nun überlege ich, ob ich das Trinkgeld vom Friseur zurückfordern soll. Oder braucht die Biofrau bloß eine neue Brille?

Jedenfalls entdeckten meine Würzburger Verwandten, die mich seit ca. 45 Jahren nicht mehr gesehen haben, sofort die ABSOLUTE ÄHNLICHKEIT mit meiner Mutti. Schon komisch, da ich angeblich immer GANZ DER VATER bin. Nach kurzem Nachdenken hab ichs kapiert. Mutti hat sich in den 50er und 60er Jahren immer genauso altmodisch angezogen wie ich heute. Da ich mit Nichte und Großneffe per Bahn anreisen musste, hatte ich mein schönstes BEQUEMES Outfit gewählt!!

Deine sich gleichbleibende Marlene

Liebe Betti!

Als Karl Theo und ich heute Morgen erwachten und registrierten, dass ehedem an diesem Kalendertag gebetet und gebüßt werden musste, überlegten wir lange, welche guten Taten wir begehen könnten. So wurde es locker halb elf. Dann entschied ich mich, Tante Rosi im Altenheim zu besuchen.

Schon an der Eingangstür hörte ich ihre noch immer kräftige Stimme vom dritten Stock herunter den Rosenkranz beten. Die Worte ein wenig verdreht, aber immerhin. Kaum hatte ich sie liebevoll in den Arm genommen, als es an der Tür klopfte. Oh je, Herr Pfarrer hatte die gleiche Idee gehabt wie ich und wollte sein gutes Werk loswerden.

Ich machte für Hochwürden Platz und Tante Rosi lief in Höchstform auf. Den lieben Herrn kannte sie!!!

„Vater unser", schrie sie in voller Lautstärke, „KOMM IN MEIN BETT!", rückte schon mal zur Seite und hob die Bettdecke. Der ehrwürdige Herr schrumpfte sichtlich in sich zusammen und bekam rosige Wangen.

„Macht doch nix", grinste ich schadenfroh und gab Tante Rosi ein Abschieds-Bussi, ehe ich die Beiden alleine ließ. „Schließlich ist heute Bus- und Bett-Tag".

Auf der Heimfahrt musste ich immer wieder an mein großmütterliches Versagen denken. Wie von OBEN eingegeben, kam mir der Gedanke: Vielleicht sollte ich mich um ein weiteres KIND bemühen, das mir dann endlich eine(n) Enkel(in) IN MEINER NÄHE schenken könnte.

Eine Aktion, die mir in meinem fortgeschrittenen Alter zugegebenermaßen schon schwerfällt!!!

Karl hat zwar die in der Anderswostadtzeitung vor Kurzem veröffentlichte Statistik, dass über 60-jährige mehr als ein Jahr lang keinen Sex haben, noch nicht übertroffen, aber mit mir könnte es ihm vielleicht gelingen, oh oh.

Nachdem ich mich an einem so geheiligten Tage mit derartigen Hintergedanken für einen gemeinsamen Mittagsschlaf weder auf der warmen, leider unbequemen Wohnzimmercoach noch im gemütlichen, aber unbeheizten Bett entscheiden mochte, habe ich mich lieber an den Computer gesext, Pardon GESETZT!!

Deine fromm gebliebene Marlene

Fromme Einsichten

Liebe Betti!

Am Christkönigsonntag predigte der Pfarrer über den letzten deutschen König Friedrich Dingsbums von Sachsen. Im Gegensatz zu Christus habe er sein Königsamt hingeschmissen mit den Worten:
„Macht euren Dreck doch alleene!"
Aha, das baut mich jetzt aber echt auf!
Bei der Kommunionausteilung setzte der Organist einen obendrauf und spielte eine einladend fröhliche Melodie. Ich studierte kurz, dann erkannte ich es:
Di dada, dada dadididi, und schon summte ich mit „tea for two, for you and me, Tee für zwei, und du und ich dabei ..." Allerdings gab es dann doch keinen Tee.
Aber zu Hause habe ich meinen Tee mit Karl zum ersten Mal wieder von Herzen genossen, mit und ohne Enkel!

Deine beswingte Marlene

Liebe Betti!

Dein letztes Mail hat voll die Sehnsucht in mir geweckt, Deine Mama wieder mal ans Herz zu drücken. Dass sie in letzter Zeit meist schläft, wenn Du sie besuchst, fand ich besonders witzig. Du wirst es halt zu nachtschlafender Zeit machen, bei Deinem vollen Tagesprogramm - dachte ich schmunzelnd. Darum war ich natürlich besonders stolz auf mich, als „Mama" mich gleich frohgemut anblinzelte und gut gelaunt begrüßte. Allerdings versandete das Gespräch ziemlich schnell, weil sie mich so schlecht versteht. Kurzerhand packte sie meine linke Hand - und tatsächlich. SIE SCHLIEF. Nach zehn Minuten tat mir der Nacken weh, ich löste behutsam meine schmerzenden Finger, da wachte sie auf, packte meine rechte Hand - UND SCHLIEF!!

In diagonal verdrehter Körperhaltung geht bei mir gar nichts, also Wechsel nach fünf Minuten, ehe mir die Finger absterben. Sie flüstert dankbar:

„Schön, dass du mich besuchst". UND SCHLÄFT WEITER.

Nach 40 Minuten habe ich mich zufrieden mit mir selbst verabschiedet, natürlich von einer PUTZWACHEN Person, die mich gern noch dabehalten hätte! Da weiß man doch wenigstens, wofür man auf der Welt ist! Noch dazu, wo die Leute im Altersheim allesamt derart liebenswürdig und aufmerksam sind. Als ich den extraschweren Stuhl (Komfortausstattung mit zwei Armlehnen) hochwuchtete, um ihn auf seinen richtigen Platz zurück zu hieven, kommandierte eine super nette Frau im Rollstuhl: „Lassen Sie den Stuhl doch stehen!"

„Ach wirklich?", seufzte ich erleichtert und stellte das schwere Ding wieder ab.

„Aber natürlich", sagte sie zuvorkommend. „ICH RÄUM IHN DANN SCHON WEG"!!!!!!

Deine vergleichsweise JUNGE Marlene

Liebe Betti!

Was bleibt mir ohne Katz und Hund und ohne Enkel schon übrig außer Altersheim oder ANSTÄNDIGER Arbeit?
Also krempelte ich die Ärmel hoch, zündete ein Kerzlein an und lud zum Medizinrad ein. Ich hoffte nicht vergebens auf den Beistand von Oben!

Am Samstag bekam ich viele eifrige "innere Kinder" geschickt, ohne riesig Werbung machen zu müssen. Wir waren insgesamt elf, darunter DREI Männer, zwei weitere fehlten "umständehalber". Dafür kam trotz oder gerade wegen des "Gefühl-Themas" diesmal nur eine einzige Vertreterin des Froschklans. So konnten wir uns sehr sachlich und zielgerichtet mit den Tätern in unserem Leben auseinandersetzen und für das GUTE Raum schaffen, ohne dass es allzu sehr schmerzte.
Meine "Kopf"- und "Willens"-Menschen waren mit ein paar schönen Sätzen zufrieden und die Bachblüten wurden sehr sparsam verwendet. Es hätte also für Deine Freundin Anja noch gut und gerne gereicht. Aber ich war über den freien Samstag Vormittag auch nicht undankbar!

Als ich am Sonntag zur Kirche ging, hab ich alles am Vortag Gelernte gleich für mich selber angewendet, und siehe da, ES FUNKTIONIERT!! Ich hatte zum ersten Mal keine Angst, fand Anschluss und wurde am Montag zum Frauenturnen eingeladen.
Also bin ich hingegangen, habe fleißig mitgeturnt, und bekam eine Stunde später genau die höllischen Schmerzen, die ich am Samstag so erstaunt vermisst habe.
Karl ist überaus glücklich, jemand gefunden zu haben, der noch viel mehr JAMMERT als er selber. Nun kurieren wir uns GEMEINSAM mit Ferrum, Magnesium und heilsamen Energiebildern, das Gleichge-

wicht ist wieder hergestellt und keiner braucht den anderen zu massieren.

Deine vom Turnen FÜR IMMER befreite Marlene
P.S. Bitte bloß kein Mitleid!!!!
P.P.S Ich hoffe, dass wir unsere Türkeifahrt auch in einem DERARTIGEN Zustand gut überleben!!

Türkischer Frühling

Liebe Betti!

Wir sind zurück, leicht ramponiert, aber immerhin!
Eine kleine Zusammenfassung unserer Türkeireise kann ich Dir natürlich nicht ersparen. Wer weiß, wann wir wieder da hinfliegen, wo doch anderswo auch Narzissen und Krokusse blühen, wenn auch nicht unbedingt zu DIESER Jahreszeit.

Um uns das Leben so leicht wie möglich zu machen, haben wir auf die optimalen Flugzeiten geachtet: nicht zu früh und nicht zu spät, anständige Mahlzeit-Zeiten und kleiner Mittagsschlaf.
Deshalb mussten wir uns schon leider mal gegen Spanien entscheiden (Frühflug und Zwischenlandung, PFUIII), obwohl das unser eindeutiges Traumziel gewesen wäre.
Schon am zweiten Tag nach der Buchung kam der Anruf: „Leider, leider, kleine Verschiebung, aber dafür, wie wunderbar, dürfen Sie einen halben Tag länger im Hotel bleiben ...".
Na super, mein Rentnerhirn errechnete in Nullkommanix, dass wir auf der Rückfahrt also vor Mitternacht nicht in München landen würden!
Da habe ich schwer geschluckt, denn hiermit war das Mittagsschläfchen im Flugzeug gestrichen!

Auf der Hinfahrt gab es sowieso schon genug Einschränkungen: Essen um halb ELF, dann gleich nach München OHNE Mittagsschlaf. Wir waren planmäßig um halb zwei am Flughafen und checkten vorschriftsmäßig ein, als vor meinen Augen ein böses Licht zu flackern begann: FLUGZEITÄNDERUNG!!!!

Na toll, da hätten wir gut und gerne um zwölf gegessen und bis 13 Uhr gepennt! So lagen wir missmutig auf den harten Wartesitzen und flogen erst um halb neun abends, Trinkvorräte und Nerven längst aufgebraucht!

Immerhin durften wir erleben, dass eine Ankunft um Mitternacht doch nicht gar so schlimm ist, bei Allah und zähneknirsch!!!

Um halb drei wankte uns ein halb erfrorener übermüdeter Portier voraus zu unserem etwas abseitigen Quartier (kein Wunder „Low Cost" heißt ja auf Deutsch „Ganz umma sonsch geht´s halt net). Also hatten wir als einzige Hotelbewohner keinen Meer-, sondern „Garten"-blick. D. h., wir konnten tagsüber dem überarbeiteten Gärtner zuschauen, wie er im vorsintflutlichen vergammelten Gewächshaus herumkokelte oder unsere lieben Mitbewohner vom Acker trieb.

Dass wir nicht ganz allein gelassen waren, merkten wir gleich in der ersten Nacht, weil uns so viele grünliche Leuchtfeuer zu verscheuchen suchten. Es waren unüberhörbar die schäbigsten Hotelkatzen, die das Aska zu bieten hatte. Denn die gut genährten Hübschen saßen vor dem Haupthaus und ließen sich streicheln, während der „schwarze Teufel" mit seinem Harem, (den Räudigen, Halbblinden und Ohramputierten) den stinkenden Dunst des Gartenhauses suchte, weil man sie hier nicht so schnell fand.

So war es trotz der nächtlichen Stille immer sehr geräuschvoll und Karl entpuppte sich als durchaus mordlüstern, was mich sehr erstaunte, denn mich rührte die behinderte verliebte Sippschaft!

Den Schlaf konnte man mir sowieso nicht rauben, weil unser Doppelbett mehrere Wachhaltevorrichtungen besaß: Kopfkissen dreimal zu hoch, weshalb ich nackenfeindlich auf zusammengefalteten harten Handtüchern pennen musste. Zwei Riesenzudecken, eine warm, eine kalt, wir mussten also notgedrungen gemeinsam teilen und um Wärme kämpfen. Als mich Karl bereits fast aus dem Bett gestoßen hatte, weil er der Wärme hinterher rollte, hab ich spezielle Wickeltechniken entwickelt, um meinen Kindern die Mutter zu erhalten!

Als besonders tückisch erwiesen sich die eingebauten Sprungfedern. Schon ein kleiner Nebenschläfer-Schluckauf rammte mir gezielt die Eisenringe in die linke Hüfte und die rechte Schulter.

Als Karl aus purem Mitleid am dritten Tag heimlich die Matratze um 180 Grad herumwuchtete, traf mich fast der Schlag: Meine rechte Hüfte und v.a. die linke Schulter sind noch schmerzempfindlicher, wirklich zu blöd!!!

Das Frühstück am ersten Morgen tröstete mich über vieles: Es gab Obst! Nachdem ich nachts nach dem Zähneputzen schlaftrunken und völlig ausgedurstet aus Versehen einen Schluck Leitungswasser erwischt und zu Tode erschrocken hinterher das riesige Warnschild: ACHTUNG! KEIN TRINKWASSER gelesen hatte, war ich besonders dankbar für die vielen Wasserfläschchen, die wir geschenkt bekamen.

Mittags gab es weißen Pampe-Reis und Pommesfrites, Gemüsesuppe und jede Menge leckere Gemüseeintöpfe mit FLEISCH. Ich tröstete mich am Diätbuffet mit gedünsteten Tomaten; gegrillte Zwiebeln mochte ich weniger.

Ein LEICHTERES Leben führen weniger Verwöhnte, denn am zweiten Tag gab es am Diätbuffet Tomaten und Zwiebeln, am dritten Tag Tomaten und Zwiebeln, am vierten Tag usw., und dieses mittags sowie abends.

Ich kapierte schnell, dass mir zehn Scheiben Pumpernickel und zehn Tartexdöschen in der türkischen Diaspora nicht für 14 Tage reichen würden. Da bekam ich am dritten Morgen unstillbaren Durchfall. Drei Tage widerte mich sogar Wasser an, geschweige denn das Wort Essen, und die Vorräte reichten somit problemlos!!

Unser Ausflugsprogramm war einsame Spitze. Wir wanderten am endlosen Sand-Kiesstrand bei 14 Grad PLUS, ja das gibt's!!! Als der Strand zu Ende war, kletterten wir eine einsame Hügellandschaft hoch. Eine verrottete Orangenschale bewies mir, dass hier schon mal Menschen waren und wir wurden immer mutiger. Keuchend oben angekommen genossen wir eine grandiose Aussicht auf die wilden umtosten Klippen, mindestens hundert Meter unter uns!

Weil es schon 17.10 Uhr war, beschloss ich, unbedingt den Sonnenuntergang zu genießen (für 17.20 Uhr angekündigt). Wir schwelgten und waren wirklich überwältigt.

Um 17.22 Uhr fiel mir siedend heiß ein, dass es jetzt wohl bald DUNKEL werden würde.

Ach so??????

Einen Weg ZURÜCK würde es nicht geben, zumindest nicht mit mir und meinen Strandschühlein.

Wir begannen zu beten und ich vertraute, dass Du und alle meine Lieben mitbeten würden. Also gingen wir blindlings den Hügel entlang, immerzu vorwärts, bis irgendwann ein Zeichen am Wegesrand lag, die zweite Orangenschale dieses Tages.

Wir tappten im Halbdunkel weiter durch die Ödnis bis zur entfernten Wohnsiedlung. Da ich perfekt Türkisch spreche, waren wir schon fast gerettet. Ich piepste in gut verständlicher Landessprache:

„HOTEL ASKA?????"

Und der von Engelhand geführte Zeigefinger deutete gen Westen. DANKE!!!

Kein Wunder, dass wir beide die zweite Nacht erschöpft und durchaus mit allem zufrieden im Bett verbrachten. Karl hörte keine Katzen und schnarchte deshalb durch. Ich lauschte tomatensatt und zwiebelfrei dem Prasseln des Regens und den tosenden Wellen.

Am Morgen war klar, bei leichter Abkühlung benötigte der vorausdenkende Mensch seine FESTEN Schuhe und die warme Hose. Ich freute mich bereits auf einen genüsslichen Spaziergang die Straße entlang, weil ich ganz in der Nähe ein Hotel vermutete, das wir von früher her kannten.

Karl schlug vor, schnell noch den Strand zu besichtigen. Es war auch wirklich super, die Wellen schlugen vier Meter hoch und wir hatten auf einmal den herrlichsten Sanduntergrund, den man sich denken kann.

Allerdings schien die Wetterlage zum Barfußlaufen ungeeignet und ich drängte zurück zur Straße. Nicht so mein abenteuerlüsterner Mann. Er nötigte mich, in sieben Meter Abstand neben der Brandung her zu waten und die Gischt bestäubte uns fröhlich.

MIREGAL, ich hatte meine beste Übergangskleidung mit!!

Trotzdem bockte ich wegen all der Beschwernis innerlich ein wenig vor mich hin. Da, mit einem Schlag saß ich fest! Ich riss instinktiv an meinem linken Fuß, holte mit dem rechten Schuh ordentlich aus, um Halt zu finden, und dann versank ich.

Mit allen Vieren steckte ich bis zum Anschlag in der Matsche, schrie verzweifelt auf und holte Karl zu Hilfe.

SO EIN SELTSAMER ZUFALL!!!!

Der steckte direkt neben mir in derselben Klemme. Wir zappelten, wühlten und dehnten uns nach allen Seiten, um uns aus dem elenden Schlammassel zu befreien.

Total verdreckt erreichten wir die ersten Liegestühle, die guten festen Schuhe bis zur Unkenntlichkeit voller Schlamm, die warmen Ausgeh-Hosen reif für den Müll.

Bedrückt versuchten wir ins Hotel zu schleichen, aber die zwei Zimmermädchen nahmen uns in Sippenhaft und jagten uns im Erdgeschoss aufs Klo, wo wir provisorisch abgespritzt werden mussten. Unsere Schuhe taugten gerade noch für ein interessantes Experiment: Mit oder ohne Sand trocknen lassen? Ich entschied mich unter dem Hohngelächter von Karl (Du erinnerst Dich, der Idiot, der mir dieses eingebrockt hatte !!!!) für die OHNE - Lösung.

Also stellten wir die aufgeweichten Teile auf den Balkon, wo inzwischen unschuldig die Sonne herunter brannte. Nachmittags kam ein ordentlicher Regenguss, der unseren Versuch einstellte, indem er alle vier Schuhe gleichmäßig unter Wasser setzte. Wir brauchten in Ermangelung einer deutschen Zeitung eine ganze Rolle türkisches WC-Papier zum Ausstopfen.

Die dritte Nacht verbrachte ich ohne Kopfkissensorgen und bald auch tomatenfrei auf dem Klo (siehe oben). So brauchte ich mich wegen Schuh und Hosen nicht zu grämen.

Du siehst, wie sich Kleinigkeiten gegenseitig kurieren. Wir haben die restlichen Tage durchaus genossen, bis Karl zu husten anfing. Aber da saßen wir schon beinah im Flugzeug. Und der kleine Nachtflug? War mir doch so was von egal!!!

Übrigens, die Adresse vom Aska hab ich noch, falls Ihr also mal Lust haben solltet, im Februar günstig zu verreisen?!

Alles Liebe und gut erholt
Deine Marlene

Fürchtet euch nicht!

Liebe Betti!

Der Alltag hat mich wieder. Während andere mir bekannte Leute FASTEN und VERZICHTEN, lasse ich es mir unverschämt gut gehen. Seit ich mich wieder „gesund" ernähren kann, genieße ich das Leben, sogar ohne Strand und Sonne!!

Und das Allerbeste, mein größter „Angstmacher", ein quasi öffentlicher Vortrag, liegt endlich hinter mir.

Im November hatte eine freundliche Dame am Telefon angefragt, ob ich beim Seniorenkreis in Hinterkirchdorf mal reden wolle.

Ich sicherte mich sofort ab: „WANN???"

Und sie versprach, „in einem halben Jahr", sprich irgendwann, wenn ich vielleicht schon tot wäre.

Da sagte ich freudig zu, wählte das Thema Bachblüten, weil das kann ich mit links, und vergaß das Ganze.

Zwei Tage vor dem Türkeiurlaub rief die Nette wieder an, teilte mir ein Datum Anfang März mit (von wegen HALBES Jahr, rechnen können die Leute !!!) und versprach mir stolz eine Zuhörerschaft von FÜNFZIG Personen.

Kein Wunder, dass ich am zweitschönsten Strand der Welt nicht bloß Muffensausen, sondern echt Durchfall hatte, denn so viel Leute waren nicht mal zu meinen schlimmsten Elternabenden gekommen.

Da schien es auch kein Trost, dass vielleicht die Hälfte der Zuhörer schwerhörig wäre. Die würden mir sicher was husten, wenn ich nicht laut und deutlich sprach – und prompt bekam ich, wie Du ja weißt, den Husten auch noch!!

Drei Tage vor dem großen Auftritt fragte Madame Senior telefonisch nach, ob ich FIT sei (hüstel, keuch, aber natüüüüürlich) und was es denn nun koste??????

Ich versuchte trotzig, auf meinen ehedem vereinbarten 15 € zu beharren, ging nach sechsmaligem Nachfragen auf 10 herunter, worauf sie gottergeben meinte:

„Nein, nein, wenn die anderen Ihnen 15 € zahlen, tun wir das selbstverständlich auch."

Ganz unter uns, welche ANDEREN meint sie, ich hab noch nie einen RICHTIGEN Vortrag gehalten?!!

Zu meiner Rettung hatten mich meine Ängste gezwungen, in der Türkei ein Buch über Gefühle zu lesen, das seit einem Jahr bei mir im Schrank vor sich hingammelt „Das Tao des Herzens" (Safi Nidiaye, Ullstein Verlag 2004). Da geht es um die Methode der körperzentrierten Herzensarbeit. Diese Vorgehensweise hat mich von der ersten Seite an so begeistert, dass ich sie wirklich dauernd anwende, und es funktioniert tatsächlich!

So vorbereitet ging ich schon fast gelassen zu meinen Kaffee trinkenden und Kuchen schmausenden älteren Leutchen. Ich ließ ihnen großzügig eine weitere halbe Stunde, die Teller leer zu schaufeln, versprach der Vorsitzenden, statt der halben bloß eine Viertelstunde zu „nerven" und anschließend am freien Tisch „Gruppenarbeit" zu machen. Das liegt mir sowieso besser.

So im Vorhinein beruhigt meisterte ich sogar meine größte Herausforderung, das Mikrofon und redete, ohne dass es jemand merkte, (ICH AUCH NICHT) eine volle halbe Stunde am Stück. Hinterher kümmerte ich mich noch weitere 30 Minuten um die zehn Wach Gebliebenen und kassierte dann frohgemut meine 15 €, hübsch verpackt auf einer Schachtel Mon Cherie und erfuhr beim Abschied:

"Wir hatten schon solche Angst gehabt, dass keiner kommt, weil um halb zwei noch kein Mensch da war."

Wie gut, dass ich das nicht gewusst hatte!!!!

Mein Medizinrad-Treffen am darauffolgenden Samstag ging natürlich über Körperspurarbeit und klappte dank Safis Weisheit so gut wie lange nicht mehr.

Am Sonntag kaufte ich für Peter mit Familie eine große Schachtel voll Kuchenstücken, anstatt mich vor Monis Kritik zu fürchten und selber zu backen.

Die Weincremetorte versteckte ich vor neugierigen Blicken im Kühlschrank FÜR MICH SELBER. Erst nach Bauchweh und zwei schlaflosen Nächten verschenkte ich den schäbigen übrig gebliebenen Rest an Karl, der dank jahrelangen Trainings Alkohol besser verträgt als ich!

Deine so was von erleichterte Marlene

Kapitel Vier: Liebe Deine Nachkommen so, wie sie sind!

Bedenke:

Sei froh, dass Du überhaupt Nachkommen hast! Schließlich könnten sie noch schlimmer sein, oder etwa nicht?
Es gibt jede Menge Omas und Opas, notfalls sogar zum Ausleihen. Du bist also ERSETZBAR. Willst Du lieber das????
Für die Familie sollten auch schwerste Opfer gebracht werden, was sonst! Im Übrigen ist UN-DANK der Welten Lohn, das sollte auch DIR genügen!

Marlenes Empfehlungen:

Schlucke Schüßlersalz Nr.5 (bei schwachen, überreizten oder ganz fehlenden Nerven)! Ich empfehle die GROSSPACKUNG!!!

Greife zum Gummihammer (in jeder Lage zu empfehlen)!

Frage einen Pfarrer. Vergiss nicht, eine ordentliche Spende mitzubringen, dann bekommst Du vielleicht von ihm recht!

Spare Dir das Geld für den Psychiater! Er wird Dir nicht helfen können. Niemand kann Dir helfen.

Genieße Deine Schlaftablette, mach eine Zucker-Fett-Diät oder gönne Dir ein paar Flaschen (SAFT, was dachtest Du denn!!)) oder eine große Kanne Kamillentee!

Extratipp: Stelle Dich den neuen Herausforderungen gemeinsam mit OPA!! Kartenspielen und sonstige Alleingänge kann er die nächsten 20 Jahre getrost vergessen. ER WIRD GEBRAUCHT!!

Liebe Betti!

Freu Dich mit mir, es ist ausgestanden!
Helen hat es geschafft und ER IST DA, der kleine Manfred Elias Robinson.
Damit sich die (dusseligen??) Omas seinen Geburtstag besser merken können, hat der mitdenkende Frauenarzt das Ganze beschleunigt und auf den 4. 2. 2004 vorverlegt.
Genauere Daten weiß ich nicht.
Als Leo anrief, war er schon so heiser von wegen all der Freudenschreie über SEINEN Stammhalter, dass Größe und Gewichtsangabe erst später folgen (!!!! Wieso die wichtig sind, wüsste ich gern, aber Karl Theo als gelernter Metzger meint soeben ……… neeeee, das schreib ich jetzt nicht!)
Leider ist diese Großmutterwerdung auf die weite Entfernung etwas unergiebig. Ich lauere bereits sehnsüchtig auf einen Anruf von Helen, die natürlich als junge Mutti rundum beschäftigt sein wird!
Manchmal beneide ich Dich wirklich um Deine vielen NAHEN Enkel!

Welch ein Glück, dass wenigstens die kleine Laura „bloß" einein-halb Stunden entfernt lebt!
Gestern war sie mit Mama Jana den ganzen Nachmittag bei uns und hat sehr verwundert unsere telefonischen Jubelrufe über sich ergehen lassen. Ob sie wohl versteht, dass sie nun einen Kusseng hat, fast im gleichen Alter?
Später wird sie es zu schätzen wissen! Ich hab meinen Cousin jedenfalls sehr geliebt, aber wie Du weißt, wurde nix draus. Ob der Karl da immer noch froh drüber ist???
Laura hat voll Begeisterung unter der Couchdecke (NACHTRÄG-LICH !!!) ihre Weihnachtsüberraschung gesucht und gefunden. Sie redet noch immer nicht, dafür singt sie in den höchsten Tönen, kann bellen und gackern. Für ein Landmädel genügt das völlig!! Sie hat sich

eine halbe Stunde intensiv mit Karls Kastanienvorrat beschäftigt, sodass ich mich bei nächtlichen Stolpergängen zum Klo noch gerne an sie erinnern kann. Meine schöne bunte Glaskugel hat überlebt.

Jana war ein wenig enttäuscht, weil ich das gewünschte T-Shirt für Laura noch nicht hatte. Aber die Aufschrift „Lausfehl" kam mir einfach zu fragwürdig vor, auch wenn Jana jetzt beinahe waschechte Allgäuerin ist. Erstens sieht man sowieso auch ohne Nach-Hilfe, dass Laura ein richtiges Lausmädel ist, und zweitens hab ich Jana nie geglaubt, dass ein „Fehl" so was wie ein Fohlen sein soll. Als ich vorgestern mit Karl auf einem gschtandenen Mundartvortrag war, erklärte der Witzbold, die Jungs seien eben die richtigen Buam, dös Madla aber BLOSS ein Fehl.

Ich hab beschlossen, Laura kriegt ihr T-Shirt zu Ostern, aber hinten drauf druck ich: MIR FEHLT NIX!

Und das kann sich Achim noch ins Stammbuch schreiben: dass Familie Rübenzieh nicht aussterben wird, auch ohne Stamm-Halter, dann halt mit Lausmadla, die einen emanzipierten Mann bezirzen! Wie wärs mit einem Deiner tollen Burschen, Ihr habt schließlich genügend zur Auswahl!?

Übrigens, spätestens im März ist eine Zugfahrt zu FREDDI-SCHATZ und Helen geplant. Schließlich muss ich mir selber ein BILD machen.

Das Buchen scheint nicht ganz einfach, die Preise schwanken dauernd zwischen 37 und 238 Euro. Da wird den Bundesbahnbeamten sicher nicht langweilig! Ich hoffe, Helen ist es egal, WANN wir kommen, denn ab jetzt bestimmt eben der Euro unseren Zeitplan!

Deine rundum glückliche Marlene

Telegramm

Schnell mal auf dem Sprung - Helen ruft - Leo auf Lehrgang - Freddi brüllt - bin dann mal weg - bis 1.4. sicher wieder da - dann DU weg - wir sprechen/mailen uns mal wieder (kein Aprilscherz!!) - bis dahin ALLES LIEBE - Passt gut auf Euch auf - VIEL SPASS im Urlaub - Tschüss, ich drück Dich - Deine Marlene

Familienglück

Liebe Betti!

Ob Du es glaubst, oder nicht: Karl Theo Von und Zu war auch dabei, mit dem Auto!!!!
Am Sonntag haben wir GEMEINSAM Wonne-Fred besucht!
Nebenbei konnten wir in Hessen Urlaub machen, zusammen mit 5 fleißigen Handwerkern, die mit uns das Klo und die Küche benutzten! Aber Has, Fuchs und Reh vor dem Haus, Helen bloß 12 km entfernt, und billig obendrein!!!
Oma-Sein würde mir ganz gut gefallen, bloß die lieben Eltern machen Dauerstress, sobald das Kerlchen ein wenig blökt. Wie alle modernen Väter ist sein Papa überbesorgt. Das zehrt wieder an Helens Nerven, weil sie sich "schuldig" fühlt. Mehr als ein paar Tage hält man das nicht aus, ohne selber an allem "Schuld" zu sein. Ansonsten war`s echt nett.

Klein Fred beherrscht nur eine einzige Tonlage. Das weiß ich schon vom Telefonieren her.

Helen war immer ganz begeistert: „Horch, wie er lacht!", während ich immer gleichzeitig mitleidig fragte: „Warum weint denn der kleine Schatzi?"

Aber er besitzt eine beeindruckende Mimik und lacht wirklich hinreißend, WENN er gleichzeitig satt, trocken, ausgeschlafen und gut beschäftigt ist!

Dagegen ist der zweieinhalbjährige Enkelsohn unserer Ferienvermieterin ein echter Muffel. Er redet wie ein Buch, wenn er möchte. Ansonsten verwendet er nur ein einziges Wort.

Fragt Karl: Wie heißt du? SCHWEIGEN.

Heißt du vielleicht Hans? SCHWEIGEN.

Na, dann sag ich halt Josef zu dir! MIREGAL!

Oder ich nenn dich einfach Bruno. MIREGAL!

Vorsicht mit deinem Dreirad, pass auf mein armes Auto auf! MIREGAL!!!

Sagt die Oma: Dann gibt's heute kein Abendessen! MIREGAL!!

Na gut, Schulterzuck, Mir auch egal!

Am Montag haben sich Helen und Freddi mit uns verabredet, um acht Uhr, weil es da noch kühl ist und man auf Manfreds Fütter-/Wickel-/Schlafzeiten achten muss.

Ich seufzte heimlich, Ausschlafen nach der langen Autofahrt wäre ja ganz nett gewesen.

Na ja, MIR EGAL!

Kaum waren die Arbeiter aus dem Haus, flitzten wir in die Küche und waren pünktlich fertig. Mit dem Handy in Lauerstellung machten wir schon mal ein Spaziergänglein. Um halb zehn fragte ich vorsichtig bei Helen an.

Tja, leider leider, heute hatte Freddi-Schatz eine Terminplan-Umstellung, es könnte auch elf Uhr werden.

MIR EGAL, mit Karl Theo und seiner Ungeduld werd ich locker fertig!

Um halb zwölf endlich kamen Mutter und Kind, etwas abgekämpft, aber immerhin.

Wir fuhren zum Hotel am Turm, um gute Laune nach zu löffeln. Der hohe Holzturm lockte mit 236 Stufen.

Karl rannte zählend voraus, Helen schleppte den satten Fred, ich wankte hungrig und sturzsichernd hinterher.

Oben eine tolle Aussicht und Windstärke 4. Das gefiel jetzt dem Manfred nicht und er fing an zu brüllen. Wir besichtigten im Stechschritt den wundervollen Rundumblick und stiefelten wieder abwärts, 234 Stufen, diesmal Oma voraus, zur Absicherung.

Unten angekommen rannte ich zur Speisekarte: herrliche Auswahl, bisschen teuer, und Ruhetag am Dienstag. SO EIN GLÜCK!!! Stolzgeschwellt öffnete ich die Eingangstür für Opa, Mutter, Kind!

Denkste Puppe, innen klebte ein Zettel: HEUTE GESCHLOSSEN! Und das am Montag?

MIR EGAL!!!!!!!!!!!!!!!!!!!!!!!!!

Wir fuhren in unsere tolle Ferienwohnung, ich wärmte unsere Reste auf: Erbsenpie, dazu gemischten Salat mit Linsen und allem, sehr lecker! Leider blähen Erbsen und Linsen. Freddi weinte abends nach dem Stillen drei Stunden, sein Papi war sauer, ich fühlte mich SCHULDIG, war mir nicht egal!

Am Dienstag haben wir Marburg besichtigt, eine superschöne Stadt. Helen wollte unbedingt zum Schloss, Straßen eng, Kinderwagen breit, Windstärke sieben, Höhenunterschied 20 Prozent! Wir keuchten bis zur Hälfte, dann hatte Freddi HUNGER. Helen stillte im Park, ich sorgte für Windschutz. Karl rannte zum Schloss hoch und fotografierte.

Dann suchten wir eine Wirtschaft. Helen aß Nudeln mit Lachs, das bläht nicht!! Dafür entdeckte sie winzige Salbeiblättchen, da bleibt die Milch weg, dem armen Ober die Spucke. Jetzt musste extra neu gekocht werden. Doch MIR EGAL!!

Als Helens Essen fertig war, bekam Manfred auch Hunger, man konnte es deutlich hören. Also nix wie weg und in die nächste Kirche, Windstärke NULL, keine lauten Störgeräusche, kuschelige Sitzpolster, Stillglück pur. Opa Karl bewachte den Kinderwagen, ich leistete seelischen Beistand für Mutter, Großvater und Kind, lenkte die staunenden

Kirchenbesucher ab und sehnte mich nach einem ausgiebigen Mittags-schlaf.

Abends weinte Klein Manfred drei Stunden, weil es in der Wirt-schaft so laut gewesen war, und ich fühlte mich SCHULDIG!!

Jetzt bin ich wieder zuhause, hab Sehnsucht nach dem kleinen Wonneproppen und plane bereits den nächsten Hessentrip! Und was sagt Opa Karl dazu: MIREGAL!!

Deine noch ein wenig unfähige Marlene

Regeneration

Liebe Betti!

Von Robinsons Insel der Glückseligen endlich wieder allein mit Karl dem Fürsorglichen habe ich drei Tage fast nur noch geschlafen.

Danach tröstete ich mich mit Laura.

Wie erholsam, dass unsere kleine Enkelin schon sooooo vernünftig ist (eben ein MÄDCHEN!!). Ich genieße es, zu verstehen, was in Laura vorgeht, zumindest darf ich es mir einbilden. Echt sogar leichter als mit Helen!

Endlich spricht unsere Große, genau vier Wörter: NEEEEEEEEEEE, Lllll-aua, Oba und Mammma. Damit kommt sie gut durch und überall hin, auch, weil sie mittlerweile mühelos jede Türklinke aufkriegt, sogar schon, ohne nach oben zu hüpfen. Wohnzimmer und Küche würden zum reinsten Schlachtfeld, wenn nicht auch ich "Neee" sagen könnte!

Bussi und Drück

Deine stolze Marlene

Schon wieder!

Liebe Betti!

„ES REICHT, GEH ENDLICH!", sagte mein Karl mit müder Stimme und hängenden Schultern, als er mir den Koffer vor die Tür stellte.

Na ja, vielleicht hab ich wirklich ein paar Geschenke zu viel eingepackt, aber wenn man schon (einmal im Leben!?) WIEDER seine Familie treffen darf!

Manche Leute (Karl Theo von und zu !!!) behaupten ja, es sei ein Glück, wenn die Kinder aus dem Haus sind. Ich kann das nicht finden. Deshalb tue ich gar alles, um Tochter, Enkelkind und na ja, manchmal auch den Schwiegersohn, so oft wie irgend möglich an mein einsames Herz zu drücken.

Allerdings wäre meine erneute Oma-Reise zu guter Letzt zwar nicht ins Wasser, aber ins Klo gefallen!

Zuerst hatte es Karl so schlimm erwischt, dass er die Mitreise schlicht verweigerte.

Also hab ich mir während seiner Pflege (trotz ein gewissen Ärgers, wie man sich derart sinnlos überfressen kann, dass man davon so krank wird !!!!) ein billiges Lidl-Ticket ergattert, um mal so richtig selbstständig zu werden.

Als der Koffer fertig gepackt war, ja kein Gramm zu schwer wegen meiner schwächlichen Rückenmuskis, ereilte mich wie der Blitz von oben (oder eher UNTEN??) dasselbe Schicksal. Dabei schwöre ich, dass ich nur ZWEI Semmelknödel gegessen habe!

Mittlerweile akzeptiere ich reumütig, dass es doch ein Virus gewesen sein muss, mit Fieber und allem Drum und Dran. Ich hab pro Tag so ca. 8 Liter Flüssigkeit hinter mir gelassen und war nach drei Tagen so leicht wie schon zehn Jahre nicht mehr!! Noch heute komm ich klapprig daher und nehme Nahrungsergänzungsmittel, um nicht schon vor sieben Uhr abends einzuschlafen.

Eigentlich wäre ich in diesem Moment seeeehr gerne daheim geblieben, um mich endlich mal so richtig Karls Pflege zu überlassen.

Aber Helen wirkte am Telefon derart unglücklich, weil ich mein Kommen noch mal verschieben wollte, dass ich mich, sobald fieberfrei, in den EC gequält habe, um die Deutschlandtour mit meinen müden, geschwächten Augen so halbwegs zu genießen.

Es ging richtig in den Frühling hinein. Und Züge sind, so man denn einen Platz reserviert hat, zumindest angenehmer wie die Busse, die bei uns verkehren!

Die Fahrt nach Anderswostadt Hauptbahnhof habe ich als echten Horrortrip gespeichert, weil der Busfahrer bei jedem Stopp eine Vollbremsung hinlegte. Er ahnte schließlich nicht, dass ich, direkt hinter ihm sitzend, bei jeder Ampel, Straßeneinmündung oder Haltestelle eine echte Gefahr für ihn und seinen sauberen Hemdkragen darstellte!!

Na, jedenfalls kam ich irgendwann, nach ca. SIEBEN Stunden völlig erschöpft in Gelobtland an, wo mich Helen mit einem leicht müden, aber entspannten Freddilein erwartete.

Erst als er merkte, dass ich, seine schon längst wieder vergessene Oma, mit in SEIN Auto einsteigen wollte, begann er ohrenbetäubend zu brüllen und verweigerte den Kindersitz. Ich musste wieder raus, mich zehn Meter weit entfernt unsichtbar machen, ZEHN Minuten warten, bis Helen ihn, völlig durchgefroren, vom SINN eines gesitteten Platznehmens überzeugt hatte, um mich rücklinks wieder anzuschleichen und mich in den Vordersitz zu ducken. Aber mit der Zeit, so nach DREI Stunden, oder doch Tagen????, hat sich Fred an mich gewöhnt.

Am meisten mag er mich aus einem Meter Abstand. Dann spielt er mit mir Wettschmatzen.

Er: schmatz schmatz - dann ich: schmatz schmatz.

Er wechselt Schnelligkeit und Anzahl, da muss ich höllisch aufpassen und mitzählen!

Beim Babyschwimmen durfte ich Euer Gnaden sogar halten und umziehen, weil Helen einfach nicht genug Hände hatte, um ihren nassen Badeanzug loszuwerden.

So ein GLÜCK!!!

Schlussendlich: Es war seeeehr schön und seeeehr anstrengend.

Dreimal pro Tag kam ein Telefonanruf des Kindesvaters, ob alles in Ordnung sei??? Kratzer??? Schrammen??? BLAUE Flecken???????
Ich fühlte mich ein wenig überwacht. Helen findet das ganz normal!!

Herzlich Deine Oma
Oh Pardon, es muss ja heißen, Deine Marlene!

Sprachwunder

Liebe Betti!
Zuerst muss ich mich ganz herzlich für Dein sandiges Windelmail bedanken! Künftig werde ich die Werbung für Italienurlaube immer mit einem leisen Schmunzeln lesen. Bei uns gibt es so viel Sand höchstens mal in Lauras Sandkasten.
Apropos Laura. Zur Ehrenrettung meiner kleinen Enkelin muss ich Dir gestehen, dass ich mich mit ihrem Wortschatz verzählt habe. Sie kann ja bereits SECHS Wörter. Das befähigt sie nicht bloß zu einem kleinen Essstreik, sie kann sogar locker ein sprachlich einwandfreies Tischgespräch bestreiten:
"Neeeeeee Mammmmma, L-aua Guke, Obbba dake."
Jetzt rate mal schön, was Lauras Lieblingsgemüsesorte ist!

Deine zufriedene Marlene

Liebe Betti!

Helens Familie zeigte sich „entgegenkommend" und wir durften unsere Schätze im schönen Allgäu treffen.

Diese gemeinsame Babywoche ist viel zu schnell vergangen, zumindest für mich.

Karl war manchmal etwas erschöpft vom Laminatschneiden (eine tolle und SINNVOLLE Freizeitbeschäftigung!), noch mehr aber vom vielen Warten: Ob Freddi gerade schlief oder verdaute, ob seine gestressten Eltern gerade schliefen oder sonst was machten, ob wir nun lieber anklopfen und babysitten sollten oder lieber Abstand halten? Ja ja, man konnte viel falsch machen.

Beispiel: Klein Manfred fährt die strammen Beinchen aus.

Die stolze Oma jubelt: Uiiiiiiiiii, der stellt sich ja schon hin.

Vater Leo kommentiert erschrocken: Das darf er nicht, unter keinen Umständen. Sonst kriegt er krumme Hüften!

Die Oma schuldbewusst und zerknirscht, fleht den kleinen Racker an, sich hinzusetzen.

Manfred bäumt sich auf!!!

Vater blickt besorgt. Oma versucht, den kleinen Buben in der Mitte abzuknicken, geht nicht.

Vater räuspert sich. Oma kämpft. Fred brüllt!!!!!

SUPI!! Jetzt ärgert sich Mama Helen auch und knöpft die Bluse auf. Ende der Erholung! Das nennt man also STILL-Zeit!

Am nettesten war das erste Kusinen-Treffen mit Laura. Wir wollten der gesamten Mannschaft was gönnen und haben zum Mittagessen eingeladen. Mir schwebte ein gemütliches Restaurant vor mit Parkplatz vor der Türe. Karl Theo Von und Zu bevorzugte wie immer das Buffet in Füssen, kleiner Fußmarsch, ein Klacks mit zwei Kleinkindern, das fand Leo auch.

Jana war`s egal, Helen und ich wurden nicht gefragt.

Als kleine Zugabe goss es bereits in Strömen, als wir zu unseren Autos pilgerten. Karl und Leo fuhren voraus. Leo wählte Marathon erprobt den am weitesten entfernten Parkplatz, weil der nichts kostete. Stolz schnallte er sich den kleinen Fred um die breite Brust und stiefelte mit Opa Karl voraus, Handballer-Helen gleich hinterdrein.

Dann kam lange nichts.

Jana hatte den Kinderwagen zu Hause gelassen. Die große Laura läuft SELBER!! AHA!

Jana schleppt einen RIESEN roten Korb mit.

Wieso denn das? Ist der nicht zu schwer?

Nöööööö, da ist bloß alles drin, was man so braucht. AHA!

Weil Jana keine Hand mehr frei hat, halte ich den Schirm über Mutter, Kind und Korb. Auf meine rechte Schulter tropft es gewaltig, aber kleine Opfer müssen gebracht werden.

Laura versucht, ihren geliebten Baby-Fred einzuholen. Mama Jana hat zu wenig Hände frei, um die süße Maus zu bändigen und PLATSCH liegt das frisch gestylte Kind in Füssens größter Pfütze.

„Kein Problem", grinst Mama Jana. „Im Korb ist alles, was wir brauchen!"

Wir werden so einiges brauchen, denn Laura ist pitschnass und wird ab jetzt übers Wasser getragen. Mir als Oma bleibt der Schirm und natürlich der rote Korb. Pech, dass ich ihn fast nicht vom Boden kriege.

Beim Buffet ist es heute, zum ersten Mal seit sieben Jahren, knalle voll und wir raufen um einen Tisch, der für uns alle ausreicht.

Leo ist mittlerweile genervt und ärgert sich über die Preise. Er hat die Speisekarte gelesen und nicht gecheckt, dass das Buffet selber BILLIG ist, außerdem zahle ja ich, aber hier geht es ums Prinzip!!

Freddi ist sauer, weil er Hunger hat, oder Durst, oder kalte Füße.

Jana ist glücklich, weil sie eine komplette Zweitausstattung mitgenommen hat, von Windel bis Jeanshose, kein Wunder, dass der Korb so schwer ist!!

Laura ist neugierig, was es alles zu essen gibt und will sich nicht anziehen lassen.

Oma unterdrückt ihre Bandscheibenschmerzen und ihre geheime Wut!

Aber Opa Karl ist zufrieden, häuft sich seinen Supersonderbillig-Teller bis zum Anschlag, wünscht guten Appetit und verzehrt den ganzen Haufen mit Genuss, während gerade die Welt untergeht.

Deine verstummte Marlene

Der stolze Opa

Liebe Betti!

Karl liebt seine (meine) Enkelkinder mittlerweile immer mehr und wir entdecken in jedem fremden Kleinkind eine Laura oder einen Freddi. Letzthin beobachteten wir beim Einkaufen eine junge Mutti mit schluchzendem Baby.

Ich flüsterte Karl leise zu: „Kuck mal, Freddi! Hunger, Durst, zu laut, zu heiß, zu kalt, Angst, langweilig..."

Da krähte Karl in vollster Lautstärke, sodass sich alle Köpfe mitfühlend nach uns umdrehten: „BLÄHUNG, BLÄHUNG!!!"

Nun wo Helen plant, mit ihrem ECHTEN Kleinen im Allgäu zum zweiten Male Station zu machen, ist Karl allerdings etwas betrübt, dass er keinen weiteren Laminatboden zu verlegen hat, während ich Oma spielen werde. Wenigstens besitzt er bereits zwei Paar neue Ohrenstöpsel und hortet jetzt Videofilme im Vorrat gegen drohende Langeweile! Aber so ganz heimlich hat er bereits unsere Ferienwohnung kindersicher gemacht.

Dieser Sinneswandel kommt zunächst gleich mal unserer kleinen Laura zugute.

Am Nachmittag erklärt Karl ihr mit Engelsgeduld, wie man Aufzug fährt und sie vergöttert ihn. Abends darf ich ihr Anorak und Schuhe anziehen, dann packt sie ihren Opa an der Hand.

„Tomm, Opa!" Danach packt sie mich „Tomm, Oma!"

Ich schlage freundlich vor, doch noch auf ihre Mama zu warten. Da hebt sie stolz das Haupt, sagt „Tschüss, Oma!", winkt mir zu und schreitet mit Opa Karl von dannen.

Deine verdatterte Marlene

Fromme Erwartung

Liebe Betti!

Vor lauter Vorfreude vergingen die letzten Wochen wie im Flug. Ich verbrachte viel Zeit in der Kirche und dankte Gott im Nachhinein, dass er mich zur Großmutter gemacht hat und im Vorhinein, dass ich diese wundervolle Aufgabe endlich einmal, irgendwann, IN ACHT WO-CHEN??!!, werde leibhaftig ausüben dürfen. Das setzt wahrlich Glückshormone frei!

Als ich von der Messe nach Hause kam, erfuhr ich am Telefon: Es wird keinen Besuch geben, und das, obwohl ich in der Kirche war!!??!!

Keine Helen, kein Freddischatz! Die Familie hat kurzfristig umgeplant.

Karl teilte mir trocken mit, PLANEN könne er auch, und er sei reif für einen Urlaub.

Er vielleicht, ich NICHT!!

(Oder etwa doch?)

Deine leicht enttäuschte Marlene

Liebe Betti!

Wer braucht schon PAUSENLOS Klein-Fred? Schließlich haben wir noch andere Enkel!!
Peter hat uns am Sonntag besucht, MIT Moni und den Jungs. Es geschehen noch Zeichen und ECHTE Wunder.
Karl war ganz platt, dass Chris noch seinen Namen wusste und ihn zum Kartenspielen einlud.
Und dass unsere Ferieneinladung angenommen wurde, hat sogar Peter unglaublich gefunden.
Folgendes hatte ich ihm gemailt:
„Vorschlag für die Allerheiligenferien (könnte ich Euch zu Weihnachten schenken): Bayer. Wald, Unterkunft im Hotel mit Halbpension, Küche, toll für Kinder, Schwimmbad etc... Falls Ihr in dieser Ferienwoche drei Nächte Zeit habt, legen Karl und ich unseren eigenen Aufenthalt so, dass wir uns (nur ganz MANCHMAL) z. B. beim Abendessen sehen, oder beim Schwimmen, usw. ..."
Peters begeisterte Rückantwort:
„Jaaaaaa, Moni ist einverstanden!"
Also buchte ich freudestrahlend das „Weihnachts"-Geschenk. Am nächsten Tag besprachen wir telefonisch das Nötigste. Peter meinte so ganz nebenher:
„Ich hab übrigens der Moni gesagt, es ist ein Gutschein von Karl, der verfällt sonst und er muss ihn wegschmeißen."
??
Der Superheld!!! Jetzt erwarten die Vier wohl noch ein „richtiges" Weihnachtsgeschenk mit sämtlichen Moneten. Sei's drum, das ist ja erst NACH dem 21.12. (Du weißt schon, Weltuntergang!) wer weiß, ob es da überhaupt noch irgendwo GELD gibt!

Aber das Tollste: Ehe die Vier am Sonntag wieder nach Hause fuhren, fragte mich Peter heimlich:
„Was hat denn die Moni dazu gesagt, dass ihr beiden an Allerheiligen auch in dem Hotel dabei seid." ???????????????????????????
Da bin ich mir jetzt gar nicht sicher, ob ich ihr das gesagt habe, ich dachte ja, SIE WÜSSTE ES UND FREUT SICH!!!!
Tja, liebe Betti, wie heißt nun gleich wieder der Engel der Familienzusammenführung? Ich hoffe, er meldet sich bei mir rechtzeitig vor Ferienbeginn.

Deine skeptische Marlene

Große Abwechslung

Liebe Betti!

Die VOR-Freude war eindeutig das Beste am Bayerischen Wald. Als wir ankamen, erwartete uns die dickste Nebelsuppe aller Zeiten. Wir fuhren streckterlängs in die Wolke des Engels Aloisius. Noch ehe wir Halleluja schreien konnten, weil das Zimmer schon mittags für uns bereit stand, die Betten bereits frisch überzogen für unser wohlverdientes Mittagsschläflein, bekam Karl (mit einer Woche Verspätung nach einer Darmuntersuchung) eine mittelstarke Darmblutung. Da mussten wir mit Suchscheinwerfer ins nächste Krankenhaus.
Ich hatte schrecklich Schiss vor der Heimfahrt und bat alle Engel, die mit A anfangen, sämtliche Löcher und Schleusen wieder zu schließen. Und siehe da, nach drei Stunden bekam ich meinen Karl, meinen über alles geliebten und geschätzten AUTOFAHRER wieder mit nach Hotelhause, ins Nebelloch auf 1054 m Höhe.
Dass bis 800 Meter manchmal die Sonne scheint, merkten wir erst am dritten Tag, aber immerhin. Allerdings glitzerte da die Sonne auf den frisch gefallenen Neuschnee, und wir schlitterten, dafür bei guter

Sicht, die eisige Bergstraße hinunter. Nur der Rückweg war ein bisschen mühsam, schon praktisch, dass unser Auto mehrere Gänge zur Auswahl hatte und Karl noch keinen steifen Hals! Wir hatten genügend Zeit, für Peter mit Familie alles aufs Beste zu arrangieren und erprobten die verschiedenen Tischtennisplatten. Ich ließ todesmutig die Riesenrutsche heiß laufen, obwohl ich um mein Leben und um meine Bandscheibe bangte. Karl zwang den freundlichen Portier, die für Peters Familie geplanten Zimmer AUGENBLICK-LICH aus dem Eiskeller in den ersten Stock zu verlegen, schließlich hätten WIR (aha?? Ich dachte ICH?) ein hübsches Sümmlein für unsere Gäste hingelegt und wollten nicht, dass die armen Schlucker nun neben dem Müllschlucker untergebracht werden. Er beging sogar den Fehler, ZEHN Euro Bestechungsgeld zu zahlen, was er schon bald bitterlich bereute!!!

Unsere liebe Familie kam fristgemäß und meldete sich gegen halb zwei per SMS auf unserem Handy. Ich konnte vor Aufregung nicht mal mein Mittagsschläflein genießen und wir zwei technischen Dödel irrten durchs Hotel:

„ÄH, könnten Sie vielleicht für uns diese SMS aufmachen?"

Endlich konnte einer. Da stand aber nur:

„Wir sind angekommen und schauen uns mal um"?????

Jetzt waren wir so schlau wie vorher. Um halb sechs hielten wir es vor Spannung und ich vor Hunger nicht mehr aus. Karl klopfte todesmutig an der Nicht-neben-dem Müllschlucker-Türe, Peter öffnete und die beiden Jungs rannten strahlend auf Karl zu. Während Chrissi uns fest umarmte, rannte Bernd, wie üblich der Bote aller guten und schlechten Nachrichten, grinsend zu Türe Nr. 2, um seine Mama in Kenntnis zu setzen.

Wir warteten zehn Minuten, in denen ich den zeitumstellungsbedingten Hungertod zu sterben drohte. Nichts tat sich!!!! Dann ENTSCHIED Peter, wir würden JETZT gemeinsam zum Abendessen gehen, ich könne mich schon mal fertigmachen. Ach ja?? FERTIG war ich doch schon!!

Nach drei Minuten kam mein Sohn mit traurig herabhängenden Schultern. Monika, sprich seine Familie gehe heute überhaupt nicht zum Essen. Begründung: WEIL IHR (= das sind wir zwei Schlimmen!!) AUCH DA SEID! ????????????????

Na ja, keine Sorge, Karl und mir hat es auch alleine geschmeckt. Nachts zog ich Bilanz, konnte aber keine Schuld an mir finden. Schließlich hatte Moni weder meine bös aus der Form geratenen Haare sehen können noch meine vielleicht zu unkomplizierte? oder zu elegante? oder zu altmodische? Kleidung. Denn sie hatte mich doch GAR NICHT gesehen! Jetzt war ich froh, dass ich nicht extra für sie zum Friseur gerannt war!

Karl aber machte sich Vorwürfe: Wegen der zehn Euro. Jetzt hätte er die Vier ohne mit der Wimper zu zucken UNTER dem Müllschlucker schlafen lassen. Und ENTERBT wurde auch gleich!! Zum Glück hat in dieser Nacht der Notar schon geschlafen.

Am nächsten Tag klingelte Punkt halb sechs Uhr abends das Telefon und Peter lud uns fröhlich zum gemeinsamen Abendessen ein. Ich sagte schnell JAAAAA, reichte Moni zur Begrüßung die Hand, sie mir auch, wir plauderten so locker, wie schon lange nicht mehr und ich glaube manchmal, ich hätte das Ganze bloß geträumt.

Allerdings, außer zweimal Abendessen und einmal Abschiedshändeschütteln war nichts. Als Karl dem Chris liebe Grüße an die Großmutter zu Hause auftrug, fragte der etwas verwirrt: VON WEM ????

Mal sehen, vielleicht sollte ich schon mal den nächsten gemeinsamen Urlaub buchen?? Aber Karl schüttelt bereits den Kopf, obwohl sein Hals noch ein wenig steif ist und sagt:

„Neeee, mir langt` s."

MIREGAL, aber es könnte sich ja noch ändern. Falls wir auf Knien ANGEFLEHT WERDEN ……

Deine insgeheim zuversichtliche Marlene

Liebe Betti!

Gestern Abend pflegte ich auf der Couch meine im Bayerischen Wald geschlagenen seelischen Wunden derart, dass die Taschentücher knapp wurden. Derweil griff mein Karl VON immer wieder ZUR Weinflasche, dass mir selber davon ganz schwummrig wurde.

Um halb acht klingelte das Telefon. Ich putzte schnell die verheulte Nase, damit ich nicht allzu verschnupft klang. Und Du glaubst es nicht, es war MONI!

Also, ääääh, das mit dem Urlaub, das sei ja so was von toll gewesen. Und die Jungs schwärmen schon den ganzen Tag, weil mit Oma und OPA (!!gell, Opa Karl!!) …. Und da sei ihr die Idee gekommen, dass, ääääääh, gegebenenfalls und eventuell, falls es nicht zuuu unverschämt sei, die liebe Oma (Betti, die hat tatsächlich MICH gemeint!) in der ersten Dezemberwoche auf die Buben aufpassen könnte, weil sie da nämlich Probe arbeiten darf. Und jetzt, wo die Kerle doch schon groß und VERNÜNFTIG sind (dass ich nicht lache!), wäre es doch sicher nicht mehr so schwierig, und da ich ja eine so fähige … blablabla und Karl-Theo auch …. plapperplapper. Kurz und gut, wir sollten es uns einfach mal durch den Kopf gehen lassen.

Ich fiel rücklings auf das Sofa und griff wie in Trance zur Weinflasche, aber die hatte mein durstiger Gefährte bereits geleert. Er erbot sich eifrig, eine neue zu entkorken, aber das ging mir dann echt zu weit. Schließlich brauchten wir einen klaren Kopf, um RICHTIG zu entscheiden.

Karl Theo plädierte dafür, ich hätte wegen der lausigen Sippe schon genug geheult und erklärte mich mit (nur ganz leicht) lallender Stimme zu seiner Wein-Königin. Er schlug einen adventlichen Abstecher an die Mosel vor, wo er gleich mal die diversen Rebsorten durchprobieren könne, sozusagen rechtzeitig vor dem Sankt-Nikolaus-Tag. Das große Kind glaubt wohl noch an den Weihnachtsmann!

Ich hingegen entschied mich dafür, wenigstens eine Nacht lang davon zu TRÄUMEN, ich könne unter Monis gütigen Augen eine perfekte Großmutter sein.

Wir einigten uns dahin gehend, dass Karl noch ein Gläslein Wein bekäme und ich hinterher in seinen Armen schlummern würde.

Keine Bange, es wurde eine ruhige Nacht, nachdem ich die Ohrstöpsel gefunden hatte. Im Raum steht immer noch Karls Todschlagargument, der Amtsarzt könnte eine ZU AKTIVE Großmutter als diensttauglich einstufen.

Mal sehen, vielleicht kann ich meine zwei Rabauken ja HEIMLICH hüten und fahre erst hinterher mit Karl an die Mosel. Bringt den ollen Wein eben IRGENDWANN das Christkind!

Deine selige Marlene

Kommandeuse

Liebe Betti!

Mit Laura wird es inzwischen immer einfacher. Sie wird ab September in den Kindergarten gehen. Dass sie gereifter ist, zeigt sich an der Sprache.

Endlich sagt sie:

„Das sind Laulas MEINE Stifte", auch ein richtiges ICH kommt ihr manchmal über die Lippen.

Mich hat sie am Weissensee erstmals "fotofiert".

Sie schnappte sich Mamas Apparat, stellte sich auffordernd vor mich in Position und herrschte mich mit scharfer Stimme an:

„KUCK MICH AN OMA MADEEENE !!!"

Ein Glück für mich, dass sie dabei jedes Mal ihren eigenen Zeigefinger fotografiert!

Ihren armen Allgäu-Opa kommandierte sie erbarmungslos, damit er ihr über die glühenden Dachterrassenfliesen hinterher rannte, während der Rest der Familie Siesta hielt:

„Opa Laus, AUF GEHT`S!!!"

Deine endlich mal stolze Marlene

Vorfreude

Liebe Betti!

Im April wird Helen mit Freddi zehn Tage bei uns wohnen.
WAS, SCHON WIEDER????, ächzt Karl Theo.
Er streikt schon mal vorbeugend und will sein EIGENES LEBEN führen, während ich die Wohnung bereits kindgerecht absichere und Hochstuhl, Laufstall etc. aufzutreiben versuche.
Tatsache: ICH FREUE MICH!!!
Was wäre ich OHNE ENKEL??!!?? Wer braucht da noch wirklich Freizeit?

Deine Marlene (von der Saline zur Pauline)

Ostereier

Liebe Betti!

Dieses Mail ist für DICH und mich ein nachträgliches Osterei, denn ich sitze stolz vor meinem neuem Laptop. Der alte liegt etwas beleidigt zu meinen Füßen, schließlich ist er noch nicht völlig kaputt, sondern er schwächelt nur, somit ist er mir ja nicht mal unähnlich.

Helen hat mich während ihres Besuches überzeugt, sie könne alles ganz schnell, mühelos und GERNE neu für mich einrichten. Dank der Tücken unserer geliebten Telekomfirma ist dies zwar nicht gelungen, weil die alten Verbindungen auf ALTE Kaliber geeicht waren und ich jetzt doch (schon wieder !!!) den Fachmann brauchte: natürlich ein 2-Meter-Typ, schon ganz krumm gebogen vom vielen Computersitzen und erst vor ca. drei Monaten dem Kindergarten entwichen. Tja, DIE KÖNNEN DAS!!!

So allmählich reicht´s mir mit der neuen technisierten Welt. Manchmal fühl ich mich wie mein seliger Vater Lorenz, den ich heimlich bespöttelt habe, wenn er unsere Neuerungen nicht TOLL fand!

Aber auch ohne neuen Computer würde ich mich heute noch etwas UNFRISCH fühlen, weil Freddilein ein ganz schöner Gefühlsvampir sein kann.

ODER BIN ICH EINFACH ZU UNGEÜBT im Umgang mit Frustrationen?? Mal ehrlich, mein einziges Glück war, dass Du kurz vorher in Lourdes für mich gebetet hast!!

Als ich die Blumentöpfe hochstellte, drohte mir Karl verbissen an: „Ich stell mein Leben nicht um!!!"

Ich murmelte begütigend: „Nein nein, ja ja, aber die Blumentöpfe schon!"

Bereits da wusste ich, dass ich die kommenden Wochen lang auf dem schmalen Spalt zwischen den berüchtigten ZWEI Stühlen sitzen würde.

Das Leben mit Kleinkind ist halt SEHR gewöhnungsbedürftig und ich habe Dich mehrmals (pro Minute!!) um Deine großmütterlichen Fähigkeiten beneidet.

Manchmal hätte es schon genügt, ich wäre wenigstens eine perfekte MUTTER gewesen. Vielleicht ist Helen zu ausgelaugt, um mit meinen kümmerlichen Zuwendungen vorlieb zu nehmen.

Den ersten Tag hat sie noch genossen, bekocht, bespült und beputzt zu werden. Am zweiten Tag jedoch fiel ich gleich 65 Minuten aus, weil ich mich (sehr überfällig!!) zur Massage weggeschlichen hatte. Danach war ich auch noch HEIMLICH beim Einkaufen, um mir nicht von

Klein-Freddi helfen lassen zu müssen. Da schien mir meine Tochter schon sehr gekränkt. Am dritten Tag durften die zwei lieben Plagen mit ins Computergeschäft, quasi als Entschädigung! Fred ist ein echter Technikfan und ließ sich mit drei Handys und ein paar (nur scheinbar nutzlosen) herumliegenden Kabeln gut beschäftigen. Dafür war er hinterher empört über die Zumutung, im Kinderwagen Platz zu nehmen.

Helen als verständnisvolle Mutter gab ihm recht, (allerdings zähneknirschend, weil es regnete!). Sie erlaubte ihm, strumpfsockig durch den nassen Kies zu tappeln, bis endlich die erste Bäckerei in Sicht kam. Hier wurde rasch eine Bestechungsbreze erworben. Das genügte, um Fred im Wagen zu platzieren. Er biss kräftig zu, warf dann das edle Gebäck auf den Boden und strebte nachhaltig Laut gebend hinterher.

Diagnose: „Mit einer Rosinensemmel wäre das nicht passiert. Aber in diesem rückständigen Dorf ..."

Du ahnst es bereits, wir brauchten 75 Minuten für den Weg zur Gärtnerei, wo wir mit Karl verabredet waren. Sein Auto wartete schon, er blickte nur leicht säuerlich, weil er wusste, dass wir ZU FUSS nach Hause noch länger gebraucht hätten; er hatte ja AUCH mal Hunger!!

Die Mahlzeiten mit Fred schienen mir oft das Beste im Tagesablauf, immerhin war es zeitlich absehbar, DASS der kleine Bengel würde essen wollen, so CIRCA zwischen elf und halb zwei Uhr. Wenn er lautstark sein Vormittagsschläfchen beendet hatte, hörte man sein fröhlich erwartungsvolles "Mam, mam, mam " schon auf der Treppe. Meist ließ er sich vom gefüllten Teller in den Hochstuhl locken, manchmal auch nicht, was seinen Opa vom Essen ablenkte, aber nur ein bisschen!

Während der Mahlzeiten konnte uns Manfred Prophet Elias seine umfassenden Sprachkenntnisse präsentieren und predigte für seine ungläubig staunenden Zuhörer.

BA BAAAA bedeutete: Kuckt mal, was ich sehe (einen Vogel, eine Wolke, die Wurst auf Opas Teller).

BAAAAAAAAAAAAAA dagegen hieß: Ich will ALLES, das GANZE Brot, den VOLLEN Teller, das GRÖSSTE Stück!!!!

Sehr gelehrig zeigte er sich, als er sich sein erstes Osterei erfolgreich durch ein lautstarkes BAAAAA!!! erkämpft hatte. Er zerbröselte den Außenmantel, zeigte mir triumphierend das gelbe Innere und ich lobte ihn freundlich:

„Das ist ein Ei, so ein feines gutes Ei!!"

Er strahlte übers ganze Gesicht, hob die Hand und strich sich sanft mit dem Eierwrack über Haar und Wange.

„Pfui, Freeeed, schweine hier nicht herum!", brüllten Mama Helen und Papa Leo aus voller Kehle, während ICH, die liebe einfühlsame Oma gleichzeitig lobte:

„Gell, Freddi, du machst dir ei, ei!!"

Er fühlte sich von mir sofort verstanden!! Aus sprachwissenschaftlichen Erwägungen würde ich allerdings empfehlen, den kleinen Kindern das Wange - Streicheln lieber mit „eia, eia" einzuprägen. Denn von nun an berührte Freddi beim Essen jedes Mal liebevoll sein Gesicht und strahlte mich stolz dabei an:

Ei Ei mit dem Butterbrot, Ei Ei mit der Salamischeibe, eine wahrhaft GLÄNZENDE Idee!

Um unserem Besuch noch einen besonderen Höhepunkt zu gönnen, sind wir nach Rain am Lech gefahren, wo wir die prächtige Dehner-Blumenschau bewundern wollten. Fred ließ sich mit nur wenig Gewaltaufwand in den Kindersitz pressen, seinen Sportwagen allerdings verweigerte er, sodass wir nur langsam vorankamen, genaugenommen nur bis zum ersten Kieshaufen.

Der clevere Knabe begann begeistert Steinchen einzusammeln und füllte all die herrlichen aufgeblühten Tulpen mit Kieseln.

Aber Helen war begeistert, da sie normalerweise außer Windeln und Babybrei wenig zu sehen bekommt.

Ab heute hat Karl Theo „von, zu und wohin noch" wieder seine gewohnte Ruhe und eine entspannte Frau an seiner Seite.

Ehrlich gesagt, mein kleiner Enkel fehlt mir sehr, aber da seine beiden Eltern doch recht anstrengend sind, habe ich sie dieses eine Mal doch wieder von dannen ziehen lassen.

Wer weiß, ob ich vor lauter Langeweile nun samt kaputter Bandscheibe doch wieder in die Schule gehen möchte, um bei fremden Kindern das Grenzen-Setzen einzuüben. Bei den eigenen ist es nicht so leicht!!

Aber Du darfst sicher sein, dass ich DICH ab sofort UNGLAUBLICH bewundere, wie Du Deinen Omajob hinkriegst!

Deine leicht erschöpfte Marlene

Erstkommunion

Liebe Betti!

Gestern haben wir mit Chrissi Erstkommunion gefeiert.

Er ertrank in einer Flut von Geschenken, und als er, links das I-Phone, rechts das nagelneue Handy, meine kleine altmodische Schatzkiste öffnete, mit Glasmurmeln, Kompass und Holzikone zum Aufstellen, fragte er mich verblüfft vor allen Leuten:

„Du, was soll ich denn damit????"

Tja, mein Schatz, das wusste ich ehrlich gesagt jetzt selber nicht mehr so genau. Aber er liebt mich trotzdem, das hat er bei seiner Mama im Kommunionunterricht gelernt. SO EIN GLÜCK!

Was glaubst Du? Bin ich etwa schon zu ALT, um eine brauchbare Oma zu sein?????

Deine leicht irritierte Marlene

Liebe Betti!

Ob Du es glaubst, oder nicht, wir haben uns BEIDE breitschlagen lassen.

Heute Morgen, nach der ersten Nacht auf einem brettharten Kopfkissen und einer Matratze, die ebenfalls von der ganz zähen Sorte ist, und weitab von jeglichem Medizinrad, leide ich schon ein bisschen. Zumal neben mir ein ebenfalls gerädeter Mann liegt, der sich wundert, wieso er in Hessen aufwachen muss, bloß um eine nicht direkt mit ihm verwandte leicht krätzige Nicht-Tochter zu besuchen. Aber vielleicht belohnt mich ja der kleine Fred heute mit einem zaghaften Lächeln???

Der Spatz ist mittlerweile fast 18 Monate und wirklich SEEEEHR schüchtern. Man merkt regelrecht, wie er sich ein Grinsen verbeißt, wenn ihm mal etwas gefällt.

Gestern beim Kinderturnen brauchte er fast 35 Minuten, bis er endlich anfing, eine Matratzentreppe rauf und runter zu rennen, aber wehe es kam ein fremdes Kind auf seinen einjährigen Beinchen angestolpert, schon nahm er reiß aus.

Zum Glück sind die Dreijährigen so impulsiv, dass sie einfach so mal einen kleinen Freddi umrennen. Ich bedankte mich bei der besorgten Mutter strahlend für den gelungenen Körperkontakt, und auch Klein Fred war fast angetan, was das Leben so alles zu bieten hat!!!

Bei unserer gemeinsamen Schlosswanderung wollte das Jungchen lieber im Wagen gefahren werden, sodass Opa und Mama keuchend turmhohe Stufen zu überwinden hatten, obwohl Manfred normalerweise ein begnadeter Treppensteiger ist.

Kaum am versteckten, völlig eingewachsenen Bächlein angekommen, wollte der Bub aus der Karre aussteigen. Wir seufzten vor Erleichterung. AUF GEHT´S!

203

Und tatsächlich, er sprintete munter los, Richtung Uferböschung. Bei zwölf Grad AUSSEN- und ca. 16 Grad WASSER-Temperatur konnten drei vernunftbegabte Erwachsene das Kind leider(???) nicht in sein Unglück rennen lassen.

Also wurde er (wohlgemerkt mit SAMTHANDSCHUHEN) daran gehindert -nicht gepackt!- den Bach zu betreten. Da begann der liebe Kleine karnickelwild zu strampeln und wie ein brünstiger Ochse loszubrüllen, Kopf und Rücken nach hinten durchgebogen, wie er es seit seinem fünften Lebensmonat eintrainiert hat!

Obwohl wir das schlimme Bächlein schnell hinter uns ließen und den Widerspenstigen im lustigen Eichen- und Fichtenwald zu zähmen versuchten, brüllte Fred eine geschlagene halbe Stunde und versuchte hartnäckig, in die RICHTIGE Richtung zurückzulaufen.

Er verweigerte sich jegliches aufkommende Lächeln, wenn Opa Karl der Oma Marlene eine riesige Blattmütze verpasste. Ja er verzichtete sogar auf ein überdimensionales Stöckchen, das man ihm unter anderen Bedingungen niemals erlaubt hätte. Danach verschmähte er den dargereichten Keks und wurde schließlich von sechs Menschenarmen übermannt in seinen Buggy gepresst, wo er noch fünf Minuten schrie.

Danach verschlief er die Heimfahrt, um erfrischt und entspannt aufzuwachen, sodass mir klar wurde: Nicht bloß Helen, auch Fred leidet unter monatelangem Schlafentzug. Schade, dass es in Hessen so wenige Bäche gibt und Mütter meistens alleine auf ihre Kinder aufpassen müssen!

Wahrscheinlich deshalb haben sich Helen und Leo entschieden, in einem Jahr an den Jadebusen zu ziehen. An der Nordsee gibt es nämlich superbillige Einödhöfe mit 18.000 m² Grund, ZEHN Zimmern, die zwar ohne Zentralheizung, aber mit hauseigener Kläranlage ausgestattet sind und bloß müde 200 Jahre alt! Echt solide Bauweise, nicht kaputt zu kriegen, sozusagen ein goldenes Schnäppchen!
Was meinst Du? Soll ich dieses Projekt unterstützen?

Ich muss schließlich an meine Zukunft denken: Was die vielen Briefmarken und Päckchen kosten werden, und erst die BAHNKARTE alle drei Jahre!!!

Betti, wie gut, dass wenigstens wir beide so billig miteinander mailen können! Ich nehme mal an, dass Dich Dein Urlaub auch so einiges gekostet hat, besonders NERVEN?? Aber Du als alter Profi hast einen solchen Erfahrungsschatz gesammelt, dass Du sogar vier Wochen ohne Kalium Phosphoricum (mein bevorzugtes Schüßlersalz, das absolute Muss bei den anstrengenden Helen - Besuchen!) durchstehen kannst. Ich hoffe, Du hattest nach all den Enkeln noch VIEL Zeit, das Zusammensein mit Deinem Gatten zu genießen!

Und nun Herzlich Willkommen im Alltag! Mir haben vier TAGE bei Helen ausgereicht, um wieder gerne Marmelade zu kochen!

Deine ausgepowerte Marlene

Gruß der Berge

Liebe Betti!

Ich kann bloß hoffen, dass bis zu unserem nächsten Familienstelldichein meine Blasen verheilt und alle Berge dicht verschneit sind, damit uns die Familie Obermeier nicht wieder etwas GROSSARTIGES bietet!

Am gemeinsamen Wochenende durften wir nämlich samt Schwiegereltern auf die Sanderhöh. Es war klar, dass aus purer Dankbarkeit, mitzudürfen, wir vier „Alten" die gemeingefährlichen Gondel- und Hütten-Einkehr-Preise übernehmen würden. Nicht zu vergessen die üppigen Eisportionen für Klein-Freddi und seine Tante Kerstin aus dem flachen Land. Diese schleckte zwar genüsslich ihren Vierfachschlecker

MIT Sahne, motzte aber tüchtig, weil sie mit ihren 13 Jahren doch lieber fünf Schulstunden abgesessen hätte, anstatt die ungewohnten Berge hoch zu hecheln.

Helen hatte mir GARANTIERT, der Ausflug dauere DREI Stunden, und was Manfred im Kinderwagen schaffe ...

Ich Esel hab ihr natürlich geglaubt!

Um die Sache abzuschließen: Falls Du gutes Schuhwerk hast, Deine Enkelchen über fünf bergerprobte Träger mit Muskeln, bescheidenem Appetit und großem Geldbeutel verfügen und Du SIEBEN Stunden lang eine zeitweise herrliche Aussicht genießen möchtest, EMPFEHLE ich diese Tour Dir und Deiner Großfamilie von ganzem Herzen! Anzuraten wären genügend Sonnencreme, Notfalltropfen gegen Hitzschlag und ein GUMMIHAMMER (falls Irrsinnige dabei sind, die meinen, noch einen dreiviertelstündigen Abstecher an den EINZIGEN Bergsee des gesamten Allgäus machen zu müssen). Man kommt sich hier NAHE!!!

Zum Abschied unserer Stresstage wurde ich von meinem kleinen süßen Freddikind nach halbstündigem Wutanfall, weil er nicht im Hallenbad schwimmen wollte, Helen aber schon, AUF DIE WANGE GEKÜSST!! Er muss so beeindruckt gewesen sein, dass ich ihn, während er tobte, im Arm hielt, ohne selbst zu brüllen.

Es ist einfach Liebe auf beiden Seiten und ich hab mir zwei Tage lang nicht das Gesicht gewaschen, uiii!

Deine vom Glück überwältigte Marlene

Liebe Betti!

Da uns Leos Arbeitseinsätze Freddi und Helen in ungeahnte Nähen gebracht haben, nütze ich quasi jede Minute, sehr zum Leidwesen meines lieben Karl Theo, zurzeit ganz besonders VON (allem die Schnauze voll, wieso nur??)

Am ersten Abend empfing uns Klein Fred vollgedröhnt mit Arnika-kügelchen auf dem Arm seines Vaters. Er schien trotz riesen Beule auf der Stirne gut gelaunt, weil die teure Energie-Spar-Steh-Lampe, die er zum Einsturz gebracht hatte, zwar kaputt ist, aber keine Quecksilber-teilchen verstreut hat. (Könnte evtl. Hallogen gewesen sein?) Die Ferienwohnung ist also weiterhin bewohnbar und den gefährlichen Vorsprung am Türeingang, der ihn zum Stolpern gebracht hat, hat Fred mit seinem harten 20-Monats-Dickkopf ja soweit für immer entschärft.

Auf den Schreck hin versuchten wir heimlich ohne Helen eine passende Wirtschaft ausfindig zu machen, wo es nicht bloß Manfred, sondern auch mir schmecken würde. Fünf Gaststätten hatten Betriebsurlaub und wir entschieden uns einstimmig für die sechste, den Weinbauer. Der ist auch in Füssen bekannt und war dort von Freunden über den Schellkönig gelobt worden. (Die guten Leutchen gehen nur alle drei Jahre auswärts essen, ein solches Urteil zählt doppelt!! Oder doch nicht??).

Jedenfalls lasen wir zum Entzücken von Karl, dass es sein Lieblingsgericht gab: SPARER-Rips. Auf mich warteten Salat, und wenn's denn sein muss, Pizza Marilena. Helen ließ sich schnell von der Richtigkeit unseres Vorhabens überzeugen. Freddi, noch ganz entgeistert über seine Beule und die ihm schon wieder fremden Großeltern hatte keine Einwände und wir stiefelten gleich los.

Es war alles vom Feinsten. Ich staunte, dass an einem so schönen Montag so wenig hungrige Urlauber unterwegs waren und wir nahmen den Fensterplatz in Beschlag. Kindersitz gab es auch, und weil Fred die Speisekarte langweilig fand, bekam er den Salz-Pfefferstreuer. Er hatte schnell heraus, wie man die Salzkristalle klein dreht und schleckte mit Hingabe. Jedes Mal, wenn er kurz umdrehte, nieste er kräftig, das war gut gegen seinen Schnupfen.

Derweil stellte mich die Frau Ober vor die schwere Wahl: Kräuter-Senfsoße oder Balsamico-Dressing? Da ich beides nicht ausstehen kann, wählte ich Balsamico, das würde meinem Freddischatz besser munden. Voller Vorfreude las ich auf der Karte die Beschreibung zur Pizza: von königlichem Geblüt, spanisch, südliche Gewürze, OHHH LECKER.

Karl Theo vertiefte sich schon bald in seine geizigen Schweine-beinchen, seinen Enkelbuben stellte er mit überdimensionalen Pom-mes Frites-Stangen ruhig. Helen fand ihr Rahmschnitzel mit Spätzle auch genießbar. Als letzte Steigerung wurde mir der Salat in Form eines weißen Porzellanschiffes serviert. Grüne Blättchen, Karotten-schnipsel und Krautstreifen waren geheimnisvoll untergetaucht, sogar die Gurkenscheiben hatte ein eilfertiger Koch versenkt. Als Freddi, der Salzfan, das sorgfältig abgetrocknete Gurkenrädchen mit der Zunge berührte und angeekelt von sich schleuderte, ahnte ich bereits Übles. Diese Essigschärfe hätte selbst ich nicht von einem italienischen(?) oder spanischen(?) Balsamico erwartet. Obwohl ich alle Servietten der umliegenden Tische mit aufbrauchte, blieb dieser vegetarische Gang für alle vier ungenießbar.

Die königliche Pizza entstammte wohl einem verarmten Adelshau-se, denn außer einem muffigen Tomatenpüree von ALDI enthielt sie nur noch einen Hauch von Käse, nicht zu vergessen einer dünnen Teig-schicht. Für Salz und Pfeffer, geschweige denn Gewürze hatte es nicht gereicht. Kein Wunder, da unser Kleiner den gesamten Salzvorrat des Hauses soeben auf dem Tisch verstreute!

Dass der Weinbauer meist nur für sich selber kocht, wundert mich nicht mehr, es ist wirklich zum WEINEN. Da können die anderen Gasthäuser getrost konkurrenzlos schließen!

Karl verließ uns nach dem Mittagessen, wohl wissend, dass er am Weissensee sämtliche Schläfchen ungestört würde genießen können und es dort jede Menge GUTE offene Wirtschaften gab.

Es grüßt huldvoll Prinzessin Marilena

Fütterstation

Liebe Betti!

Den ersten nachhaltigen Schock erlitt ich gleich am heutigen Nachmittag, als Freddilein MÜDE und somit GEREIZT wurde. Er äußerte unmissverständlich, dass er sich nur noch nach BRUST sehnte, und bekam sie natürlich sofort. Nach mehreren Zapfdurchgängen schlief er sozusagen unter Helens Bluse, tief und fest ein. Sie war vorbereitet und las mit von sich gestreckten Armen in einem Buch.

Ich, die hilflose Oma, wurde kalt erwischt, hatte weder Buch noch Brille greifbar und durfte mich von einer Sekunde auf die andere nicht mehr bewegen. Wir saßen wie im Märchen. Ich sehnte mich nach einem Koch, der aus der Erstarrung erwachen würde, um mir nach beendetem Dornröschenschlaf die Ohrfeige zu verpassen.

Erleichtert hörte ich im Gang, dass Leo von der Arbeit heimkehrte, es dunkelte schon ein wenig. Aber er winkte mir lautlos zu, schlich zu seinem verstummten Söhnchen, setzte sich behaglich auf die Couch und zeigte mir voll Stolz mit dem Finger, WIE niedlich und süß sein Bübchen bei der Mama schlummerte.

Als ich beim Abendessen, nachdem sich die Welt wieder drehte, eine Bemerkung zum Thema "Schlafen im Bett" machte, meinte Helen trocken zu Freddi gewandt:

„Die Oma gönnt Dir Deinen Mittagsschlaf nicht".
Na ja, da hatte sie wahrscheinlich sogar recht.

Deine „herzlose" Marlene

Neuer Versuch

Liebe Betti!

Leider hat der Schlafbär, den ich vor unserem Besuch extra im Internet bestellt habe, nicht nachhaltig gewirkt. Deshalb wollte ich unserem kleinen Manfred ein paar Bachblüten verpassen und wir baten Leo um seine Zustimmung. Der Geruch der Blütenfläschchen erschien ihm verdächtig.

„Er wolle schließlich keinen Alkoholiker heranziehen!"

Ich fragte in der Apotheke nach: Die vier Tröpfchen enthalten weniger Alkohol als ein Löffelchen Salatessig. Das scheint mir tragbar.

Helen konnte Leo deshalb überzeugen, lieber Bachblüten statt "Schlaftabletten" zu kaufen, da die Pharmaindustrie erst recht nicht giftfrei arbeitet. Schlussendlich brauchen nicht bloß stillende Mütter, sondern auch schwer arbeitende Männer ihren Nachtschlaf!

Somit hoffen wir jetzt ALLE, dass die Bachblüten WUNDER wirken!

Ansonsten genoss ich das Zusammensein mit meinem Enkelkind, fütterte mit ihm die Ziegen, kroch durch kälteschwere Sandhaufen oder angelte mit dem langen Besen unter der Couch die mutwillig untergeschobenen Puzzleteile hervor.

Solange Manfred ausgeschlafen war, erwies er sich als gutartig, ja geradezu liebenswürdig. Ich durfte ihn anziehen und an der Hand führen, teilte Sofa und Essen mit ihm, manchmal sogar meinen Computer (aber das nur widerstrebend!!).

Deine rundum beschäftigte Marlene

Liebe Betti!

Eine besondere Herausforderung besteht darin, dass Fred zwei Sprachen beherrscht: zum einen Deutsch (Papaaa, Mamaaaa und Dagger = Traktor), zum anderen fließend Außerirdisch, aber das versteht außer Oma Marlene keiner.

Deshalb haben seine Eltern die Taubstummensprache erlernt. Es wird viel mit dem Finger gedeutet und auf Kopfbewegungen geachtet.

Ein deutlich vernehmbares knappes Grunzen mit heftiger horizontaler Kopfbewegung heißt natürlich NEIN!!!

Ein lang gezogenes HmHmmm und das Kinn langsam nach vorn gestreckt bedeutet: JA, IHR LAKAIEN, SO IST ES MIR RECHT!

Dem zufolge steht Papa Leo abends vor dem Kühlschrank und legt seinem königlichen Buben fünf Joghurtsorten zur Auswahl vor. Fred deutet mit dem Zeigefinger und hüpft vor Vorfreude.

„OH", staunt der Vater. „Du möchtest heute also Kirsch!"

Aha, ich staune auch!

Da ich Außerirdisch kann, brauche ich nicht so viel zu fragen, was mir das Leben deutlich erleichtert. Ich koche einfach, was MIR schmeckt und siehe da, es klappt immer.

Nur über die EssensZEITEN habe ich keine Verfügungsgewalt. Hier regiert Helen, oder die Sonne, oder das Fernsehprogramm, oder der schwarze Mann im Keller?

Am vorletzten Tag meines Aufenthaltes um zehn Uhr morgens, ich habe soeben die Hirse für die mittäglichen Käsekräpfchen eingeweicht, wird mir eröffnet, dass heute eine Wanderung zum Hochtaltobel auf dem Programm steht (weil Leo hierzu KEINE LUST HAT! Aha, ich schon????).

Helen fragt Freddi auf Deutsch:

„Möchtest du die Strumpfhose anziehen?"

Der Kleine antwortet in Zeichensprache: NEEEEIIIIN! Na dann also nicht.

Ich fühle am Balkon: 2 Grad plus und unterhalte mich auf Außerirdisch mit Freddischatz.

Mir sagt er klar und deutlich:

„Fragt nicht lang und zieht mich so an, dass ich nicht frieren muss!"

Ich bin ganz erleichtert und verpacke ihn wollig warm, ohne jeden Protestschrei.

Allerdings weise ich Helen sanft darauf hin, dass ich spätestens um elf mit dem Kochen beginnen möchte. Sie sitzt verbissen am Computer und knurrt: „Vor halb zwei sind wir nicht zurück!"

Aha! Ich flüstere: „Unterzucker! Schon mal umgekippt! Macht nix, Studentenfutter mit".

Sie lässt sich nicht stören, plant die Route, sucht die passende Parkmöglichkeit, packt den Rucksack, packt den erwartungsvollen Kleinen, kramt nach der Mütze ...

Es ist halb elf, ich schwitze leicht! Beginnender Unterzucker, jetzt schon???

Um 10.45 Uhr sitzen wir im Auto, um elf finden wir den Parkplatz, um Viertel nach elf geben wir der Parkuhr einen Tritt und marschieren "gebührenfrei" los. Es ist herrlich! Hinter grauen Nebelwänden spitzelt die Sonne hervor, der Weg ist überaus schattig, es geht immer rauf und runter, eben Hoch-Tal-Tobel und Fred marschiert vergnügt auf die nächste Wanderhütte zu.

Alles vorhanden: ein großer Holztisch (zum BROTZEITMACHEN! BITTE NICHT JETZT!!!), zwei Bänke, vier verlockende Guckfenster und ein ganzer Boden voller Kieselsteinchen. Fred ist selig und verweigert weitere unnötige Schritte.

Aber auf uns warten fünf Wasserfälle und Helen bläst zum Angriff. Das aufjaulende Jungchen wird in eine große Rückentrage gepackt, die Oma trägt ächzend den schweren Rucksack, ist ja sonst keiner da! Ich ahne, warum Leo lieber arbeiten geht!

Mittlerweile ist es zwölf Uhr, Fred hängt schlapp und leblos in der Trage, ich ziehe mich den sicher noch nicht letzten Steig hoch und habe keine Lust mehr zu fotografieren oder weiterzuleben. Also lasse ich mich auf die nächste Parkbank fallen, wühle zitternd nach meinen

Nüssen und biete dem Buben ein paar Rosinen. Helen bekommt die letzte Hand voll Studentenfutter als Wegzehrung, denn ich werde nicht weiter laufen.

„Ich schon", sagt sie trotzig und marschiert von dannen. Nach drei Minuten kehrt sie zu mir zurück. Manfred hält triumphierend das gesamte Kraftfutter in den kleinen Fäusten und ich erbebe innerlich. Denn seit Tagen spielt er am liebsten: „Ich schmeiß runter, heb du auf!"

Bitte, liebster Schatz, lass nichts fallen, dies sind unsere letzten Nahrungsreste!

Ich schleppe mich und den Rucksack zum Auto, ohne mich noch mal umzudrehen und preise die Sonne, das bunte Laub und die sprudelnden Bäche, um Helen bei Laune zu halten.

Du wirst es zwar nicht glauben, aber wir haben alle drei überlebt und um zwei Uhr Hirsekräpfchen gegessen, um die uns der Weinbauer schwer beneiden würde!!!

Ich hoffe, dass für Deine geregelten Mahlzeiten, Nerven, Schlaf und Lebensmut immer genauso GUT gesorgt sein möge wie bei mir.

Deine (MIT SICH!) zufriedene Marlene

Hilferuf

Liebe Betti!

Was soll ich tun?? Helen hat um Beistand gebeten. Sie zieht in vier Tagen, gleich nach dem großen Fest (ich werde Dir ÜBERMORGEN berichten) an die stürmische Nordsee: Standort Jadebusen. Das klingt erotischer, als es wohl ist. Ich ergebe mich in mein hartes Schicksal und packe, was rein geht.

Um mich aufzumuntern, sprach der Wetterberichterstatter von den ersten Eis-Katzen dieses Jahres, das klingt ja noch hübscher als Eis-Blumen.

Karl hat mich grimmig berichtigt: Von wegen hübsch! Es handelt sich ums Eis-K-ratzen!

Ich muss unbedingt durchhalten.

Bitte schicke mir die passenden Engel, am besten alle Eis-Heiligen!

Deine nicht nur vor Aufregung schlotternde Marlene

Kinder Gottes

Liebe Betti!

Du kannst Dir viel Zeit zum Lesen lassen, weil ich gleich nach Weihnachten mindestens 14 Tage weg bin, obwohl Karl jetzt schon jammert. Er befürchtet, dass er beim Renovieren helfen soll, das könnte gut sein!!! Aber wir sind resistent gegen zu viel Arbeit!

Damit unser Manfred Elias als echter Christenmensch in das neue Haus einziehen kann, wurde er noch schnell im guten alten Bayern zur Taufe getragen. Welch ein Glück für alle Anverwandten, so hatten wir allesamt eine erträgliche Anreise.

Helen und Leo entschieden sich für die herrlich gelegene Walburgakirche in Weissensee.

So konnte der Kleine schon mal so richtig für die Nordsee abgehärtet werden. Es war wirklich eisigkalt, aber dick vermummt sangen wir andächtig hinter unseren triefenden Schals und bewunderten das ebenso andächtig staunende Taufkind, das sich bewunderungswürdig still verhielt.

Erst als der Pfarrer zu predigen begann, gab er etwas Laut von sich, beruhigte sich während der Fürbitten und schaute dem Priester verständig in die Augen, als er hörte, er werde jetzt mit Chrisam gesalbt WIE DIE KÖNIGE.

Klar, mit dem Königsein kennen sich „Ihre manfredlichen Gnaden" bestens aus!

Als das Taufwasser über seinen Kopf herab rann, brüllte er wie am Spieß. Der Pfarrer entschuldigte sich mit hochrotem Kopf, er habe das Wasser extra ANGEWÄRMT, und wir grinsten schadenfroh.

Leo hielt tapfer seinen Königssohn, im anderen Arm unsere kleine Laura, die nicht abzuhalten war, endlich mal ganz dicht beim Onki zu sein. Als Herr Pfarrer den stolzen Vater und Onkel auch noch mit der brennenden Taufkerze beglückte, schien es eng zu werden.

Laura hatte ein Einsehen. Sie entwand sich Leos unsicher werdendem Arm, drehte sich selbstbewusst zu der inbrünstig betenden Gemeinde und verkündete lauthals:

„Mir langt's jetzt. Ich gehe!", und marschierte zum Ausgang. Mama Jana sprang seufzend hinterher.

Und es ward RUHE. Die Kommunionausteilung verlief in völliger Stille. Das wiederum animierte Freddis weitläufige Kusine Heidi, elf Monate, die bisher brav im Buggy saß und von dort aus ihre zwei bunten Luftballone bewundert hatte, auch mal voll in die Tasten zu greifen. Sie packte den linken Ballon mit beiden Patschhändchen, zupfte und drückte, bis er endlich so stimmungsvolle Quietschtöne von sich gab, wie es einer Kindstaufe angemessen ist. Es pfiff und furzte, und noch eine Mama verließ mit hochrotem Kopf das Kirchenschiff.

Daraufhin beeilte sich Hochwürden, da er einsah, dass es den Frierenden langsam heiß wurde. Mit heiserer Stimme beglückwünschte er sich und alle Anwesenden zum neuen Gotteskind.

Vielleicht wird er ja auch mal Pfarrer, der Manfred Elias, oder wenigstens ein Prophet. Zu verkünden hätte er so einiges!

Deine gläubige Marlene

Liebe Betti!

Dein Geschenk kann ich prima gebrauchen und darf mit auf unsere Reise! Der Korb ist nämlich klasse und total praktisch, besonders wenn er mal aufgebaut ist.
Vier (steife!) Stäbe einzuschieben ist ein Kinderspiel, sollte man meinen. Als ich mit gesteigerter Kraft- und listiger Geschickanwendung dem Ziel bereits sehr nahe war, fegte der noch schlaffe Korb eine volle, aber bereits geöffnete Bierflasche über den festlich gedeckten Tisch.
So wird es Jana, die ursprünglich am Sonntag VIELLEICHT kommen wird, aber seit zwei Wochen nichts mehr von sich hören ließ, in jedem Fall STINKEN, ob sie nun kommt oder nicht.
Die beigefügte Sektflasche liegt sehr handlich in der Hand, wenn man einen so hinterlistigen Bierflaschenabsteller bestrafen möchte. Aber der Inhalt war zu schade und diente nunmehr auf köstliche Weise der Friedensschließung.
Deine Weihnachtskarte bewacht mich und meinen Computer und hat bereits gute Dienste getan. Sonst wäre ich vielleicht gestern ganz ausgerastet, als ich in bester Arbeitslaune feststellen musste, dass ich bei meinem Schreibprogramm fast die Hälfte meiner wichtigen Einträge verloren habe. Was mir das sagen soll, weiß ich selber nicht so recht. Falls es wirklich wichtig war, werde ich alles noch mal schreiben können. Aber vielleicht habe ich es ja nur für mich selber geschrieben und jetzt kommt die Zeit der ANWENDUNG!

Jedenfalls ist der Besuch bei Peter sehr entspannt, fast herzlich verlaufen. Moni war total süß und offen und hat mich voll einbezogen. Sie zeigte mir den im Bett versteckten Riesenkater und lernte mich an, wie man mit zwei Blaustirnamazonen das Reden übt.
Sie können bereits HÄÄÄÄ, ich bin schon bei HALLO angekommen.
Die Küche ist das reinste Schlachtfeld, übersät mit kleingepickten Karotten- und Apfelstückchen, aber alles wird ständig rein gehalten.

Der Käfig ist geruchfrei, und solange die beiden türkisgrünen Kandidaten nicht Freigang -Pardon Freiflug- haben, muss man sich um seine Loible keine Sorgen machen. Da diese alle in schwarzer Schokitarnung auf dem Teller liegen, würden "beschissene" feindliche Angriffe sofort ins Auge stechen!

Unsere Jungs waren ebenfalls kämpferisch zu Gange und die Oma hatte enkelfrei. Bernd bewachte seine Zimmertür zielgerichtet mit scharfen Dartpfeilen und ließ den Opa Karl mitschießen, bis dessen kranke Schulter schlaff nach unten hing.

Dann durfte Opa Karl mit Chrissi vor dem Fernseher auf Jagd gegen das BÖSE dieser Welt angehen und musste mit der noch gesund gebliebenen Hand ballern, was das Zeug hält.

Der Sinn ersch(l)oss sich uns Alten leider nicht, aber Chris schien glücklich weggetreten und fern der Wirklichkeit. Entweder ich übe bis zum nächsten Mal auch das Ballern oder ich schreibe meinen Erziehungsbratgeber zu Ende, um die Welt zu retten.

Ich könnte natürlich stattdessen auch mit Karl-Theo wieder in die Türkei fliegen, die soll ja laut Janas Schwiegermutter ein Jungbrunnen für Senioren sein! Und, hat´s bei ihr ODER UNS geholfen?

Deine vor sich hinalternde Marlene

Im grimmigen Norden

___

Liebe Betti!

Dein rasant schnelles aufmunterndes Mail mit den guten Glück- und Segenswünschen hat mich tatsächlich noch vor der Abreise erreicht.

Über Deine gloriose Katzenwäsche hab ich Tränen gelacht (so ein Glück, denn ab da gab es nichts mehr zu lachen)!!

Dummerweise hab ich versäumt, gleich zu antworten, da ich auf Helens gut ausgerüstete Computerlandschaft vertraute.

Aber leider leider, mein Laptop ließ sich so hoch im Norden gar nicht in Gang bringen, und auf Helens Computer sind die Buchstaben so winzig, dass ich ohne Leselupe aufgeben musste. Meine geliebte Tochter deswegen um Hilfe zu bitten, ist bei ihrer derzeitigen nervlichen Anspannung kaum möglich.

Wie gut, dass Karl trotz lautstarken Protestgeschreis doch mitgefahren ist, um mich aufzumuntern. Denn am Wattenmeer scheinen die Tassen ein wenig schief zu hängen. Ich hoffe aber, dass sie alle im Schrank haben!!

Meinen süßen kleinen Freddi sollte ich, weil „im Umgang mit Kleinkindern zu unerfahren(!!!)", in Leos Gegenwart möglichst wenig anfassen, (wegen seinem seelischen Gleichgewicht!).

Als ich den schlummernden Kleinen nachmittags um 17 Uhr davor retten wollte, von der Couch zu plumpsen, bekam ich eine Verwarnung. Ich rechtfertigte mich unbeholfen: Schließlich hätte ich selber doch auch drei Kinder großgezogen. Darauf hin fasste Leo nachdenklich abwechselnd mich und seine Frau ins Auge.

„Oder, Helen, was meinst Du?", bat ich meine Tochter um Schützenhilfe.

Müde ließ sie die Schultern hängen und flüsterte: „Schau mich doch an!"

Ich schaute sie mir gründlich an und sah eine völlig übermüdete, aber kompetente und liebevolle Mutti. So eine hätte ich selber echt gern auch gehabt!!

Darauf hin fixierte ich fragend meinen Schwiegersohn.

„Nun ja", knurrte er leise. „Was die Helen angeht …". Den Schluss ließ er offen.

Freddilein hörte unseren Debatten gar nicht zu und spielte fröhlich vor sich hin.

Als Schlafenszeit gewesen wäre, bewies er, dass er schon auf DREI zählen kann, und holte ungefragt für Papa, Mama und SICH drei Eistüten aus der Kühltruhe. Pech für Oma, VIER kann er noch nicht.

Karl schlief derweil in unserer Ferienwohnung und träumte von der schönen heilen Welt.

Deine übende Marlene

Eheberatung

Liebe Betti!

Um die Spannungen zu entschärfen, hatte ich mich gegen besseres Wissen aufgerafft, therapeutisch tätig zu werden (kostenfrei versteht sich!!)

Also gab ich den beiden am Abend die Aufgabe, ihre Herzenswünsche aufzuschreiben, um wieder besser ins Gespräch zu kommen.

Am Morgen fragte Leo seine Frau, was ich damit gemeint haben könnte. Sie überlegte und riet ihm für den Anfang, aufzuschreiben, was er gerne essen würde.

Am Vormittag fragte mich Helen genauer über das Wünschen aus und ich nannte ihr einige Beispiele aus meinem eigenen Leben.

Am nächsten Tag berichtete sie unter Tränen, sie habe den Zettel mit ihren Herzenswünschen zerrissen und weggeworfen, weil Leo dazu sagte, er lasse sich nicht verarschen.

Wie eigenartig! Ich ließ mir die Sache von beiden erklären.

Helen hatte geschrieben: *„Ich wünsche mir eine liebevolle Beziehung und mehr Anerkennung.“*

Daraufhin war Leo wütend, weil sie doch zu ihm gesagt hatte, er solle schreiben, was er sich zum ESSEN wünsche!

Auf Leos Zettel stand: *„Hackbraten“*. Als guter Ehemann war er den Empfehlungen seiner Frau gefolgt.

Nachts musste ich herzhaft lachen, als ich vor meinem geistigen Auge die beiden Zettel nebeneinander auf dem Küchentisch liegen sah.

In diesem Moment hatte ich die gruselige Vorstellung, wie Leo mit lang ausgestrecktem Zeigefinger auf mich zeigte, mich mit Blicken durchbohrte und mit messerscharfer Stimme sprach:

„Erzähl keine Märchen!!! AUF MEINEM ZETTEL STAND NICHT HACK-BRATEN …… SONDERN HACKFLEISCH-KÜCHLEIN !

Ich flüsterte schweißgebadet: „Bitte entschuldige, Leo."

Danach wachte ich auf und wusste erleichtert: ALLES WIRD GUT.

Nach zehn Tagen fuhren Karl Theo und ich ruhigen Gewissens nach Hause. Die Drei kommen ohne MICH auf jeden Fall besser klar!!

Deine nicht ganz gestrandete Marlene

Zum Schluss noch die kleine Nordsee-Werbung

Es ist hier WINDIG, STÜRMISCH oder ES REISST DIR DIE HAUT VOM GESICHT.

Empfehlung: Man ziehe Mütze und Stirnband übereinander, stülpe eine Anorakkapuze darüber und verknote das Ganze sorgfältig mit einem Schal, klemme jetzt eine Sonnenbrille vor die Augen und gehe vorzugsweise rückwärts! Bei mir hat´s geklappt, na also!!

Wattwanderungen empfehlen sich DREI Stunden vor Eintritt der Flut, dann ist es echt weich und grünschlammig. Vielleicht erinnerst Du Dich noch, wie wir im Sandkasten Wumba-Neger gespielt haben, einfach HERRLICH!!! Bis auf die kleinen spitzen Muscheln, die sich hinterlistig in Fußballen und Fersen bohren, aber das ist es wert!

Allmählich rücken in der Ferne die Wellen an, die Vögel fliegen auf und kreischen wie irre (SEHR PASSEND, weil Karl Theo vom Land aus immerzu brüllt:

„Bist du verrückt geworden oder bloß Orgasmus????)"

Und tatsächlich, das Meer kommt auf mich zu, dass ich regelrecht abhebe.

Gut, dass ich die geborgte kurze Hose meines Liebsten anhabe! Schon nach einer Stunde stehe ich kniehoch in den Fluten und wate um mein Leben, um nicht abzusaufen.

Zum Schluss eine langwierige Eisdusche, um den modrigen Fischgeruch zu vertreiben. Das stärkt gleichzeitig die Willenskraft und erdet!!

Na ja, und gut geerdet bin ich zu Hause angekommen. Die Wohnung hat 18 Grad, obwohl die Heizung ausgestellt war. ACHTZEHN GRAD, ein wahrer Südseetraum!!!

Im September werde ich wieder zum Jadebusen hochfahren. Meinen Schwiegersohn Leo hab ich schon um Erlaubnis gefragt, und er hat nicht Nein gesagt!

Ich hoffe, bei Euch geht alles gut und reibungslos, aber wie könnte es, wenn man FAMILIE HAT!!!

Alles Liebe, ich umarm Dich, und danke für all die Engel, die Du mir offensichtlich immer schickst, wie ich Dir auch!

Ich werde sie bald wieder brauchen.

Dein erfahrenes Nordlicht Marlene

Familienurlaub auf Umwegen

Liebe Betti!

Dies ist kein JUNK, sondern von MIR an DICH, damit Du mich (noch) besser verstehen kannst!

Frau Merkels Werbung für alle NochNichtAutobesitzer:

Meine lieben Mitbürger und Mitbürgerinnen! BITTE kaufen Sie sich ein Auto, wenn es geht auch ein zweites oder drittes, damit Sie gleichzeitig auch mal getrennt in Urlaub fahren können, möglichst ZUR GLEICHEN ZEIT, an denselben Ort und BITTE während der Ferien. Da haben Sie auf den Autobahnen mehr Gesellschaft.

Zur besseren Unterhaltung bieten wir Ihnen unbegrenztes Tempolimit. Der Vorteil: Sie können sich entspannt die Augen verrenken, ob gerade noch ein Schild mit Tempo 100 oder 130 gilt. Oder drückt schon ein Todesmutiger, der mit Ihrem langweiligen Leben spielt, hinter Ihnen auf die Tube, um mit 220 km/h zu überholen? Bedenken Sie, das schafft Arbeitsplätze (Autoindustrie, ADAC, Abschleppwagen, Polizei etc.).

Außerdem wollen wir ja auch den Lastwagenfahrern bei ihrem öden Job eine kleine Abwechslung bieten, besonders bei ihren Elefantenrennen.

Was, Sie ärgern sich, dass am Sonntag gar keine Lastwagen fahren?? Aber Sie haben doch noch jede Menge Busse, Wohnwagen mit Anhänger, Riesen-Wohnmobile. Und wem das nicht genügt, dem bieten wir Zigtausend km (oder, Ramsauer, sind es schon Millionen?) Baustellen.

Als besonderes Highlight, das geht halt nicht jeden Tag, aber immerhin, freuen wir uns zu Ihren Gunsten über einen kleinen Crash, mit drei Feuerwehren, fünf Notarztwägen, zwei Hubschraubereinsätzen. Kleine Unterhaltung auf der A7, da lohnen sich die 150 Minuten im Stau, unbedingt!

Was haben Sie gesagt???? Natürlich danken wir Gott mit allen Beteiligen, dass es nur überschaubare Verletzungen gab, es blieb wieder mal beim Sachschaden, aber wie gesagt, das schafft Arbeitsplätze!!

Wie, Sonntag passt Ihnen gar nicht?? Nehmen Sie halt einen Samstag, sehr zu empfehlen das Ferienende im Bundesland, das Sie gerade anpeilen. Ganz Klasse, von Koblenz aus Richtung Niedersachsen, jede Menge Autobahnkreuze (NEBENEINANDER, das macht es spannender!!), ein paar Straßenzusammenführungen von 5 auf zwei Spuren.

Was, zu langweilig??, dann eben auf eine Spur, das schaffen wir! Schenkt Ihnen zwei zusätzliche Stunden Nervenzerreißprobe und Ihrem Heimatland, denken Sie doch mal DEUTSCH, einen satten zusätzlichen Benzinverbrauch.

Tja, Sie scheinen mir ja gar nicht genug zu kriegen! Dann hier noch mein kleiner Geheimtipp: Wilhelmshaven, Oldenburg und JETZT A7 Richtung Fulda. Ihr Navi, der kleine Schäker, meldet DURCHGEHEND 184 km. Keine Bange, der Witzbold verschweigt Ihnen, dass Sie nach 40 km von der Autobahn herunter müssen, Dauerbaustelle, das verrät Ihnen auch kein Autoradio, denn das IST EINFACH SO, basta, würde Herr Schröder sagen. Ich sage: Gott sei Dank, das schafft Arbeitsplätze, oder Schäuble, stimmt doch?!

Und mal ehrlich, gute Frau, was hätten Sie schon groß getrieben in Fulda, mit Ihrem Mann, der von der eigenen Familie zermürbt, nur noch die Schnauze voll hat und NACH HAUSE will, mittags um 12????? Auf das billige Raststättenessen können Sie wirklich mal verzichten. Eine saftige Leberwurststulle muss genügen.

Tja, hätten Sie halt mal Hotel gebucht, da kann man so was mitnehmen!

Was? Stehlen? Aber aber, das bestellt man am Abend vorher, das kostet dann extra und schafft A......

Wie bitte, warum sind Sie denn so aggressiv? Es gäbe da einen guten Psychiater, der will auch sein Geld verdienen ...

Na gut, BERUHIGEN SIE SICH DOCH!! Sie sind tatsächlich erst um halb vier angekommen? Aber dafür haben Sie sich doch die Pizza in Fulda schmecken lassen??

Was, nur Käseersatz, und Klebeschinken? Tja, da geb ich Ihnen jetzt mal die Frau Aigner. Ich hab jetzt wirklich keine Zeit mehr, aber war doch mal nett mit Ihnen!

Deine noch ganz ver- und abgemerkelte Marlene

Liebe Betti!

Du bist ja selber geübte Beifahrerin und weißt sicher schon das meiste. Aber man kann immer noch lernen. Deshalb hier aus meinem Erfahrungsschatz der letzten drei Wochen:

Goldene Regel Nr. 1:
Achten Sie auf die RICHTIGE Zeiteinteilung!
Nichts leichter als das!!!! Man packt bereits drei Tage vorher, Brote schmiert man am Vorabend. Man steht OHNE Wecker (um den Fahrer nicht zu belästigen) rechtzeitig um 4.30 Uhr auf, richtet lautlos das Frühstück, entfernt den letzten Müllbeutel, flötet seinen Liebsten sanft aus dem Schlaf und isst geräuschlos sein Müsli.

PUNKTGENAU besteigt man seinen Beifahrersitz und denkt VORHER an ALLES, auch an geöffnete Kellerfenster, um Zeitverluste zu vermeiden (!!!!). Ebenso vermeidet man unnötige Fahrten zu Bäcker, Post und Tankstelle, da dies alles am Vortag geschehen ist!!!!!?

Aufenthalte unter der Fahrt sind unbedingt zu vermeiden. Teilen Sie Ihre Klogänge dosiert ein und trödeln Sie nicht beim Händewaschen! Für Mahlzeiten ist der Beifahrersitz vorgesehen (was sonst!!). Fahrer werden grundsätzlich gefüttert. Trinkflaschen halte man parat, während der Beifahrer aufs Klo ... siehe oben.

Manchmal empfiehlt es sich, mit dem trödelnden Fahrer nachsichtig zu sein, z. B. wenn er das Ziel gar nicht erreichen möchte.

Grund A: Es gefällt ihm am Standort besser, ich sage dazu nur MOSEL, Bootfahren, leckeres Buffet, Burgen, Weinproben, Weinberge, Aussicht, Abwechslung ...)

Grund B: Er will nicht dahin, wo Sie hin wollen: FAMILIE, Wind, Langeweile, Flachland, Friesen, kurzgefasst, sämtliche Vorurteile eines unverheirateten gestandenen Bayern.

Gegenmaßnahme: Sie schildern die wundervollen Belohnungen, die den willig vorplanenden, früh aufstehenden Fahrer erwarten:

BILLIGES Mittagsmenü am Zielort, geöffneter Supermarkt mit endlosen Biervorräten.

Aber Achtung, ein Zuviel an Vorfreude könnte sich rächen!!! Denn rasch wird aus dem Zeitverschwender ein gnadenloser Zeitschinder siehe oben!

Beispiel: Während ich noch fieberhaft nach den unausweichlich nötigen „Papieren" wühle, werde ich zur Eile ermahnt.

„Nimm gefälligst TEMPO!!!!"

Hoppla, drum heißen die so. Dass die zwar weich sind, aber klein und unpraktisch, wage ich nur noch zu flüstern, ich muss Luft sparen!

Goldene Regel Nr. 2:
Machen Sie VOR der Fahrt einen Hellseherkurs!

Der begnadete Beifahrer ersetzt jedes Navi, kennt die Deutschlandkarten im Schlaf. Er/sie weiß schon Stunden vorher, wann Unfälle passieren und macht seine Umwege zu Post und Bäcker lang genug, damit unvermeidliche Staus verkürzt werden, oder er ist ZWEI Stunden früher fahrbereit, um erst gar nicht usw. usf.......

Goldene Regel Nr. 3:
Wenn Sie schwache Nerven haben, bleiben Sie zu Hause!

Jegliches Stöhnen, mit dem Finger Zeigen, angedeutetes Bremsen mit den Füßen, Kopfschütteln und sonstige Kommentare sind unbedingt zu vermeiden.

Einzige Ausnahme: Die Ampel war wirklich ROT, aber wie wollen Sie das hinterher noch beweisen.

Anbei der Rat eines Vorgesetzten in gehobener Stellung an seine Schwiegermutter, als sie ihm mitteilte, es handle sich bei diesen Reaktionen um einen zwar üblen, aber nicht abstellbaren unkontrollierbaren Reflex. Der Rat ist locker auf alle Beifahrer und Beifahrerinnen übertragbar. (Regieanweisung: mit zurückhaltend leiser, aber trotzdem bellender Stimme!):

MARRRRLEEEEEENEEEEE REISS DICH ZUSAMMEN, sonst musst du eben hinten rein (in den Kofferraum?????) oder noch besser, fahr gleich mit dem Bus!!!!

Das hat „Karl von und zu" gut gefallen! Seitdem macht er mich bei passenden Gelegenheiten auf die nächste Bushaltestelle aufmerksam und ich zittere bloß noch nach innen, ganz schön stressig!

Deine nicht bloß innerlich durchgeschüttelte Marlene

Begrüßungsrituale

Liebe Betti!

Im hohen Norden sind die Menschen viel herzlicher und gesprächiger als bei uns. Man begrüßt sich mit Moin, besser noch Moin, Moin aber keinesfalls wünscht man sich einen GUTEN Moin, weil man sonst auf der Stelle als Bayer entlarvt würde.

Als wir in Dangast unsere fröhliche Schiffsfahrt „rund um den Leuchtturm" antraten, begrüßten wir den Kapitän freundlich und unterwürfig mit Moin, Moin. Doch dann beging Karl den Fehler und sagte ein wenig großspurig:
„Na, woll mr mal schau'n, wasse uns zu biet'n hamm."
Damit outete er sich natürlich sofort als „Ausländer". Der Käptn fragte erstaunt in reinem Hochdeutsch:
„Woher kommen Sie denn?" und als Karl locker flachste: „Aus Dänemark", meinte er kennerisch:
„Nee, nee, dat wüsste ich, dänisch snake ich selber. „Aber, keine Bange, ich habe die bayerische Fahne schon für Sie gehisst."
Tatsache, neben der heimischen Flagge wehte es weißblau über unseren Köpfen. Ich schämte mich seeeehr. Der Kapitän aber wandte sich seelenruhig an die anderen 49 Gäste und meinte entschuldigend:
„Früher habe ich mir ja meine Gäste ausgesucht. Aber heutzutage kann ich es mir nicht mehr leisten!"

MIREGAL, die Fahrt war toll, jede Menge Wellen, Seeschwalben und Möwen, und ein ganzer „Freddifreier Nachmittag", was gibt es Schöneres.

Doch halt, halt, Oma-Sein muss doch NOCH schöner sein, oder etwa nicht?

Deine Nordseeschifferin Marlene

Kontaktaufnahme

Liebe Betti!

Da wir es unseren Kindern im Urlaubsstand von Herzen GUT MOINTEN, bemühten sich Karl und besonders ICH, immer zum richtigen Zeitpunkt, sprich möglichst SELTEN zu kommen, und das immer mit Voranmeldung.

Am ersten Nachmittag, wie vereinbart um fünf, schlief unser kleiner Enkelsohn. Tja, Pech gehabt. Aber Helen und Leo waren nicht unfreundlich, alle meine Gebete hatten also schon mal gewirkt!

Am nächsten Vormittag um zehn empfing uns Leo mit dem heiß erwarteten Knaben auf dem Arm. Freddi hielt den väterlichen Hals eng umschlungen, drehte den Kopf zur Seite, um seine fremd gewordenen Großeltern nicht sehen zu müssen und sagte immer wieder:

„Papa, naufgehen, Papa naufgehen."

Seine Eltern berichteten uns strahlend und von nun an täglich, oben kämen gerade die Tele-Schnappis, Bagger-Tubbies, Baumeister-Bagger oder sonstige fürs spätere Leben wichtige Kindersendungen. Aber Fred FREUE SICH WIRKLICH, uns zu sehen.

Ach ja???? Jedenfalls mochte er sein liebevoll in Schlitten fahrende Elche gehülltes Buch nicht selber entgegennehmen und öffnen. Das tat dann Papa Leo für ihn, las ihm gleich die neuen Mischergeschichten vor und die Oma wurde mithin gar nicht gebraucht.

Hinterher wurde ich von Helen und später auch telefonisch von meiner Jana (natürlich die absolut perfekte und von Freddi GELIEBTE Tante) mehrfach gelobt, weil Klein Fred nicht vor uns davon gelaufen sei wie beim Besuch von Opa Hinkel. Ha, dachte ich mit stolz geschwellter Omabrust. Aber mal ehrlich, wie hätte er davon rennen KÖNNEN????

Die künftigen Kontakte beschränkten sich auf ein fröhliches Versteckspiel hinter dem Vorhang und Freds herzhaftes Gelächter, wenn ich sämtliche Groß- und Kleintierstimmen nachahmte. Die zwei täglich mitgebrachten Gummibärchen vom netten Bioladenmann holte er sich anfangs immer erst vom Tisch, wenn Oma und Opa endlich weg waren. Er trug sie dann laut Helen wie eine Trophäe (oder wie GIFT) stundenlang mit sich herum und verspeiste sie dann andächtig.

Ab dem vierten Tag durfte ich ihm die Bärchen wie einen Hostie in die geöffnete Patschhand legen, wenn ich den halben Sicherheitsmeter Abstand einhielt, versteht sich!

Aber keine Bange, sein Papa blieb immer in Ruf- Reich- und Tragweite, beschützte, bespaßte und verhinderte die feindliche Übernahme, sodass dem Jungchen von unserer Seite nichts passieren konnte.

Wenn er sein Freddilein manchmal listig fragte: „Möchtest du mal zur Oma auf den Schoß?", klang das fast wie eine Drohung.

Das kluge Kind entschied sich dann schnell für Baggers gehen, Rasen mähen oder Säge halten.

Aber bitte, jetzt nur kein Mitleid!!! Zeiten ändern sich, und wenn das neue Baby erst mal da ist, werden vielleicht doch noch IRGENDWANN nach Leos Erziehungsurlaub ein paar zusätzliche Arme gebraucht. Wie Du weißt, verfüge ich über starke Muskeln, einen langen Atem und ausgezeichnete Engelskontakte!!!

Deine nur leicht entmutigte „Oma" Marlene

Liebe Betti!

Dank der Nachfrage, ob mein geplantes Büchlein nicht eigentlich ein RAT-Geber werden soll. Aber mal ehrlich, erinnert das nicht allzu sehr an Rat-SCHLÄGE, und mit unseren Kindern bzw. Enkeln sind wir alle doch schon geschlagen genug, (uiiiii, flüster, manchmal ...)?
Du wirst es nicht glauben: Als ich mein Rechtschreibprogramm öffnete auf der Suche nach einer passenderen Bezeichnung, kamen als richtungsweisende Vorschläge so schöne Worte wie *Erziehungs-Bratgeber, Erziehungs-Tatgeber, Überziehungskredit,* womit eigentlich schon alles gesagt ist!!
Besonders den FINANZ-Hinweis meines Computers fand ich sehr bemerkenswert. Erstaunlich, wie der für mich mitdenkt!

Als am Mittwoch Laura auf Besuch kam, wurde ich in meinem Vorhaben nochmals bestärkt, weiter zu schreiben. Obwohl Jana eine wunderbare Mutter ist und auch die Großeltern mit ihr an einem Strang ziehen, ist es manchmal ganz schön nervig, mit dem kleinen Sturkopf klarzukommen.
Kaum im Autositz erwacht, sprang Laura zielgerichtet aus dem Auto, winkte mir kurz zu und packte ihren geliebten Opa Karl an der Hand. „Komm, wir gehen zur Tina!"
Seufzend ließ sich Opa Karl, bereits erschöpft von seinen Malerarbeiten, durchs Dorf ziehen. Mama Jana und Oma Marlene keuchten hinterher, vorsichtshalber!
Tina ist die fette, gelbschwarz gefleckte Katze unserer Mieter, ein wenig altersschwach und sowieso nicht mehr zu retten. Doch Lauras eigentliches Ziel, ist, wie ich bereits ahnte, die liebe, gutmütige Hanna, von deren Terrasse aus man angeblich (da lache ich ja!) die Katze Tina besser erspähen könne. Dabei hockt Tina so fett und breit wie immer mitten auf dem Zugangsweg, UNÜBERSEHBAR!!! Laura stiefelt, ohne

das gelbe Fell überhaupt zu beachten, die vier Stufen hoch, mitten in Hannas weich gepolsterte Arme.

Hanna ist nämlich ein gefundenes „Fressen" für alle hungrigen Mäuler, Bettler und hinterhältigen Gauner.

„Hast Du ein Wienerle?", wispert Laura zuckersüß und wirft die dunkelblonden Locken, damit die lieblichen rosa Mäschchen besser zur Geltung kommen.

„NEIN!", donnert Omas Stimme dazwischen.

„Wir trinken gleich Kaffee" (übersetzt: „Du liebes untergewichtiges Kind, gleich bekommst du ein gesundes Stücklein Vollkornkuchen").

Hanna nickt verständnisvoll nach beiden Seiten. Normalerweise springt sie bereits beim ersten Bettelversuch an.

Aber heute wird sie nicht schwach, weil sie gerade für die eigenen Enkelkinder den Hasenstall gemistet hat, was auch dem gutmütigsten Menschen zurecht STINKT!

Laura setzt zur zweiten Attacke an:

„Hast du einen Lutscher?"

Hanna blinzelt zu mir hinüber, wird ein bisschen rot, denn lügen darf man nicht, und gesteht verlegen: „Ja, aber natürlich!"

Ich geh schnell dazwischen:

„Wie ist das jetzt mit dem Hund für Deine Enkel?"

Hanna schäumt auf: „Ich spinn doch nicht! Auf keinen Fall! Dann hätte ich den auch noch am Hals!"

Ich lenke weiter scheinheilig ab: „Vielleicht täten die Zwei diesmal ja doch ..."

„Ha, dass ich nicht lache, ich mach mich doch nicht zum Affen für diese Faulenzer!", tobt Hanna so laut, dass Lauras Flüsterstimme fast untergeht: „....oder ein Hustenbonbon".

Unglaublich, wie schlau Kinder sind, jetzt zieht sie die Gesundheitswaffe. Aber Hanna und ich sind uns einig zum ersten Mal! Das Kind braucht heute ein vernünftiges Essen.

Mama Jana schüttelt verwundert den Kopf. Also, von ihr aus, sie täte das nicht so streng nehmen. Soso, denke ich, KEIN WUNDER!!!!

Aber da trottet Laura schon gesenkten Hauptes mit Opa davon dem zuckerfreien Quarkstollen entgegen. Nachdem sie Opas halbes

Nusshörnchen von innen ausgehöhlt hat, isst sie anstandslos noch die äußere Hülle. Ich staune. Dann zeigt sie ahnungslos auf den ZUCKER-FREIEN und sagt: „DARF ich das probieren?"

Oha, wie höflich wir geworden sind. Ich breche stolz ein gewaltiges Stück für sie ab und halte die Luft an. Laura isst in einem Satz ihren Anteil auf und greift nach dem Rest. „Sehr gut", lobt sie.

Dem Himmel und Hanna sei Dank! Sie wird mal als Patronin aller wohlmeinenden Großmütter auf den Altären landen und bekommt bestimmt das größte „Plätzchen"!

So eine Heilige brauchst Du wahrscheinlich nicht, weil Du von Anfang an psychologisch richtig mit Deinen Rabauken umgegangen bist. Ich glaub, der Trick heißt wirklich, dass sich alle einig sind. Aber heutzutage gibt es das bloß selten. Ich merk ja selber, wie schwer es mir manchmal fällt, die „strenge" Oma zu sein. Da muss man durch!

Ich hoffe, Dein neuer Kleiner kommt auch bald DURCH, damit die Aufregung ein Ende hat!

Eine ganze Schar Engel für Euch alle!

Es umarmt Dich Deine Marlene

Das Unwort des Jahres

Liebe Betti!

Da ich in der Zeitung gelesen habe, man suche gerade das wichtigste UN-Wort des Jahres, fühlte ich mich natürlich verpflichtet, das Meine dazu beizusteuern.

Mein erster Vorschlag wäre ja das Wort Jadebusen gewesen, denn es weckt einfach erotische Erwartungen, die, zumindest vom Wattenmeer!!!, so nicht erfüllt werden!!

Man muss einfach zuuuu lange watten, bis es kommt!

231

Aber MIREGAL, sprachen Karl und ich und machten das BESTE daraus. Es gibt hier tausend schöne Möglichkeiten: Paddeln auf der Jade, deftige BILLIGE Metzgerbrotzeiten, Kekseinkäufe in der Bahlsenfabrik, nicht mehr ganz frisch (MIREGAL) oder Untergewicht (BAUCHFREUND-LICH), in jedem Fall BILLIG. Nicht zu vergessen sind die Familientreffen, natürlich VÖLLIG unerotisch, aber voller Inhalt!

Nach windigen drei Tagen stand für uns beide fest, wie unser Unwort des Jahres heißen musste:

FREDWASMÖCHTEST DU????

Kopfschüttelnd sahen wir zwei Alten, Erziehungsunbedarften zu, wie ein 28 Monate junges Kleinkind alle Tage und Nächte seines Umfeldes zu bestimmen vermag.

Dürfte Mama jetzt vielleicht bittebitte endlich staubsaugen???

NEEEEIIIIIN, der Kleine schläft!

Möchtest du mit Mama und Oma an den Strand, zum Spielplatz, in die Kirche, Äpfel klauben???

NEEEEIIIIIN, Baggers!!!!!!!!!!!!

Möchtest du heute Kartoffeln, Pommes, Reis, Nudeln, Spätzle??

NEEEEIIIIIN, Donut!!!

Komischerweise mochte das Jungchen auch Omas Paprika und Vollkornbrot, aber ich kam so selten zum Fragen!

Möchtest du überhaupt mit uns zusammen essen?

NEEEEIIIIIN, ich setz mich vor den Computer und schau neben meinem Milchreis lieber Bob der Baumeister.

Tja, na klar, das versteh ich doch ... Oder NICHT!!

Als ich direkt ehe unser großes Grillfest startete, über eine verflixte Stufe streckterlängs auf den Boden knallte und platt wie eine Flunder meine Hand- Fuß- und Kniegelenke sortierte, gab mir mein Schwiegersohn in Anbetracht der zarten Psyche seines Sohnes angemessen deutlich den Befehl: STEH SOFORT AUF!!

Als ich nicht reagierte, blickten alle fragend zum kindlichen Herrscher.

Wollte ER, dass ich wieder aufstand???

Unbeeindruckt signalisierte er MIREGAL und mampfte weiter seine Hackfleischbrötchen. Als wir Erwachsenen endlich alle abgekämpft zu

Tisch kamen bzw. hinkten, war Fred FERTIG und wollte RUNTER. Er bewachte im Rundum-Dauerlauf den dampfenden Grill, damit wir UN-GESTÖRT essen konnten.

An dem Morgen, als wir einen Zoobesuch planten, zitterte ich vor Aufregung. Würde uns Master Fred der Erste die Pläne vermasseln? Nein, Gott sei´s gedankt.

Seine Familie klingelte schon eine Stunde vor der Zeit an unserer Haustüre Sturm. Freddi FREUT SICH und sei schon eine Stunde früher wach als sonst, welch ein Glück!

Wir rannten zum Auto, vom Parkplatz zum Tiergarten. Ich zahlte den Eintritt und mit fliegenden Fahnen sprangen wir die Stufen hinauf, um punktgenau die Seelöwenfütterung zu beobachten. Die lustigen Kerle standen kindgerecht direkt hinter den Glasscheiben und schnappten nach ihren Fischen.

Alle amüsierten sich, nur König Fred der Allererste weigerte sich, den Kopf zu drehen.

Ich schwöre Dir, er sah KEINE Robbe, keinen Eisbär, keinen Pinguin, schon gar keinen Fisch.

Er sah, dachte und forderte:

„Rutsche gehen" und sein uns von Gott mitgegebener Vater erbarmte sich unser aller. Ich hab den Zoo sehr genossen, Helen auch. Zum Schluss kam direkt vor dem Ausgang ein winziger Freilauf mit Spatzen und zwei Zwerghennen. Freddilein begann aufzuleben und versuchte quietschend vor Freude die Hennen zu greifen.

JUHUUUU, es war wirklich toll und wir hatten ihn glücklich gemacht!!

Die Krönung war das gemeinsame Mittagessen im Schnellimbiss.

Schon am Vorabend stand fest, dass Fred POMMES wollte. Er sprach seit um 9 Uhr von nichts anderem.

Na gut, grübelte ich, ein bitzele ungesund, zu fettig, aber wenn es ihn so glücklich macht???

Als wir vor der übersichtlichen Essensauslage standen, stemmte Papa Leo seinen Buben auf bessere Sichthöhe und fragte:

FREDWASMÖCHTEST DU????

233

Das Wort Pommes hing schon hörbar in der Luft, als Freddis Mund zuklappte, weil des Vaters Finger verführerisch in die Nähe hochstieliger geschliffener Glasschalen wanderte, die mit giftgrünem Glibber gefüllt waren.

DASDA, triumphierte Fred und wir bestellten:

1x Hackfleischküchlein(!!) für den Papa, klug gewählt, denn das war mangels Interesse vor der kleinkindlichen Nachfrage schon mal sicher,

1x Pommes für die Mama, gottergeben und weise vorausschauend,

1x bunter Salat im Plastikbecher für die Oma, die einfach HUNGRIG war,

1x giftgrünen Wackelpeter.

„Möchtest du noch Vanillesoße dazu???"

Natürlich gerne. Oma hielt den Geldbeutel bereits gezückt. Zu meiner Erleichterung hatte sich Karl schon vor einer Stunde zum Hafen verabschiedet, wo er jetzt wohl gerade sehr friedlich und von Kindererziehungsfragen unbehelligt ALLEIN seine zwei Fischsemmeln verdrückte. Eigentlich schade, sonst hätte ich ihn leise fragen können, wieso ein Vater sein Kind anstiftet, ekligen Glibber zu essen.

In diesem Moment kam mir die Erleuchtung: Auf Hochdeutsch hieß DASDA „G ö t t e r – Speise". Plötzlich verstand ich alles!!!

Zeus Fred saß strahlend in seinem Hochstuhl, vermischte gekonnt die weiße Soße mit einer 2 mm hohen Schicht Giftgrün, schwenkte stolz den Löffel und aß. Je grüner der Schlabber wurde, desto langsamer rührte er. Der Löffel fiel ihm lässig aus der Hand, Zeus drehte sein Haupt nach allen Seiten und forderte:

„Anderes haben!!!!"

„Aber Fred", flüsterte Mama und blickte scheu zu mir herüber.

„Nein, das geht nicht", sagte Papa unerwartet streng.

Oma schüttelte bloß stumm den Kopf.

„ANDERES HABEN", Zeus erhob die Stimme und schleuderte Blitze nach allen Seiten. Diesmal waren wir uns alle einig, zum ersten Male!!!!

Zum Trost durfte Freddi an unserem Tisch auswählen. Nach zwei Pommes deutete er zielgerecht auf mich: „Salat haben!"

Ich jauchzte innerlich vor Stolz (Salat ist soooo gesund!) und reichte ihm zwei Gurkenstückchen und einen Paprikastreifen.

Zeus winkte mit der Patschhand ab und krähte:

„ALLES haben" und schwupps, griff Mama Helen nach meiner Salatschale. Jetzt war König Fred zufrieden, aber ich noch immer hungrig. Ich begann hartnäckig zu kämpfen und bot, wie ich es von unserer kleinen Laura gelernt habe Halbe Halbe, aber Fred verneinte ungnädig. Da entriss ich ihm ohne Vorwarnung die Schale, füllte EIN VIERTEL in den Unterteller und reichte ihm die KLEINERE Portion. Zeus war so verblüfft, dass er aß, ohne aufzumucken.

Unmittelbar vor dem Ausgang, die Erlösung nahte schon, mussten wir an einem kunstvoll gebauten Kletterhaus vorbei. Ich war schon fast am Drehkreuz, als ich Helen in höchster Erregung kreischen hörte: „FFRRREEEEED WO WILLST DU HIN????"

„Woanders" juchzte er und schaute aus ein Meter Höhe auf uns herab. Während wir nach seinen Schuhen griffen, war er schon auf 2,20 Meter angekommen und balancierte, unerreichbar für uns, über eine schwankende, ungesicherte Hängebrücke Richtung Holzhaus.

Helen und ich postierten uns auf beiden Seiten, aber Freddi schrie schon triumphierend sein „Guckguck Mama, Guckguck Oma" aus den Gott sei´s gedankt winzigen Fensterlöchern.

Doch was soll ich sagen, irgendwie entschwand er unseren Blicken und seine Stimme klang zunehmend dumpfer.

Angstvoll blickte ich nach oben: Das Haus wurde einladend gekrönt von einem hohen Turm. Aber dass der wirklich begehbar sein sollte??? Sind diese Architekten heutzutage wahnsinnig geworden?

Ehe wir richtig zum Denken kamen, krähte Klein Freddi von GANZ OBEN aus der Dachluke: „Mama RUNTERHOLEN!!!"

Helen und ich sahen uns schweißgebadet an: Mama schwanger und eindeutig zu dick für solche Klettertouren, Oma hink und Bandscheibe, Du weißt ja! Doch Gott erhörte uns.

Gerade zum rechten Moment kam Papa Leo angestürmt, erklomm Hängebrücke, Haus und Turm, rettete den Kleinen und war der Held des Tages. Kaum unten, sagte Fred strahlend: „Noch mal!!!!"
Als am Abend Leo mit stolzgeschwellter Brust fragte:
„Na Fred, weißt du noch? Wer hat dich heute im Kletterhaus heruntergeholt?" antwortete der kleine Sohn: „DIE MAMA". Es gibt doch eine ausgleichende Gerechtigkeit.

Wenn ich alles so zusammenzähle, war es mit Fred und seinen Eltern doch richtig nett. Vielleicht überleg ich mir das mit dem Unwort des Jahres sogar noch mal. Mit kleiner Abänderung wäre es mir sogar regelrecht sympathisch, sozusagen DAS WORT DES JAHRES!!
Na, wie klingt das: OMA WAS MÖCHTEST DU?????
Und ehrlich, ich hätte sofort die Antwort parat: Einmal diesen ein wenig verzogenen, duftenden, weichen, niedlichen, fröhlichen, unternehmungslustigen, witzigen, einfallsreichen und liebenswerten Jungen auf dem Schoß halten und ans Herz drücken, aber das wäre – leider - wirklich maßlos übertrieben!

Deine Marlene, ab sofort Oma aus Leidenschaft

Dank und Unschuldserklärung

Marlenes Alltag ist UNSER ALLER Alltag, oder er könnte es zumindest sein, vorausgesetzt man ist Vermieter, Frühpensioniert, hat eine reiche Verwandtschaft, gewinnt im Lotto oder noch besser:
ALLES ZUSAMMEN!

Mieter kann man sich ja bekanntlich aussuchen. Das haben wir auch getan und immer eine sichere Hand behalten. Danke Euch allen, IHR seid von Marlene nicht gemeint!!!

Eine Familie hingegen, die dich auch in schweren Zeiten auffängt und zu dir hält, musst du dir schwer erarbeiten. Das beginnt schon vor der Schwangerwerdung der eigenen Eltern, setzt sich fort mit der Partnersuche und endet praktisch nie, denn die Fettnäpfchen sind weit verstreut und riesig groß, sodass praktisch jede/r sein Fett abkriegt.

Ich hatte soweit Glück, weil ich liebevolle Eltern hatte, eine weit verstreute herzensgute Verwandtschaft, immer mal wieder den Mann fürs Leben fand, und genau die richtigen Kinder bekam!!! Kein Wunder, dass alle meine Enkelchen genauso wohlgeraten und perfekt sind, wie man sich das erträumt! Ganz zu schweigen von meinen wundervollen Schwiegerkindern, ohne die das Weiterreichen meiner Gene über die nächsten Generationen schlichtweg unmöglich wäre!!

Aber mal ehrlich, was sollte RITA über eine so perfekte Gesellschaft groß berichten?
Bei Marlene ist das anders. Sie kuckt hinter die Kulissen, speichert alles was sie beobachtet, kombiniert, zerlegt und faltet neu zusammen.
Rita distanziert sich also ausdrücklich von Marlenes etwaigen Falschaussagen!
Ich entschuldige mich hiermit bei sämtlichen bischöflichen, amtsärztlichen und sonstigen Gnaden, Medizinmännern, Medizinfrauen und JEDEM, der sich fälschlicherweise zu erkennen glaubt und auf den Schlips oder die Perlenkette getreten fühlt.

Ich danke allen von Herzen für die Geduld, die sie mit mir aufbrachten, besonders aber Klaus, der mich von Anfang an nicht für NORMAL hielt. Ich habe dies lange Zeit als eine besondere Auszeichnung betrachtet.
Heute weiß ich, ES WAR ERNST GEMEINT!!

Dass Marlenes gesammelte Mails erhalten blieben, verdanke ich ausschließlich der Gutmütigkeit meiner diversen Computer und dem guten Zureden meines Freundeskreises.

Ohne meine liebe Freundin Irene wären die gesammelten Geschichten wohl nie ganz druckreif geworden. Sie war mir als gleichzeitig kritische und ungemein wohlwollende Lektorin eine unverzichtbare Hilfe. Sie und die Leser mögen verzeihen, dass zuweilen mein schnoddriges Mundwerk wider besseres Wissen ihrem untrüglichen Sprachgefühl nicht nachgab.

Mein besonderer Dank gilt Christine, Renate und all meinen weiteren Freund/innen, die mir immer glaubten, was sie zu lesen vorgesetzt bekamen.

Klaus dagegen kennt die nackte Wahrheit. Ich zitiere ihn im Originalton:

„Alles, was Marlene schreibt, ist erstunken und erlogen. Nur die Namen stimmen."

In diesem Sinne

Ganzwoanders im Jahre des Herrn

Eure Rita K. alias Marlene R.

Zur Person:

Rita Kasparek ist als Lehrerin, Montessoripädagogin und fünffache Oma den Umgang mit Menschen gewohnt. Sie hat am eigenen Leib erfahren, wie schnell das „innere Kind" Eskapaden zu schlagen versucht.
In ihrer Selbsthilfestelle P Angelis begleitet sie ihre Besucher/innen am Medizinrad. Mittels Lebenserfahrung, therapeutischem Hintergrundwissen und ganz viel Geduld findet sie oft unerwartete Lösungen. 2011 erschien ihr erstes Buch „Begegne HEUTE deinem Glück".
Mit fundiertem Bachblütenwissen unterstützt sie Karl-Heinz Erdmann bei der Entwicklung und Umsetzung der f-g-h-Methode zur Selbsthilfe und Selbstheilung.

Nähere Infos auf der Homepage:

www.p-angelis.de

Verständlicherweise freut sich Marlene über nette Kontakte:

Emailadresse:
rita.kasparek@gmx.de